西北民族大学省级重点学科中国语言文学一级学科资助
西北民族大学国家民委人文社科重点研究基地西北民族文献研究基地招标项目
"全元色目诗人诗歌作品 点校整理研究"阶段性成果

# 元明清少数民族汉语文创作诗文叙录

（元明卷）

多洛肯　撰著

中国社会科学出版社

图书在版编目(CIP)数据

元明清少数民族汉语文创作诗文叙录·元明卷／多洛肯撰著.—北京：中国社会科学出版社，2014.10

ISBN 978-7-5161-4958-4

Ⅰ.①元… Ⅱ.①多… Ⅲ.①中国文学—古典文学—少数民族文学—文学创作—中国—元代②中国文学—古典文学—少数民族文学—文学创作—中国—明代 Ⅳ.①I206.2

中国版本图书馆 CIP 数据核字(2014)第 231782 号

出 版 人	赵剑英
责任编辑	田 文
特约编辑	刘 倩
责任校对	周 昊
责任印制	王 超

出 版	中国社会科学出版社
社 址	北京鼓楼西大街甲 158 号（邮编 100720）
网 址	http://www.csspw.cn
	中文域名：中国社科网 010-64070619
发 行 部	010-84083685
门 市 部	010-84029450
经 销	新华书店及其他书店
印 刷	北京君升印刷有限公司
装 订	廊坊市广阳区广增装订厂
版 次	2014 年 10 月第 1 版
印 次	2014 年 10 月第 1 次印刷
开 本	710×1000 1/16
印 张	13.75
插 页	2
字 数	240 千字
定 价	45.00 元

凡购买中国社会科学出版社图书，如有质量问题请与本社联系调换
电话：010-84083683
版权所有 侵权必究

序

刘跃进

　　《元明清少数民族汉语文创作诗文叙录》是一部嘉惠学林的目录学著作。全书由两卷组成：第一卷由两部分组成，一是《元代少数民族汉语文创作诗文叙录》，按照蒙古族、色目人、契丹、女真等四个民族分类，据统计有一百五十一位少数民族作家。二是《明代少数民族汉语文创作诗文叙录》，按照回族、蒙古族、壮族、土家族、纳西族、彝族、白族、苗族等八个民族分类，著录了八十三位从事汉语文创作的少数民族作家作品。第二卷是《清代少数民族汉语文创作诗文叙录》，这部分内容最为丰富。据介绍，清代少数民族的汉语文创作者，有别集传世的二百余家，有诗文传世的六百一十七位，这里就按照满族、蒙古族、回族、壮族、白族、彝族、纳西族、土家族、苗族、侗族、布依族、畲族等十二个民族分类，条分缕析，元元本本。全书还有两个附录，一是《清代满族、蒙古族、壮族文学家族及其诗文创作》，列为四表，一目了然。二是未刊的五篇综合性论文：《清初回族诗人丁澎及其诗词研究述评》、《清初回族诗人丁澎诗文词作品版本考述》、《清初回族诗人丁澎诗学思想探微》、《清代蒙古族诗人博明研究述评》、《清中叶蒙古族诗人法式善诗文研究述评》。从全书的结构安排看，多洛肯的研究，文献与理论并重，通脱与灵秀兼具，视野开阔，读后给人以惊喜。

　　我国古籍目录，从严格意义上说始于刘向《别录》二十卷，虽已久佚，但从存《战国策叙录》、《晏子叙录》、《荀卿叙录》、《管子叙录》、《韩非子叙录》、《邓析子叙录》、《说苑叙录》来看，传统目录学，至少包括"目"与"录"两个部分。目是书目，录是题解。刘向的《别录》，既有目，又有录。此后两千多年，历代官方、私家目录可谓汗牛充栋，不计其数。但大体沿袭着刘向的体例而略有调整。就古典文献学的学科而言，

《汉书·艺文志》、《隋书·经籍志》、"三通"中的文献著录、《郡斋读书志》、《直斋书录解题》以及《四库全书总目提要》最为重要。当然，这几部目录学名著在体例上也各有差异。《汉书·艺文志》、《隋书·经籍志》有小序而无题解。《通志·艺文略》没有小序也无题解，而《郡斋读书志》《直斋书录解题》则有题解。从学术实践看，有小序和题解的目录最为重要。

多洛肯教授的这部著作就包括序目和解题两个部分，所以非常实用。叙录中，每位作家，以生年为序，简述生平，胪列著述，自是基本内容。而辨析版本，考镜源流，则尤见其功力。我们知道，中国古籍，种类繁多，根据刊刻时代，可以分为唐卷子本、北宋本、南宋本、金本、元本、明本、清刻本等。根据刻书单位，可以分为官刻本、家刻本、坊刻本等。根据刻书地区，可以分为浙本、闽本、蜀本、高丽本、东洋本、越南本等。根据雕刻质量，可以分为精刻本、写刻本、丛书本、道藏本、抽印本、翻刻本、影刻本、递修本等。根据雕印前后，可以分为祖本、原刻本、重刻本、初印本、后印本等。根据字体大小，可以分为大字本、巾箱本、袖珍本等。根据颜色不同，可以分为兰印本、红印本、朱墨本、套色本等。根据增删批校，可以分为增订本、删节本、足本、批校本、注本等。根据活字印刷，可以分为泥活字、木活字、铜活字、磁活字等。根据各种写本，可以分为唐写本、明写本、精钞本、影钞本、毛钞本、稿本等。根据文物价值，可以分为孤本、秘本、稀见本。因此，从事古籍著录，最基本也是最重要的原则，就是客观准确。多洛肯教授的叙录，不溢美，不隐恶，不穿凿附会；在考证基础上，著录作者字号及生平事迹，作品卷数及版本存佚；有分歧者，则必作考证，或采择一说，或存疑待考，不藏拙，不夸饰，体现着实事求是、无征不信的朴学精神。

现有很多所谓学术论著，上不着天，下不着地，自说自话，往往自生自灭，了无印痕。不无遗憾的是，这类著作似乎是越来越多，也越做越大，制造了一个个的学术泡沫，给人以虚假的学术繁荣之感。且其结果并不乐观，除了浪费纸张，什么都不会留下来。我向来主张，学术研究起码要有学术参考价值，如果再能给人智慧和启迪，当然更加完美。多洛肯教授的这部著作，不敢说有多少学术创见，但这些资料都经过系统的整理，给我们提供便利，提供参考价值，值得肯定。当然，在一些崇尚宏大叙述的论者眼中，也许卑之无甚高论。但我相信，从事相关研究的学者，绕不开这类著作。甚至可以说，谁绕开这类基本文献，学术界就会绕开他。

2004年，《文学遗产》编辑部与新疆师范大学联合举办"西北论坛"，我与当时任教于该校的多洛肯教授有缘相识。他的爽朗率真的性格，给我留下深刻的印象。他说自己正在研究明清两代江南进士群体。我私下想，这位高大魁梧的哈萨克族壮汉，怎么会和江南水乡联系起来呢？后来才知道，他是我的杭州大学校友，同在古籍所受业。我是北方人，到南方求学，深深地感觉到南北文化的差异，于是最初也选择了以江南文化作为研究对象。可能，乍接触到自己不曾熟悉的东西，往往很容易被感动。我与多洛肯教授研究江南文化，大约就出于这个原因。此后，我一直关注他漫游南北的行踪，也关注他每部新著的问世。他到西北民族大学任教后，曾预请我为他的新著《元明清少数民族汉语文创作诗文叙录》作序，我还没有拜读，就贸然承诺下来。我知道自己对少数民族汉语文创作所知甚少，但我有这种勇气。最主要的原因是，我理解、欣赏多洛肯教授的研究成果，更愿意为这类平实无华的著作喝彩。

是为序。

目　录

序 ………………………………………………………… 刘跃进（1）

上编　元代少数民族汉语文创作诗文叙录

凡例 ……………………………………………………………（3）
蒙古族 …………………………………………………………（5）
色目人 …………………………………………………………（48）
契丹与女真 ……………………………………………………（112）

下编　明代少数民族汉语文创作诗文叙录

凡例 ……………………………………………………………（135）
回族 ……………………………………………………………（137）
蒙古族 …………………………………………………………（166）
壮族 ……………………………………………………………（173）
土家族 …………………………………………………………（181）
纳西族 …………………………………………………………（187）
彝族 ……………………………………………………………（192）
白族 ……………………………………………………………（196）
苗族 ……………………………………………………………（203）

元明人物索引 …………………………………………………（209）

上 编

元代少数民族汉语文创作诗文叙录

凡　　例

一、有元一代少数民族汉语文创作承中原文学滋养，异常繁盛。初步统计，有诗文传世者一百五十一家。

二、本叙录元代篇收录元代自建立元朝至至正二十八年（1368）间从事汉语文创作的少数民族人士。

三、本叙录所指汉语文创作主要指诗词曲与散文创作，散文包括古文与骈文，杂剧创作也一并列入。

四、作家的排列先以族群为序，先后为蒙古族、色目人、契丹与女真等；各个民族又按作家的出生年排列，生年相同者，则按卒年先后依次排列；生卒年不详者，则依据史料所载其活动年代或与其交游人物的生活年代，插入适当位置。

五、叙录内容主要包括作家简介，包括生卒年、字号、族属情况、籍贯、科第、仕履、亲友、师承、学术渊源；创作基本情况即文学活动，别集及作品流布情况，着重关注版本流传情况；最后为作品及其文学成就的评价问题，评价原则为引述前人有代表性的话，评价或褒或贬，或兼褒贬者，均予引述。

六、作家生平资料，主要依据正史、笔记及金石资料以及国内及台湾地区出版的各类工具书、史志目录、地方志、年谱、清人别集、家乘，以及各省区民委古籍办所藏孤本资料。

七、坚持实事求是的原则，在考证的基础上，客观准确地著录作品及著者生平事迹，不溢美，不隐恶，不穿凿附会。有分歧者，则必作考证，或采择一说，或存疑待考。

八、对于跨越宋金元或元与明的作家，主要文学活动在南宋、金代或明代的，不予著录；主要文学活动在元代，但其作品著于宋金或明代者，也不著录。

蒙 古 族

乃马真皇后

乃马真皇后（？—1246），蒙古国窝阔台汗第六后，名脱列哥那，乃马真氏。窝阔台汗十三年辛丑（1241）十一月，窝阔台卒，始临朝称制。丙午（1246）始立长子贵由为大汗，仍摄政。未几卒，在位五年，至元三年追谥昭慈皇后（《元史》卷二《太宗本纪》）。

生平事迹见（明）宋濂撰《元史·太宗本纪》卷二；李修生主编《全元文》卷六等。

李修生主编《全元文》卷六收乃马真后文《神仙洞圣旨碑》（乙巳作）、《北极观懿旨碑》二篇。

《神仙洞圣旨碑》（乙巳）为乃马真皇后称制四年正月作，辑录自中州古籍出版社《北京图书馆藏中国历代石刻汇编》第四十八册。《北极观懿旨碑》（乙巳）为乃马真皇后称制四年五月初作，辑录自科学出版社1995年版《元代白话碑集录》。

忽必烈

元世祖忽必烈（1215—1294），托雷次子，母唆鲁禾帖尼，为太祖成吉思汗之孙。宪宗元年（1251），受命总领漠南汉地军国庶事。三年，先受京兆（今陕西西安）封地，后又受命远征云南，灭大理国。六年，建开平府，经营宫室。七年，宪宗攻南宋，受命带总东路军。九年，宪宗病死于合州军前，遂在鄂州与南宋议和，北返燕京。次年三月，在开平举行忽里台（蒙语意为"大会"），即大汗位，称皇帝，建年号中统（1260）。五年八月又改年号为至元。至元九年建都大都（今北京），十三年灭南宋。三十一年正月病死，年八十岁，在位三十五年。蒙语尊号薛禅皇帝，庙号世祖，谥号圣德神功文武皇帝。

生平事迹见（明）宋濂撰《元史》；李修生主编《全元文》；朱学勤主编《忽必烈》；（美）莫里斯·罗沙比著、赵清治译《忽必烈和他的世界帝国》；周良霄著《忽必烈》；巴图巴干著、吉木斯、哈日赤译《忽必烈汗思想研究》；赵相璧《历代蒙古族著作家述略》；杨·道尔吉《忽必烈大帝》；李治安《忽必烈传》；李鹏贵《忽必烈》；王叔磐、孙玉溱选注《元代少数民族诗选》等。

清代御制《御选宋金元明四朝诗》；王叔磐、孙玉溱选注《元代少数民族诗选》皆录其七律《陟玩春山纪兴》一首，诗云："时膺韶景陟兰峰，不惮跻攀谒粹容。花色映霞祥彩混，炉烟拂雾瑞光重。雨霑琼干岩边竹，风袭琴声岭际松。净刹玉毫瞻礼罢，回程仙驾驭苍龙。"

李修生主编《全元文》收其诏令三百八十六篇，辑自《元史》、《大元圣政国朝典章》、《元朝典故编年考》、《永乐大典》等书。

达实帖木儿

达实帖木儿（或作塔失帖木尔），乃脱欢之子，蒙古兀鲁兀惕氏，（清）顾嗣立、席世臣编《元诗选·癸集》上（癸之丁）载其官居刑部侍郎。

其生平事迹见（清）顾嗣立、席世臣编《元诗选·癸集》上（癸之丁）；赵相璧著《历代蒙古族著作家述略》（第48页）；王叔磐、孙玉溱选注《元代少数民族诗选》（第311页）等。

达实帖木儿，善为诗，著有《岐山八景》。（清）顾嗣立、席世臣编《元诗选·癸集》上（癸之丁）（第401页）录其《岐山八景》中的《凤鸣朝阳》和《五丈秋风》两首。

《凤鸣朝阳》诗云："闻道周朝瑞鸟来，扶桑光射海云开。孤桐漫有鸱鸮集，月落空山起宿霾。"

《五丈秋风》诗云："八阵图荒认旧痕，当年蜀将驻三军。出师不遂中原志，老树寒烟锁暮云。""五丈"即五丈原，在今陕西省眉县西南，三国时期，诸葛亮出师北伐，殁于此，达实铁木儿此诗即是凭吊诸葛武侯所作。

不花帖木儿

不花帖木儿，字意新（一作德新），世居西域北庭（新疆昌吉）的蒙古人。（清）顾嗣立、席世臣编《元诗选·癸集》上载："不花帖木儿，国族居延王孙也。以世胄出入贵游间，而无裘马声色之习，所为诗，落笔有奇语。"

生平事迹见（元）杨维桢《西湖竹枝集序》；（清）顾嗣立、席世臣编《元诗选·癸集》上（第888页）；陈衍辑撰《元诗纪事》卷二十四；高文德编著《中国少数民族史大辞典》；铁木尔·达瓦买提主编《中国少数民族文化大辞典》（内蒙古地区卷）；赵相璧《历代蒙古族著作家述略》（第16页）；王叔磐等选注《元代少数民族诗选》等。

不花帖木儿有文采，善为诗。其诗风格清新隽永，语言自然生动。（清）顾嗣立、席世臣编《元诗选·癸集》上《宫词》、《西湖竹枝词》两首；陈衍辑撰《元诗纪事》存其诗《绝句》、《西湖竹枝词》两首，《宫词》诗云："玉楼珠箔晚天凉，秋色依稀满建章。金井梧桐霜叶尽，自随流水出宫墙。"陈衍所辑其诗《绝句》当为（清）顾嗣立、席世臣编《元诗选·癸集》上所载《宫词》。《西湖竹枝词》诗云："湖上春归人未归，桃红柳绿黄莺飞。桃花落时多结子，杨花落处只沾衣。"

（元）杨维桢《西湖竹枝集》中评论其："所为诗，落笔有奇语。如云云。亦《宫词》之体也。"

弥里杲带

弥里杲带，又称灭里吉歹，元太宗窝阔台次子阔端长子。李修生主编《全元文》卷九十二九十三收其《周至重阳万寿宫圣旨碑》一篇。

李修生主编《全元文》所收其《周至重阳万寿宫圣旨碑》一文作于海迷失后称制二年十一月十九日（庚戌），辑于《元代白话碑集录》。

伯 颜

伯颜（1236—1295），蒙古八邻（巴林）部人。其曾祖述律哥图事太祖成吉思汗有功，被封为八邻部左千户。祖阿剌，袭父职，兼断事官，平忽禅有功，得食其地。父晓古台世其官，从宗王旭烈兀居西域。伯颜长于西域。至元初，世祖见其貌伟，留用宫中。……至元四年，改中书右丞。

七年，迁同知枢密院事。十年春，持节奉玉册立燕王真金为皇太子，十一年拜中书左丞相，大举伐宋，与史天泽拜中书左丞相，行省荆湖。后诏改淮西行省为行枢密院。庚子，伯颜薨，年五十九。卒赠太师开府仪同三司，追封淮安王，谥忠武。

生平事迹见（元）姚燧《太平乐府》卷四和《乐府群珠》卷一；（明）宋濂《元史·伯颜传》卷一百二十七；（明）宋濂《元史·帝纪》卷三十九；（明）叶子奇《草木子》卷四《谈薮篇》；陈衍辑撰《元诗纪事》卷四；隋树森编《全元散曲》上册；王叔磐、孙玉溱选注《元代少数民族诗选》；白寿彝主编《中国通史》；萧作荣《元末权臣秦王伯颜其人》；李松茂主编《回族东乡族土族撒拉族保安族百科全书》；张家林主编《二十五史精编·元史明史》；唐码编著《中国通史》；张月中、王纲主编《全元曲》；叶新民著《辽夏金元史征》元朝卷；白·特木尔巴根《伯颜丞相和他的诗》（《内蒙古师范大学学报》1983年第2期）；云峰《伯颜及其诗歌散曲创作论》（《黑龙江民族丛刊》2005年第4期）等。

伯颜有文才，能诗能曲，（清）顾嗣立、席世臣编《元诗选·癸集》（上）存诗《克李家市新城》、《奉使收江南》、《军回过梅岭冈留题》、《鞭》四首。其《克李家市新城》诗云："小戏轻提百万兵，大元丞相镇南征。舟行汉水波涛息，马践吴郊草木平。千里阵云时复暗，万山萤火夜深明。皇天有意亡残宋，五日连珠破两城。"《奉使收江南》诗云："剑指青山山欲裂，马饮长江江欲竭。精兵百万下江南，干戈不染生灵血。"《军回过梅岭冈留题》诗云："马首经从庾岭归，王师到处悉平夷。担头不带江南物，只插梅花一两枝。"《鞭》诗云："一节高兮一节低，几回鞯月中归。虽然三尺无锋刃，百万雄师属指挥。"（清）顾嗣立、席世臣编《元诗选·癸集》（上）并指出《事文类聚》、《翰墨全书》等载此诗为"无名氏"所作。

隋树森编《全元散曲》上册录其散曲［中吕·喜春来］云："金鱼玉带罗襕扣，皂盖朱幡列五侯。山河判断在俺笔尖头。得意秋，分破帝王忧。"

王叔磐、孙玉溱选注《元代少数民族诗选》录其《奉使收江南》、《鞭》两首。陈衍辑撰《元诗纪事》卷四，录其《过梅岭冈留题》诗云："马首经从庾岭回，王师到处悉平夷。担头不带江南物，只插梅花一两枝。"陈衍所辑撰《过梅岭冈留题》一诗当为（清）顾嗣立、席世臣编

《元诗选·癸集》（上）之《军回过梅岭冈留题》。

（明）叶子奇《草木子》卷四《谈薮篇》云："伯颜丞相与张九（即张弘范）元帅，席上各作一《喜春来》词。……帅才相量，各言其志。"（明）宋濂《元史》评价其曰："伯颜深略善断，……大德八年，特赠宣忠佐命开济功臣，太师、开府仪同三司，追封淮安王，谥'忠武'。至正四年，加赠宣忠佐命开济翊戴功臣，进封淮王，余如故。子买的，检枢密院事；囊加歹，枢密副使。"（清）顾嗣立、席世臣编《元诗选·癸集》（上）中评论："诗文乃其余事。"汲郡王恽《玉堂嘉话》云："初宋未下时，江南谣云，江南若破，百雁来过。当时莫喻其意，及宋亡，盖知指丞相伯颜也。"陈衍辑撰《元诗纪事》卷四录其诗《过梅岭冈留题》一首，并于诗后引（明）朗瑛《七修类稿》评曰："伯颜下江南，过金陵梅岭冈诗云云。所以著名，亦有是善。"

元裕宗真金

元裕宗真金（1242—1286），元世祖忽必烈第二子，少从姚枢、宝默习儒学，中统三年（1262），封燕王，守中书令。四年，兼判枢密院事。至元十年（1273），立为皇太子。十六年，参决朝政。凡中书省、枢密院、御史台及百司政事，先启禀皇太子，然后奏闻皇帝。明于听断，优礼才学之士。后因江南行台监察御史言事者请禅位于太子，且被离间，为世祖所疑，忧惧而死。年四十三，成宗即位，追谥曰"文惠明孝皇帝"，庙号裕宗。

生平事迹见（明）宋濂撰《元史·裕宗传》卷一百一十五；李修生主编《全元文》卷三百七十三等。

李修生主编《全元文》卷三百七十三收元裕宗《论丞相史天泽》、《论赞善王恂》、《论札剌忽及伯颜等》、《论札剌忽等》、《否定请织绫更绫合论》、《否定香殿凿石为池论》、《论宋道》、《王恂卒论左右》、《论和礼霍孙》、《论何玮和徐琰》、《论宫臣》、《论左右》、《怒斥江西行省献岁课羡余》、《论刘思敬遣俘为民》、《论乌蒙宣抚司》、《论刘因专领典教事》、《论阿八赤学汉文》、《论右丞卢世荣》共十八篇，辑自《元史》。

郝天挺

郝天挺（1247—1313），字继先，号新斋，朵鲁别族，世居安肃州

（今甘肃敦煌县东北）。幼为国兵所掠，长通译语，善骑射。太祖遣使宋，往返再四，以辩称。自曾祖而上，居安肃州，父和上拔都鲁，太宗、宪宗之世多著武功，为河东行省五路军民万户。于太宗三年（1231）授行军万户，十二年（1240）进拜宣德、西京、太原、延安五路万户，定宗三年（1248）诏还，治太原，宪宗二年（1252）卒。

诗人英爽刚直，有志略，曾受业于金元之际著名文学家元好问门下。后以功臣子为世祖召见，令执文字备宿卫东宫。寻升参议云南行尚书省事、参知政事，陕西汉中道廉访使，入为吏部尚书、中书右丞。为官刚直不阿，与宰相论事，有不合者，辄面斥之。后出为江西、河南二省右丞，召拜御史中丞。相继为成宗、武宗、仁宗所信任。诗人关心社会时政，民生疾苦，曾向仁宗上疏陈七事，曰"惜名爵、抑浮费、止括田、久任使、论好事、奖农务本、励学养士"。诏中书省执行。寻拜河南行省平章政事。

生平事迹见（明）宋濂《元史·郝天挺本传》卷一百七十四，列传第六十一（第4065页）；（清）穆彰阿、潘锡恩等纂修（乾隆）《大清一统志》；柯劭忞《新元史·郝和尚拔都本传》卷一百四十八，列传第四十五；（清）王士禛《池北偶谈》卷六；降大任、魏绍源、狄宝心编《元遗山金元史述类编》（第93页）；张根成主编《吕梁名人传略》（第28页）；（民国）龙云、卢汉编修，江燕、王珏点校《新纂云南通志》（第10页）；王叔磐、孙玉溱选注《元代少数民族诗选》；周绍祖主编《西域文化名人志》（第77页）；王庆生著《金代文学家年谱》（第902页）；赵相璧《历代蒙古族著作家述略》等。

郝天挺著有《云南实录》五卷。（明）宋濂《元史》、（清）钱大昕《补元史艺文志》中存其七律《麻姑山》（又作《题麻姑坛》）两首，收录于元代诗文集《皇元风雅》、《国朝文类》以及（明）宋公传所编《元诗体要》（卷十）、（明）孙原理《元音》（卷二）；五律《寄李道复平章》，收录于清人张豫章奉敕编《御选宋金元明四朝诗》。其成名之作是《唐诗鼓吹集注》（十卷），《四库全书总目》卷一百八十八总集类著录《唐诗鼓吹集注》，其文曰："《唐诗鼓吹》（十卷），通行本。不著编辑者名氏，据赵孟頫序，称为金元好问所编，其门人中书左丞郝天挺所注。"

（清）陆贻典曾对该著的归属问题提出质疑。其在常熟重刊《唐诗鼓吹集注》时写了一篇题词，援据《金史·隐逸传》指称郝天挺乃元好问之师，而非其门人，并列举出隐逸传所载郝天挺年未老而早衰，厌恶科举，不复充赋，以及未曾出任中书左丞等为佐证，故而在重刊本注者名氏、职衔上加了一个"金"字。事实上，早在明代文人陈霆就曾在《两山墨谈》中予以辨明，他指出，为《唐诗鼓吹集》作注的郝天挺非《金史·隐逸传》之郝天挺。（清）王士禛又进一步加以考证，"金元间有两郝天挺，一为元遗山之师，一为遗山弟子。考《元史·郝经传》云其先潞州人，徙泽州之陵川。祖天挺，字晋卿，元裕之尝从之学。……其一字继先，出于朵鲁别族，父和上拔都鲁，元太宗世，多著武功。天挺英爽，刚直有志略，受业于遗山元好问，累拜河南行省平章政事，追封冀国公，谥'文定'，为皇庆名臣。尝修《云南实录》五卷，又注唐人《鼓吹集》十卷。……近常熟刻《鼓吹集》，乃以为隐逸传之晋卿而致疑于赵文敏之序称尚书左丞，又于尚书左丞上妄加金字，误甚"。

《唐诗鼓吹集注》于至大元年（1308）首次刊行后，历明清两个朝代，又屡有重刊本、评注本、大全本等各种版本次第问世，在社会上广为流传，产生了极为深远的影响。就版本而论，至大元年浙江儒司刻本属于初刻本，"十行，二十字，白口"。其后又有元京兆日新堂刻本，"十三行，二十字"，元冲和书堂刻等，均属元刻本，列为国家善本书。明代刻本亦颇多，列为善本的就有国家图书馆藏《注唐诗鼓吹》十卷；（金）元好问辑《高明选增便蒙唐诗鼓吹大全》书林刘氏本诚堂刻本；中国书店收正德刻本；明经厂刻本，等等。清代刻本中流传较广的有顺治刻本《唐诗鼓吹注释》、康熙自怡居刻本《东岩草堂评定唐诗鼓吹》以及《（钱牧斋何义门）评注唐诗鼓吹》等。康熙自怡居刻本为十册，卷首署文曰："金元好问编，元郝天挺注，明廖文炳解，清朱三锡评校。严修录，赵执信、纪昀批校并跋。"卷首钤有"严修私印"、"香馆藏书"、"大梁顾氏"等藏书印章。《唐诗鼓吹集注》早在明代就已流布海外，据清人杨守敬《日本访书志》记载，彼国朝鲜藏有活字本《唐诗鼓吹集注》（十卷）系明代时所印行。乾隆朝修《四库全书》，又将其收录在集部，以广其传。

郝天挺所作汉诗，今只流传《麻姑山》、《寄李道复平章》两首，收入（清）顾嗣立编《元诗选》；王叔磐、孙玉溱选注《元代少数民族诗选》等书。《麻姑山》诗曰："路入云关寂不哗，琼田瑶草带烟霞。贮经洞古无遗检，养药炉存失旧砂。青鸟空传金母信，彩鸾应到玉皇家。岩扉不掩春常在，开徧碧桃千树花。"《寄李道复平章》诗曰："圣主尊贤辅，明时仗老臣。策勋分二陕，锡土列三秦。边缴风尘息，乾坤雨露均。遥知黄阁下，得句更清新。"

（元）赵孟頫《〈唐诗鼓吹集〉序》（天津图书馆藏明嘉靖戊戌广勤堂刊本）云："公以经济之才坐庙堂，以韦布之学研文学，出其博洽之余探奥发微，人为之传，句为之释。或意在言外，或事出异书，公悉取而附见之，使诵其诗者知其人，识其物者达其意，览其辞者见其指归，然知唐人之精神情性始无所隐遁焉。"

《四库全书总目》评其《唐诗鼓吹集注》曰："天挺之注，虽颇简略，而但释出典，尚不涉于穿凿，亦不似明廖文炳等所解横生枝节，庸而至于妄也。"

勖实带

勖实带（1256—1311），字及之，晚易名士希，号西斋，为蒙古克烈氏（或作怯烈氏、客烈氏等），元世祖忽必烈朝著名儒士，祖父惜里吉思，父兀部，世为炮手军千户，自太宗窝阔台以来，破金伐宋，屡立战功。初居河南闻喜之西薛庄，后迁居鸣皋镇，故又称鸣皋人。

勖实带曾从伯颜南下伐宋，诸将渡江，争夺金帛妇女，唯勖实带独取阁书数百卷，并将所俘人士，尽皆遣归。时闻名里居，人皆服其贤。迁武德将军，进炮手军总管。兵戈偃息之后，回原籍建伊川书院，教育人才。延祐间，有集贤学士陈影奏闻，仁宗教赐"伊川书院"之名，并令集贤学士大书法家赵孟頫书写其名。晚年，尤好性理之学，与陈天祥、姚燧、卢挚等为挚友，交游唱和，一时闻名遐迩。公卿交荐，将起用为翰林，不期因疾卒，终年五十五岁。其子慕颜帖木儿"贤而有文，藏书万余卷，无不究览"。

生平事迹见（元）程钜夫《程雪楼集》之《故炮手军总管克烈君碑铭》；柯劭忞《新元史》卷八八、卷一六九；赵相璧《历代蒙古族著作家述略》（第8页）；黄泽主编《中国各民族英杰》第二卷（第32页）；高文德《中国民族史人物辞典》（第503页）等。

勖实带好学工诗，读书常手不释卷。有诗五百余篇，曰《伊东拙稿》，藏于其家。《故炮手军总管克烈君碑铭》载："君虽生贵族，长成卫而廉敏好学，有诗五百余篇，曰《伊东拙稿》，藏于家。"惜未见传世。

月　鲁

月鲁，蒙古人。大德三年（1299）以奉直大夫迁岭南广西道肃政廉访司佥事。

生平事迹见（明）宋濂《元史》；（清）魏源《魏源全集元史新编》；（清）顾嗣立、席世臣编《元诗选·癸集》；周绍祖主编《西域文化名人志》（第74页）；铁木尔·达瓦买提主编《中国少数民族文化大辞典》；高文德主编《中国民族史人物辞典》；《中国历史大辞典·辽夏金元史》卷编纂委员会编《中国历史大辞典·辽夏金元史》；许嘉璐主编《二十四史全译·元史》；赵相璧《历代蒙古族著作家述略》等。

（清）顾嗣立、席世臣编《元诗选·癸集》收月鲁五律《老人岩》一首，诗云："何年混元境，曾见绣衣游。刻石俯丹井，题名瞰碧流。我来寻古迹，鱼跃上扁舟。还是宿缘否，真仙微点头。"

《永乐大典》卷二三四四录其诗《题东斗山》、《题北斗山》、《老人岩》三首。《题东斗山》诗曰："东壁图书近斗旁，扪参历井看扶桑。飞吟直上三千尺，始信仙家日月长。"《题北斗山》诗曰："北极星辰下九关，苍苍化作粤南山。玄枢天上司喉舌，分得余光在两间。"

八礼台

八礼台，蒙古人。（清）顾嗣立、席世臣编《元诗选·癸集》中录其七律《题梅花道人〈墨菜图〉》一首。

生平事迹见（清）顾嗣立、席世臣编《元诗选·癸集》；王叔磐、孙玉溱著《古代蒙古族汉文诗选》（第320页）等。

《题梅花道人〈墨菜图〉》诗云："时人尽说非甘美，咬得菜根能几人。莫笑书生清苦意，比来食淡更精神。"此乃题画之作。"梅花道人"为元朝著名画家吴镇之号。吴镇工画，素好淡食，著有《梅花道人遗墨》二卷。"墨菜"，指菘菜。八礼台素与吴镇交往甚密，对其为人、品德非常钦佩，故诗中高度赞颂了他的清苦生活和朴实作风。此诗文字平易，道理深刻，它不单是对吴镇的赞美，而且也反映出诗人本身的性格，爱好及其追慕之德行。

燕不花

　　燕不花,字孟初,张掖人,生活于元武宗至天顺帝年间。(清)顾嗣立、席世臣编《元诗选·癸集》上及陈衍辑撰《元诗纪事》引杨维桢《西湖竹枝集》评语"张掖人,出贵胄而贫,贫而有操,不妄请干于人。读书为文,最善持论。"其先人捏古剌在元宪宗时,即归服元朝,后从征有功。其父教化,初为速古儿赤,后继袭父职,为左阿速卫千户。燕不花初事仁宗,待英宗立,为进酒宝儿赤。天历元年,迎文宗于河南,命为温都赤、兵部郎中,累官至兵部尚书。卒年不详。

　　生平事迹见(明)宋濂撰《元史》;(清)顾嗣立、席世臣编《元诗选·癸集》上;(清)钟赓起《甘州府志校注》;陈衍辑撰《元诗纪事》卷二十四;柯劭忞撰《新元史》;周绍祖主编《西域文化名人志》(第177页);张永钟《河西历史人物诗话》(第82页);刘德仁等编《中国少数民族名人辞典·古代》(第3页);赵相璧《历代蒙古族著作家述略》(第16页)等。

　　燕不花有文采,善为诗。元代著名诗人杨维桢曾赋《西湖竹枝词》,一时从而和者数百家,燕不花即是其中之一。(清)顾嗣立、席世臣编《元诗选·癸集》上录其《西湖竹枝词》一首,诗云:"湖头春满藕花香,夜深何处有鸣榔?郎来打鱼三更里,凌乱波光与月光。"陈衍辑撰《元诗纪事》卷二十四(第601页)录其诗《前题》一首,诗与(清)顾嗣立、席世臣编《元诗选·癸集》上所录《西湖竹枝词》诗名各异,但内容相同。

　　萨都剌赠诗云:"落拓江湖懒折腰,笑傲王侯但长揖。"(《萨天锡诗集》后集《走笔赠燕孟初》)

童　童

　　童童,一作童仝、通通。据(清)屠寄《蒙兀儿史记·阿术传》及柯劭忞《新元史·卜怜吉歹传》,童童乃河南王阿术之孙,河南王卜怜吉歹之子,蒙古速别兀歹兀良孩氏。其祖、父武功显赫。童童弃武从文,元仁宗时,官居中奉大大、集贤院侍讲学士,后被贬河南行省平章政事。据《元史·泰定帝纪》,泰定四年(1327)八月授御史弹劾,改浙江行省平章政事。据《嘉兴府志》,其曾做过嘉兴府判。文宗至顺二年(1313)以其"荒泆宴安，才非辅佐"被劾免官。另有一童童，维扬（今江苏扬州）人，生活于元中后期，为女艺人时小童之女，《青楼集》载其"兼杂剧"，其间来松江，后归扬州。姓名见于《青楼小名录》卷五。

其生平事迹见（元）曹伯启《汉泉漫稿》卷九；（明）宋濂《元史·文宗本纪》；（清）顾嗣立、席世臣编《元诗选·癸集》上；（清）屠寄撰《蒙兀儿史记·阿术传》；柯劭忞撰《新元史·卜怜吉歹传》卷一百二十二；隋树森《全元散曲》下；张月中、王纲主编《全元曲》；王叔磐等选注《元代少数民族诗选》；云峰《元代蒙汉文学关系研究》；荣苏赫、赵永铣主编《蒙古族文学史》；赵相璧《历代蒙古族著作家述略》；云峰《蒙汉文学关系史》；李修生《元曲大辞典》等。

童童生活放荡，有文采，善诗文曲画。（清）顾嗣立、席世臣编《元诗选·癸集》上（癸之丁）（第390页）录其《奉旨祀桐柏山》、《题王子晋》、《荥阳古槐》三首。

《奉旨祀桐柏山》诗云："桐柏山高插半天，峰峦平处有神仙。御香南下三千里，淮水东流几万年。玄鹤夜深和月舞，苍龙春暖抱珠眠。只今天子如尧舜，辟穀先生学种田。"

《题王子晋》诗云："屣弃万乘追浮丘，仙成鹤驾缑山头。碧桃千树锁金厄，玉笙嘹亮天风秋。回眸下笑蜉蝣辈，蜗角争战污浊世。何当高气凌云霄，愿随环珮联云骑。"

《荥阳古槐》诗云："龙蟠夭矫兴雷雨，虎踞离奇隐鬼神。隆准千年成蚁梦，空余古树老荥滨。"

童童善曲，每以不及见董解元为恨。今存其所著散曲两套，其一是［越调·斗鹌鹑·开筵］，包括七支曲子；其二是［双调·新水令·念远］，包括十一支曲子，表现了诗人及时行乐的人生态度。

张月中、王纲主编《全元曲》收录其［越调·斗鹌鹑·开筵］与［双调·新水令·念远］两首。（元）曹伯启《汉泉漫稿》卷九载有《题童童平章画梅卷》诗有记载。今存散曲两套，包括十七支曲，收入隋树森编《全元散曲》。

《全元曲》载其散曲：［越调·斗鹌鹑·开筵］包括：［紫花儿］、［小桃红］、［天净沙］、［调笑令］四曲。［双调·新水令·念远］（包括开头曲）、［驻马听］、［乔牌儿］、［落梅风］、［雁儿落］、［得胜令］、［甜水令］、［折桂令］、［锦上花］、［清江引］、［离亭宴歇指煞］等十一支曲。

（元）曹伯启《汉泉漫稿》（《丛书集成续编》第一百零八册，上海书店出版社影印本）卷九《题童童平章画梅卷》载："（童童）长于度曲，每以不及见董解元为恨。"

（明）朱权《太和正音谱》将其列于"词林英杰"一百五十人之中。

按摊不花

按摊不花，蒙古人。皇庆、延祐年间（1311—1320），任平江州判，重教化，崇斯文，与修《成州志》。

生平事迹见（明隆庆）《岳州府志》卷一三有传；李修生主编《全元文》卷一千一百五十二。

李修生主编《全元文》卷一千一百五十二收其《上公亭记》、《忠孝祠记》两篇。

孛 罗

孛罗，为蒙古军万户，元仁宗时在朝居官。文宗时，官御史大夫。顺帝元统元年（1333）为右丞，升平章政事。至元四年（1338）领太常礼仪院使，后辞官。隋树森《全元散曲》作者小传载其《新元史·拖雷传》云其乃剌忽不花子孛罗。大德六年以诬告济南王。谪于四川八剌军中自效，七年，以破贼有功，征诣京师。十年，封镇宁王，赐金印，延祐四年，追封冀王。

据《元史》和元人文集记载，有元一代名孛罗者甚多，可以结合其散曲作品中所反映的曾做御史官之内容来考证。官御史大夫者查《元史》等书目发现有两人。一为元世祖时曾官御史大夫之孛罗。此人在世祖朝先后任御史大夫、大司农、御史中丞兼大司农卿、宣徽院使、枢密副使等职，仕途顺达。一为元文宗时官御史大夫之孛罗。文宗图帖睦尔登基即位后，在即位诏中曾表示"谨俟大兄之至，以遂朕固让之心"，并遣使迎接其兄和世㻋回朝。文宗天历二年和世㻋得讯南还，并在和林北即帝位，是为明宗。当明宗南行至上都附近的旺忽察都（今河北张北县北）时，名义上已经逊位的图帖睦尔前往迎接，伺机毒死明宗，并于八月复即位于上都。该孛罗曾为文宗兄和林常侍官，并在其即位称明宗时被封为御史大夫。但明宗被毒死"暴卒"后，该孛罗很快就被迫辞去了御史大夫之职，不久又遭受杀身之祸。（明）宋濂《元史·文宗本纪》载："故丞相铁木迭儿子将作使锁住与其弟观音奴,姊夫太医使野里牙,坐怨望、造符录、祭北斗、咒诅,事觉,诏中书鞫之。事连前刑部尚书乌马儿、前御史大夫孛罗,俱伏诛。"

孛罗生平事迹在(明)宋濂《元史·文宗本纪》;隋树森《全元散曲》;张哲永主编《中国历代宰相大词典》(第1021页);云峰著《民族文化交融与元散曲研究》(第179页);赵相璧《历代蒙古族著作家述略》(第32页);云峰《元代蒙汉文学关系研究》;许嘉璐主编《二十四史全译·元史》等均有记述。

孛罗善作曲,隋树森《全元散曲》孛罗御史一节录其[南吕·一枝花·辞官]套数一组,包括五支曲,收入(明)无名氏编《盛世新声》已集(文学古籍刊行社影印本),(明)郭勋编《雍熙乐府》卷九(嘉靖四十五年春山刻本)以及隋树森编《全元散曲》等书中。

孛罗散曲语言通俗明白、爽朗流畅、诙谐欢快。其散曲在艺术特色方面,首先,善于用鲜明的形象表现主题、抒发感情。如用"闹穰穰蚁阵蜂衙"、"尽燕雀喧檐聒耳"、"任豺狼当道磨牙"等富有立体感的图画描写官场的黑暗;用"扑冬冬社鼓频挝"、"他们都拍手歌丰稔"描写农村社日和庆丰收的场面;用"伴辘轳村翁说一会挺脯子话,闲时节笑咱,醉时节睡咱"描写村居的乐趣等,都成功地运用富有形象的语言表达了作者对黑暗官场的不满和对村居生活的向往。其[贺新郎]一曲中用溪水鸥鸭、小桥蒹葭、芦花瑞雪、红树晚霞、落日牛羊等几个色彩飞动的特写镜头,勾画出一幅恬静、优美的乡村图景,同"闹穰穰蚁阵蜂衙"、"尽燕雀喧檐聒耳"的官场情景相比较,更衬托出乡村风景之情致。

诗人有时也用一些通俗明白的事典,如"麒麟画"、"陶令菊"、"邵平瓜"等,使作品平添了几分典雅之气,表现了与元初散曲质朴的区别和向元后期文人化倾向转变的轨迹。其创作风格豪放雄浑,写景大笔勾勒,抒情痛快淋漓,格律谨严妥帖。散曲虽然来源于民间,但它一旦定型之后,就具有一定的格律要求。孛罗散曲完全合乎格律,如《辞官》套数,字句符合平仄对仗,用韵长达四十多韵,一以"麻"韵贯穿到底,读来流畅活泼,丝毫没有格律滞碍之感,表现了作者高度的汉文修养和纯熟的散曲创作技巧(详参云峰《民族文化交融与元散曲研究》,第179—182页)。

塔不俰

塔不俰，字彦辉（一作"辈"），蒙古人，居河南。（清）顾嗣立、席世臣编《元诗选·癸集》上载其元英宗至治间举进士，官至湖南安乡县达鲁花赤，终西台御史。

其生平事迹见（清）顾嗣立、席世臣编《元诗选·癸集》上（癸之丁）（第381页）；赵相璧著《历代蒙古族著作家述略》（第17页）；王叔磐、孙玉溱选注《元代少数民族诗选》（第148页）等。

（清）顾嗣立、席世臣编《元诗选·癸集》上（癸之丁）录其《南禅寺》、《灵宝观》、《安流晓渡二首》、《兰浦渔舟》共五首。《南禅寺》诗云："宝刹传清梵，云霞作绮罗。山空云气合，树古雨声多。好鸟啼青嶂，飞花点绿莎。丹崖如可约，吾亦访盘阿。"《灵宝观》诗云："敲鞭吟入楚云堆，道士出迎将鹤来。门径雨深苍藓合，洞房春暖碧桃开。蒲团分座临丹灶，松酿凝香压酒杯。相与笑谈忘世虑，更从何处觅蓬莱。"《安流晓渡二首》其一诗云："依依云覆楚天低，千里行人渡此溪。浮舫缠离芳草岸，征鞍复上绿杨堤。川连湘水迷兰浦，路接桃园入故蹊。可叹共舟同济客，明朝几处候晨鸡。"其二诗云："江头初日起啼鸦，远近行人下浅沙。船浅碧流如坐镜，客依银汉若乘槎。微茫云路三千里，隐约烟村八九家。漫道济川舟楫利，轩辕功业至今夸。"《兰浦渔舟》诗云："兰浦香涛接澧湘，渔舟数叶泛沧浪。绿蓑篛笠生涯足，明月芦花兴味长。江草无情侵梦寐，烟波有分定行藏。令人还忆陶朱子，独钓西风几夕阳。"

燮理溥化

燮理溥化，一作燮理普代，字元溥，蒙古斡剌纳儿氏。顺德王哈剌哈孙族孙，约生活在元成宗至顺帝年间。泰定四年（1327）进士，任舒城县达鲁花赤，历抚州路乐安县达鲁花赤，后至元四年（1338）除南台御史（明万历三年《庐州府志》卷八）。燮理溥化自幼勤奋好学，曾尊翰林侍讲学士揭傒斯为师，学习经史诗文，泰定初举湖广乡试，四年（1327）中进士第，授舒城（今安徽舒城）首理学政。在任期间非常注重文教，天历二年（1329）在舒城东原北宋杰出画家李伯时故居龙眠山庄旧基上，建立了一座龙眠书院，讲习经史，提倡文教。

生平事迹见明万历三年《庐州府志》卷八；清康熙二十三年《乐安县

志》卷八；《道园学古录》卷八《舒城县学明伦堂记》；《道园学古录》卷三十五《抚州路乐安县重修儒学记》；《道园学古录》卷四十《题翰罗氏世谱》；《揭文安公全集》卷九《送燮元溥序》；李修生主编《全元文》卷一千七百零一等。

燮理溥化非常尊重揭傒斯。揭傒斯，字曼硕，龙兴富州人。名著于时，曾总修辽、金、宋三史，有《揭文安公全集》传世，燮理溥化曾参与编校此书。

李修生主编《全元文》卷一千七百零一收其文《乐安县志序》，辑录于清康熙二十三年《乐安县志》卷八。《重修南岳书院记》，辑录于民国十三年衡山康和声铅印周镗续修明弘治元年刻本《衡山县志》卷五，清嘉庆二十五年《湖南通志》卷五十。

阿　荣

阿荣（？—1333），字存初，蒙古怯烈氏人，大约生活在元武宗至文宗期间。其曾祖孛鲁欢，元宪宗时拜中书右丞相。祖父也先不花，裕宗封为燕王。父按摊，初事成宗，袭长宿卫，至大二年，拜行资德大夫、中书右丞，行浙东道宣慰使司都元帅。阿荣幼事武宗，由宿卫起家，历官湖南道宣慰副使，湖广行省左右司郎中、吏部尚书。泰定初，出为湖南宣慰使，后改浙东道宣慰使都元帅，后因病辞官。文宗天历初，复起用为吏部尚书，参议中书省事。二年拜中书参知政事，知经筵事；后晋奎章阁大学士、荣录大夫等职。时文宗图帖睦尔非常眷遇，阿荣也尽心效力，知无不言。后来，他看到元廷日渐腐败，王室互相倾轧，朝臣你争我夺，各地灾荒连年，文宗虽兴文治，但也不会久长，对此，他心中常郁郁不乐，但又无能为力，遂在避世思想的指导下，谒告南归武昌。顺帝元统元年卒，终年约四十岁。

阿荣生平事迹见（明）宋濂撰《元史》；（清）魏源《魏源全集·元史新编本纪·列传》第八册，卷一中卷二十七；（清）汪辉祖撰《元史本证》；柯劭忞《新元史》；高文德主编《中国民族史人物辞典》；赵相璧《历代蒙古族著作家述略》（第10页）；钱仲联主编《中国文学大辞典》；高文德编著《中国少数民族史大辞典》等。

阿荣对易理之学亦有深刻的研究，能推断事情的成败利害及人的祸福贵贱。时人多奇之。可惜的是，他的诗文著作今无留存。

阿荣闲居，以文翰自娱，博究前代战乱得失，见其心会者，则扼腕曰："忠臣孝子国家之宝……"日与韦布之士游，所至山水佳处，鸣琴赋诗，日夕忘迟。对于其才智，时人多有称赞。著名学士虞集说："存初，国家世臣，妙于文学，以盛年登朝，在上左右，斯文属望。"阿荣虽是宿卫出身，但博学多识，曾广泛研究历代战乱得失，并为元廷的腐败深为叹息。因此，其南归武昌以后，即寄情于翰墨之间，以此消度年华。

（明）朱权《太和正音谱》将其列入"具有杰作"的散曲作家之列，并评论："其词势非笔舌可能拟，真词林之英杰也"。

密兰沙

密兰沙，生平事迹不详。（明）叶子奇《草木子》称其为至顺辛未间人，曾官福建廉访使，于元文宗至顺二年（1331）作有《求仙诗》一首。

生平事迹见陈衍辑撰《元诗纪事》卷四十二（第898页）录《求仙诗》，诗云："刀笔相从四十年，非非是是万千千。一家富贵千家怨，半世功名百世愆。牙笏紫袍今已矣，芒鞋竹杖任悠然。有人问我蓬莱事，云在青山水在天。"

阿鲁威

阿鲁威，一作阿鲁灰、阿鲁翚，字叔重，号东泉，人或以鲁东泉称之，元蒙古人。约生活于元英宗、泰定帝前后。元英宗至治间官南剑（今福建南平）太守，泰定帝泰定年间任经筵官、翰林侍读学士、参知政事。元末寓居江南。其他经历知之甚略。不过从其作品所反映的内容来看，似乎他宦途并不顺达，具有厌恶功名利禄，向往诗酒隐居的思想倾向。阿鲁威禀赋优异，勤奋好学，精通蒙、汉两种语言文字。他不仅擅长词曲，而且对中国的历史典籍有着丰富的知识。所以当时的一些知名人士如洪希文、张雨、虞集以及朱德润等人都尊称他为"鲁东泉学士"、"学士东泉鲁公"，也有人称他为"元室文献之老"等，可见时人对他的敬重。阿鲁威一生中主要过的是一种居士的生活，出任做官的时间很短（详参云峰《民族文化交融与元散曲研究》，第174—178页）。

生平事迹见（元）虞集《道园学古录》；（明）宋濂等撰《元史·本纪》卷三十；（明）徐一夔《始丰稿》卷十二；隋树森编《全元散曲》上；云峰著《民族文化交融与元散曲研究》；赵相璧著《历代蒙古族著作

家述略》等。

其汉文修养深厚，曾翻译《世祖圣训》、《资治通鉴》等。能诗，与大诗人虞集等人有唱和。尤工散曲，今存十九支曲，散见于《阳春白雪》、《乐府群珠》等书，隋树森编《全元散曲》所收最多。

阿鲁威散曲，内容多为鄙薄高官厚禄、向往隐居生活；抒发时光易逝、怀才不遇之感慨；赞扬古代英雄贤士等方面的作品。其风格豪放悲凉。另有根据屈原《九歌》为素材而成的［双调·蟾宫曲］九首，语言典雅秀丽，风格浪漫神奇，受到时人赞赏。阿鲁威一生隐居与否没有明确的记载，其晚年寓居江南时脱离了政界。但他之前之后并未静以处之，由于他对官场的不满，时时抒发生不逢时、怀才不遇的感慨。如其［双调·蟾宫曲·遣怀］："任乾坤浩荡沙鸥。沽酒寻鱼，赤壁矶头。铁笛横吹，穿云裂石，草木炎州。信甲子题诗五柳，算庚寅合赋三秋。渺渺予愁，自古佳人，不遇灵修。"［双调·蟾宫曲·东君］曲云："望朝暾将出东方。便抚马安驱，揽辔高翔。交鼓吹竽，鸣篪絙瑟，会舞霓裳。布瑶席兮聊斟桂浆，听锵锵兮丹凤鸣阳。直上空桑，持矢操弧，仰射天狼。"

阿鲁威一生中创作了不少诗词散曲，惜多散佚，现存散曲十九首，包括《蟾宫曲》十六首、《湘妃怨》二首、《寿阳曲》一首。［双调·蟾宫曲］《旅况》云："烂羊头谁羡慕封侯！斗酒篇诗也自风流。过隙光阴，尘埃野马，不障闲鸥。离汗漫飘蓬九有，向壶山小隐三秋。归赋登楼，白发萧萧，老我南州。"［双调·蟾宫曲］《遣怀》云："任乾坤浩荡沙鸥。沽酒寻鱼，赤壁矶头。铁笛横吹，穿云裂石，草木炎州。信甲子题诗五柳，算庚寅合赋三秋。渺渺予愁，自古佳人，不遇灵修。"［双调·蟾宫曲］《怀友》云："动高吟楚客秋风，故国山河，水落江空。断送离愁，江南烟雨，沓沓孤鸿。依旧向邯郸道中，问局胥今有谁封？何日论文，渭北春天，日暮江东。"［双调·蟾宫曲］《怀古》云："问人间谁是英雄？有酾酒临江，横槊曹公。紫盖黄旗，多应借得，赤壁东风。更惊起南阳卧龙，便成名八阵图中。鼎足三分，一分西蜀，一分江东。"［双调·寿阳曲］云："千年调，一旦空，惟有纸钱灰晚风吹送。尽蜀鹃血啼烟树中，唤不回一场春梦。"

（明）朱权在《太和正音谱》中称其散曲"如鹤唳清霄"，并将其列入元散曲七十大家之列。

同 同

同同（1302—1358），字同初，玉速帖木儿之子。居真定（今河北正定），蒙古人，元顺帝元统元年（1333）癸酉科状元及第。（明）宋濂等撰《元史·选举制一》载同同为元统元年右榜进士第一。登第后授集贤修撰，寻迁翰林待制。后出为江西廉访司经历。至正十八年（1358），农民军陈友谅部攻陷郡城，被杀。

生平事迹在（明）宋濂等撰《元史·选举制一》；陈衍辑撰《元诗纪事》卷二十四；赵相璧著《历代蒙古族著作家述略》（第32页）；邓洪波、龚抗云编著《中国状元殿试卷大全》；李修生主编《全元文》；新华社河南分社编《历代金殿殿试鼎甲朱卷》（第88页）；高文德编著、蔡志纯等撰稿《中国少数民族史大辞典》；王鸿鹏编著《中国历代文状元·文状元名录》中均有记述。

同同是迁居中原的蒙古人，对汉文化有较深的造诣，特别是对古曲诗词兴趣更为浓厚。元末著名诗人杨维桢说："同初诗多台阁体，天不假年，故其诗文鲜行于时。"仅存诗《宫词》（《和西湖竹枝词》）一首，收入（清）顾嗣立、席世臣编《元诗选·癸集》。诗云："西子湖头花满烟，谩（又作'共'）郎日日醉湖边。青楼十丈钩帘坐，萧鼓声中看画船。"

察罕帖木儿

察罕帖木儿（？—1362），字廷瑞，颍州沈丘（今属河南）人。至正十二年（1352）授中顺大夫。官至中书平章政事等。二十二年，遇刺身亡。赠推诚定远宣忠亮节功臣、开府仪同三司、上柱国、河南行省左丞相，追封忠襄王，谥献武。及葬，改赠宣忠兴运弘仁效节功臣，追封颍川王，改谥忠襄，食邑沈丘县，所在立祠，岁时致祭。

生平事迹见（明）宋濂撰《元史》卷一四一有传；（清）乾隆十一年《沈丘县志》卷九；李修生主编《全元文》卷一千八百零四等。

李修生主编《全元文》卷一千八百零四收其《祭颜子文》一文，辑于一九七七年台湾鼎文书局刊印《古今图书集成·学行典》卷一百五十四。

囊加歹

囊加歹，字逢源，蒙古人，居济阳（今属山东）。元统元年（1333）

进士，仕至同知制诰兼国史编修（明万历三十七年《济阳县志》卷七）。

生平事迹见（明万历三十七年）《济阳县志》卷七；李修生主编《全元文》卷一千六百四十六等。

李修生主编《全元文》卷一千六百四十六收其文《善士郭英助文庙礼器记》一篇，辑于（乾隆三十年）《济阳县志》卷十，民国二十三年《续济阳县志》卷十六。

图帖睦尔

图帖睦尔（1304—1332），孛儿只斤氏，元文宗，蒙古语称札牙笃皇帝。武宗海山次子。英宗时出居海南，泰定帝时召还，封怀王，居建康，后迁江陵（今湖北）。至和元年七月，泰定帝殁，九月，图帖睦尔接帝位于大都，改元天历。期间在燕铁木儿及其所属钦察集团和一部分武宗旧部的支持下，击败王禅、倒剌沙等，取上都；接着又调兵平定了四川、云南的反对集团。初武宗长子和世㻋在仁宗时被迫出走，图帖睦尔在即位诏中曾表示："谨俟大兄之至，以遂朕固让之心。"天历二年（1329），和世㻋得讯南还，在和林北即帝位，是为明宗。当明宗南行至上都附近的旺忽察都（今河北张北县北）时，名义上已逊位的图帖睦尔与燕铁木儿前往迎接，伺机毒死明宗。于是，图帖睦尔复于八月即位于上都。

图帖睦尔的生平事迹在（明）宋濂撰《元史》；（清）顾嗣立、席世臣编《元诗选》初集上卷首；陈衍辑撰《元诗纪事》卷一；白·特木尔巴根《古代蒙古作家汉文创作考》（第78页）；云峰《元代蒙汉文学关系研究》（第102页）；赵相璧《历代蒙古族著作家述略》（第14页）；冯志文辑《西域历史编年·公元十至十四世纪宋辽金元时期》（第51页）；鲜于煌选注《中国历代少数民族汉文诗选》；王叔磐、孙玉溱著《古代蒙古族汉文诗选》、《元代少数民族诗选》（第152页）等中均有记述。

其在位期间，大权旁落于燕铁木儿，他日与文士交往于翰墨间，在文治方面有突出的成就。注重文化建设，创建奎章阁，编修《经世大典》，封赠先儒，招用著名文人学士，研讨诗文典籍等。诗人具有较高的汉文化修养，擅长诗书画，今流传有四首诗，收录于（清）顾嗣立、席世臣编《元诗选》、（清）顾奎光编《元诗选》七卷本（诗选六卷、补遗一卷）和《御选宋金元明四朝诗》等诗歌集中。

（清）顾嗣立、席世臣编《元诗选》初集上卷首，收其七律二首《自集庆路入正大统途中偶吟》、七绝《登金山》;《自集庆路入正大统途中偶吟》诗云:"穿了毹衫便著鞭,一钩残月柳梢边。二三点露滴如雨,六七个星犹在天。犬吠竹篱人过语,鸡鸣茅店客惊眠。须臾捧出扶桑日,七十二峰都在前。"《望九华》诗云:"昔年曾见《九华图》,为问江南有也无?今日五溪桥上见,画师犹自欠工夫。"《登金山》诗云:"巍然块石树枝松,尽日游观有客从。自是擎天真柱石,不同平地小山峰。东连舟楫西津渡,南望楼台北固中。我欲倚栏吹铁笛,恐惊潭底久潜龙。"《青梅诗》诗云:"自笑当年志气豪,手攀金杏弄金桃。滇南地僻无佳果,问着青梅价也高。"王叔磐、孙玉溱著《古代蒙古族汉文诗选》及《元代少数民族诗选》录其《望九华》一首,其诗作具有较高艺术水平,受到评家称赞。(清)顾奎光、陶翰、陶玉禾评此诗曰:"真情本色,不雕饰而饶诗意,赋早行者,无以逾之,结语尤见帝王气象。"可谓精当评语。

月鲁不花

月鲁不花(? —1354),字彦明,号芝轩,蒙古逊都思氏人。幼随其父脱帖穆耳戍越(今江浙)。从名儒韩性学,为文下笔立就,灿然成章。就试江浙乡闱,居右榜第一。顺帝元统元年(1333)登进士第,时龙仁夫为主文,先一夕梦月中有花,及榜发,魁右榜者为月鲁不花,果与梦合。授台州路录事司达鲁花赤。该县未有学,乃首建孔子庙,延儒士为师,以教后进。后历任广东廉访司经历、集贤待制、监察御史、吏部尚书、大都路达鲁花赤、翰林侍讲学士、山南道廉访使等职。为官颇有政绩,关心民生疾苦,曾议罢造海船三百艘耗疲民力之事,民遮道拥谢曰:"微公言,吾民其毙矣。"在保定达鲁花赤任上,由于能为民办事,保定民不忍其去,绘像以祀之。顺帝至正十四年(1354),浮海北上,途中遇倭贼甚众,与子、侄、家人、同舟人八十余,力战不敌,不屈遇害,赠辽阳等处行中书省平章政事、上国柱,谥忠肃。诗见蒲庵禅师《来复澹游集》中若干篇。

生平事迹见(明)宋濂《元史·月鲁不花传》;(清)顾嗣立编《元诗选》三集(第322—325页);云峰《元代蒙汉文学关系研究》;荣苏赫、赵永铣主编《蒙古族文学史》;赵相璧《历代蒙古族著作家述略》;王叔磐、孙玉溱选注《元代少数民族诗选》(第156页);谢启晃等编《中国少数民族历史人物志》等。

月鲁不花善诗,著有《芝轩集》,惜未传世。今只流传十一首诗作,见（清）顾嗣立、席世臣编《元诗选·三集》（清康熙间长洲顾氏秀野草堂刻本），其中九首又录自元末定水寺住持来复见心禅师编辑之《澹游集》（国内存有瞿氏铁琴铜剑楼钞本，日本有覆刻本）。

（清）顾嗣立所据本应编成于至正二十五年之后，顾氏所据之《澹游集》是在铁琴铜剑楼钞本与日本刻本之外的第三个版本。从编成时间排序，这三种《澹游集》先后为日本刻本、铁琴铜剑楼刻本、（清）顾嗣立所据本。诗人与当时文坛名流及释界高僧多有唱和，如刘仁本、高明、余阙、见心禅师诸人。高明有《寄月彦明省郎二首》曰："西山烟霭连朝好，南省官曹暇日多。词客锦笺题水调，佳人翠袖拂云和。"

（清）顾嗣立、席世臣编《元诗选·三集》从《芝轩集》中辑录其诗《次韵答见心上人》、《谢见心上人并序》、《余来四明见心禅师以诗见招既至山中使人应接不暇见心相与数日抵掌谈笑情好益洽故再倡秋风之句为他日双峰佳话云》、《泛鸣鹤湖次见心上人韵》、《游天重山》、《夜宿大慈山次金左丞韵》、《游育王山》、《余尝遣仆奉商学士山水图一幅为见心禅师寿又尝与师同宿大慈山和金左丞壁间所题诗韵而师有白河影落千峰晓碧海寒生万壑秋之句故末章及之》、《简见心上人》、《题高节书院》十首，并于作者小传中云其"诗见蒲庵禅师《来复澹游集》中若干篇"。

《次韵答见心上人二首》其一诗云："每见诗文湖海上，前年相识北来初。客边邂逅情何密，方外交游迹似疏。师喜已通三藏法，我惭未读五车书。秋风欲赴云泉约，一榻清风万虑除。"《次韵答见心上人二首》其二诗云："玉立双峰古寺深，团团桂树结清阴。编蒲尽孝追尊宿，制锦成文重士林。常日谈经山鬼听，有时持钵洞龙吟。远公曾许渊明醉，又寄诗来动客心。"

《游天重山》诗云："山盘九陇翠岩峣，太白星高手可招。路入松关云气合，天连宝阁雨花飘。承恩赐额开名刹，奉敕文碑荷圣朝。晨鼓暮钟思补报，行看四海甲兵消。"赵相璧著《历代蒙古族著作家述略》（第19页）及王叔磐、孙玉溱选注《元代少数民族诗选》（第160页）录月鲁不花《游天童山》诗，其中"童"当为"重"字之讹。

察 伋

察伋（1305—?），一作察级，字士安，塔塔耳蒙古氏，自号"海东樵者"，家有"昌节斋"，莱州掖县（今属山东）人。其曾祖合纳为武略将军。祖父月禄普化，父帖木儿，均为元臣。察伋于惠宗元统元年（1333）中进士，后入国史院授职编修。曾任国史编修官、南台监察御史及江西、浙东廉访佥事。能诗能画，与顾瑛、来重禅师等多有唱和。

（清）顾嗣立、席世臣编《元诗选》收录其诗《题钱舜举秋江待渡图》、《送别曲》、《赵子昂天马图》、《题张溪云竹图》三首。

《题张溪云竹图》诗云："太湖山石玉巑屼，偃蹇长松百尺寒。明月满天环珮响，夜深风雨听飞鸾。"

《题钱舜举秋江待渡图》诗云："大江微茫天未晓，散绮余霞出云表。乱山滴翠露华寒，隔树人家茅屋小。行人欲发待渡舟，垂纶独钓矶上头。感时抚卷寄遗意，芦花枫叶潇潇秋。"

《赵子昂天马图》诗云："曲江洗刷云满身，雄姿逸态何超群。眼中但觉肉胜骨，幹也何让曹将军。嗟哉今人画唐马，艺精亦出曹韩下。玉堂学士重名誉，一纸千金不当价。山窗拥雪观画图，据鞍便欲擒於菟。天厩真龙有时有，杜老歌行绝代无。"

《送别曲》诗云："矇眬出扶桑，照见大黑洋。直升中天上，万国蒙清光。三山楼阁蓬莱东，丹霞翠壁金芙蓉。鸿蒙凝结古元气，我欲往游从赤松。郯郎朝玉京，船发南风生。海头挝鼓人起舞，椎羊酾酒祈神明。远寄平安书，十日到直沽。阿翁发半白，莫醉黄公垆。"

察伋与元末著名诗人王逢等人交往甚密，王逢曾作《简察士安御史》诗，赞颂其才学及德行。

僧家奴（讷）

僧家奴，字元卿，号崞山野人。蒙古术里歹氏。曾祖杰烈从成吉思汗攻略江山，此后三世皆镇山西。僧家奴早年为元武宗宿卫，至正初任广东宣慰使都元帅、江浙行省参政，历福建宪使。政事之余经史不离于手，吟咏不辍。

著有《崞山诗集》，由虞集作序（《道园类稿》卷十九），但未见传本。陈衍辑撰《元诗纪事》中存其诗《次聊》、《三聊》两首。至正九年（1349）八月，僧家奴与申屠駉、奥鲁赤、赫德尔等在乌石山联句赋诗，并将所作《道山亭联句》刊于摩岩。

道山亭联句有：（子迪）"追陪偶上道山亭，叠嶂层峦绕郭青"；（元卿）"万井人家铺地锦，九衢楼阁画帏屏"；（本初）"波摇海月添诗兴，座引天风吹酒醒";(文卿)"久立危栏须北望,无边秋色杳冥冥"。这是元诗史上仅见的以蒙古人为主的联句活动,堪称一时之盛,也是元代蒙古、色目双语作家达到全盛时期的标志。

笃列图

笃列图(1311—1347),字敬夫,又字彦诚,蒙古捏古台氏。燕山人。是元文宗时代的一位蒙古族书画家兼诗人。祖父为信州永丰县达鲁花赤,即家于永丰县进贤坊。笃列图甫弱冠,中文宗至顺元年(1330)右榜进士第一,授集贤修撰,累迁江南行台监察史,按治湖广江浙,升福建廉访司,以诬劾去职。后官内御史。病殁,年三十七。(元)王逢《故内御史捏古台氏笃公挽词》中载,笃列图在参加廷式时,文宗读其卷,叹曰:"蒙古人文学如此,祖宗治教所及也。"故拔为第一。

其人短小凝重,眉目秀朗,官居巷处,言行一致,颇为士人称颂。及第时,因才华出众,中丞马祖常(伯庸)以妹妻之。时人赞之为:"琼林宴壮元,银屏会佳婿。"笃列图因其父汉名为揭南新,故以揭为姓。其子即名揭毅夫,官至江西行省郎中。笃列图工诗文,善书画,尤以大字见长。

生平事迹见(元)王逢《故内御史捏古台氏笃公挽词》;李修生主编《全元文》卷一千六百四十八;赵相璧《蒙古族著作家述略》;王叔磐、孙玉溱著《古代蒙古族汉文诗选》、《元代少数民族诗选》;厦门园林博览园编《中国历代状元名录》等。

王叔磐、孙玉溱等选注《元代少数民族诗选》(第154页)录其《题董太初〈长江伟观图〉》一首,诗云:"往岁曾登北固楼,遥看天际白云浮。江分吴楚波涛阔,山涌金焦树木稠。落日放船过赤壁,清秋骑鹤上扬州。于今高卧蓬窗底,展卷令人忆旧游。"《题范文正公书〈伯夷颂〉并札卷》诗云:"韩文称颂伯夷贤,黄素真书庆历年。月照明珠还合浦,春风长共义庄田。"《夜过梦月山房》诗中有佳句"御史邻居偶和麻,攀罗弄月乐忘归"。

李修生主编《全元文》卷一千六百四十八,收笃列图文《瑞盐记》一篇,作于至顺四年七月。

元人《伟观集》(连平范氏双鱼室,民国四年[1915]刻本)和(清)顾嗣立、席世臣编《元诗选》等收其诗二首。《题董太初〈长江伟观图〉》乃题画诗，格调高雅，立足深远。

（元）陶宗仪《书史会要》说其"善大字"。此外，他还绘有《海鹘图》，傅若金曾为之题诗。

凝香儿

凝香儿，本为官妓，元顺帝（1333—1368）时人，番僧珈璘真献房中密术，广选美女入宫，供元顺帝淫乐，不论官宦平民，只要家有年轻女子的即行入册。凝香儿擅长鼓瑟，谙熟音律，舞姿优美，因为才艺出众被选入宫中，入宫很短的时间里就被提为才人。凝香儿与淑妃龙瑞娇、程一宁、戈小娥、丽嫔张阿玄、支祁氏、才人英英，最受元顺帝宠爱，宫中称为"七贵"。凝香儿的身体柔软有弹性。跳舞时，凝香儿腾空跃起，鞋帽也随之飞向空中，待凝香儿空翻一周后，起身的刹那恰好穿戴好鞋帽，分毫无误，百试不差。某夕，顺帝在天香亭宴饮，唤凝香儿侍酒歌舞。凝香儿着花冠锦鞋，舞姿若鸾鸟瑞鹤，引人浮想联翩。顺帝乐得心花怒放，一时高兴起来，拥凝香儿入怀，揽其腰，抚其脸，曰："人言古有霓裳羽衣舞，如今卿之舞当可称为'翻冠飞履之舞'"。

（明）冯梦龙《情史》文载："宫人凝香儿者，本官妓也。以才艺选入宫，遂充才人。善鼓瑟，晓音律，能为翻冠飞履之舞。舞间冠履皆翻覆飞空，寻如故，少顷复飞，一舞中屡飞履复，虽百试不差。帝尝中秋夜泛舟禁池，香儿着琐里缘蒙之衫。琐里，夷名，产撒哈剌蒙耳，如毡毯，但轻薄耳，宜其秋时着之。有红绿二色。至元间进贡。帝又命工，以金笼之，妆出鸾凤之形，制为十大衫，香儿得一焉。又服玉荷花蕊之裳，于阗国鸟至河生花蕊草，采其蕊，织之为锦。香儿以小艇荡漾波中，舞婆娑之队，歌弄月之曲，其词云：'蒙衫兮蕊裳，瑶环兮琼珰。泛予舟兮芳渚，击予楫兮徜徉。明皎皎兮水如镜，弄蟾光兮捉娥影。露团团兮气清，风飕飕兮力劲。月一轮兮高且圆，华新发兮鲜复妍。愿万古兮每如此，予同乐兮终年。'"

生平事迹见（明）冯梦龙《情史》；（清）王翙绘画《百美新咏图传·历朝名女诗文图记》；（清）周寿昌编《宫闱文选》；陈衍辑撰《元诗纪事》卷三十五；张庆芝著《中国历代女名人录》（第230页）；白寿彝主编《中国通史》第六卷（第1330页）等。

《元诗纪事》卷三十五存诗《采菱曲》、《采莲曲》、《弄月曲》、《天香亭歌》四首。《采菱曲》诗云："伽南楫兮文梓舟，泛波光兮远夷犹。波摇兮舟不定，扬余袂兮金风竞。棹歌起兮纤手挥，青角脱兮水潆洄。归去来兮乐更谁？"《采莲曲》诗云："放渔舟兮湖之滨，剪荷柄兮折荷英。鸳鸯飞兮翡翠惊，张莲叶以为盖兮。缉藕丝以为衿，云光淡兮微烟生。对芳华兮乐难极，返予棹兮山月明。"《弄月曲》诗云："蒙衫兮蕊裳，瑶环兮琼珰。泛予舟兮芳渚，击余楫兮徜徉。明皎皎兮水如镜，弄蟾光兮捉娥影。露团团兮气清，风飕飕兮力劲。月一轮兮高且圆，华彩发兮鲜复妍。愿万古兮每如此，予同乐兮终年。"《天香亭歌》诗云："天风吹兮桂子香，来闾阖兮下广寒。尘不扬兮玉宇净，万籁泯兮金阶凉。玄浆兮进酒，兔霜兮为侑。舞乱兮歌狂，君饮兮一斗。鸡鸣沈兮夜未央，乐有余兮过霓裳。吾君吾王兮寿万岁，得与秋香月色兮酬酢乎樽觞。"

朵儿直班

朵儿直班（1315—1355），又作朵尔直班、多济巴勒，字惟中，元臣木华黎七世孙，蒙古扎剌亦儿氏。父别理哥帖木尔，祖硕德，曾祖乃燕，高祖速浑察，五世祖孛鲁。距木华黎止六世，为元后期名臣，擅长诗词书画。

吴廷燮据（清）钱大昕《廿二史考异》载："七年朵儿直班为中书右丞，后迁辽阳平章《黄溍集·鲁国公碑》，于朵儿直班进石丞兼御史中丞，改江南行台御使，拜辽阳行省平章政事，以太常礼院使召，迁中正院使。今为宗政院使。至正十年黄文献集改元至正之明年。翰林学工朵儿直班上亲御翰墨，作'庆寿'两大字，以赐。后七年，臣朵儿直班由辽阳行省平章政事人为中政使。"（详参吴廷燮《元行省丞相平章政事年表》，《东北从刊》1930年第6期）

生平事迹在（明）宋濂《元史·本传》卷一百三九；（清）钱大昕《廿二史考异》；（清）屠寄《蒙兀儿史记》：李修生主编《全元文》卷一千六百一十一；赵相璧《历代蒙古族著作家述略》中均有记述。

《元史》称朵尔儿直班立朝，以扶持名教为己任，留心《经》术，喜为五言诗，字画尤精。著书四卷，帝赐名曰《治原通训》，藏宣文阁。（元）陶宗仪《书史会要》云："朵尔直班，蒙古人，官中政院使日，尝奉敕书邓文肃公神道碑。"（清）屠寄《蒙兀儿史记》亦说："初为五言诗，尤善书翰。"其诗今不传。

李修生主编《全元文》卷一千六百一十一收其文《题郑氏义门家范后》一篇，辑于清刻本《麟溪集》巳卷。

也先忽都

也先忽都，原名均，字公秉，是中书左丞相太平之子，元顺帝至正六年（1346），帝赐太平蒙古姓氏，遂改今名。少好学，有俊才，累迁殿中侍御史、治书侍御史，翰林侍读学士、兼袭虎贲亲军都指挥使。后又任兵部尚书、同知枢密院事兼太子詹事等职。也先忽都因其父未从太子密谋内禅，遂屡劾罢官，贬谪撒思嘉之地。后又劾其故违上命，令杖死。终年四十四岁。

生平事迹见（明）宋濂等撰《元史·本传》；柯劭忞撰《新元史》；李学勤编《二十六史》；赵相璧《历代蒙古族著作家述略》（第45页）等。

也先忽都，自幼熟读经史，又喜赋诗，（清）钱大昕《元史艺文志》（又称《补元史艺文志》）称其著有《诗集》十卷，今未见传世。

妥欢帖睦儿

妥欢帖睦儿（1320—1369），字儿只斤氏，庙号惠宗，明太祖加号顺帝，蒙古语乌哈笃皇帝。元末皇帝，在位三十五年，期间天灾人祸，社会动乱，阶级矛盾、民族矛盾和统治阶级内部矛盾进一步尖锐，农民起义风起云涌，1368年朱元璋攻陷大都，率后妃、太子、亲王及残余部队，退出大都，北走开平（今内蒙古锡林郭勒盟正蓝旗东闪电河北岸）。元朝从此灭亡。次年（1369）四月死于应昌（今内蒙古赤峰市克什克腾旗境内）。其在位时间较长，汉文素养较高，喜舞文弄墨，写诗作赋。

生平事迹见（明）宋濂《元史》；（清）顾嗣立、席世臣编《元诗选》；陈衍辑撰《元诗纪事》；白·特木尔巴根《古代蒙古作家汉文创作考》；赵相璧《历代蒙古族著作家述略》等。

（清）顾嗣立、席世臣编《元诗选·初集》上卷首录其御制诗《赠吴王》一首。《赠吴王》即是顺帝在开平为答复明太祖朱元璋的招降使者所作，诗云："金陵使者渡江来，漠漠风烟一道开。王气有时还自息，皇恩何处不周回。莫言率土皆王化，且喜江南有俊才。归去丁宁频嘱咐，春风先到凤皇台。"

（明）徐祯卿《翦胜野闻》根据明人沈节甫《纪录汇编》卷一百三十所载，惠宗北走开平后曾作有一首诗，以答明太祖："元君既遁，复留兵开平，犹有觊觎之志。"太祖遣使驰书，明示祸福，便做《答明主》，诗曰："金陵使者渡江来，漠漠风烟一道开。王气有时还自息，皇恩何处不昭回。信知海内归明主，亦喜江南有俊才。归去诚心烦为说，春风先到凤皇台。"其中与（清）顾嗣立、席世臣编《元诗选·初集》所载《赠吴王》颈联、尾联中"莫言率土皆王化，且喜江南有俊才。归去丁宁频嘱咐，春风先到凤皇台。"诗句略有不同，有待进一步考证。

《元诗纪事》录诗《答明主》、《御制诗》、《句》。赵相璧《历代蒙古族著作家述略》第37页中载妥欢帖睦儿《御制诗》一首，诗云："父疾精虔祷上天，愿将已算益亲年。孝心感格天心动，恍惚神将帝命传。母渴思瓜正岁寒，那堪山路雪漫漫。双瓜忽产空岩里，归奉慈亲痼疾安。"并指出此诗作于至正年间。

妥欢帖睦儿能诗善画，精于书法，陶宗仪《书史会要》评其书画时说，他"改奎章为宣文，崇儒重道，尊礼旧臣，万几之余，留心翰墨，所书大字，严正结密，非浅学者可到。奎画传世，人知宝焉"。

聂 镛

聂镛，字茂先，一作茂宣，自号太拙生，蒙古人，通经术，善诗歌。杨维桢在《西湖竹枝集》里载其曰："蒙古氏，幼警悟，从南州儒先生问学，通经术，善歌诗，尤工小乐章。其音节慕萨天锡（萨都剌），常与郯韶（九成）等唱和。"大约生活于元中后期，顺帝朝前后，与当时著名文士郯韶、顾瑛、杨维桢等均有酬唱。

其自撰诗后曾署"蓟丘聂茂宣"，张宪也在《赠答蓟丘聂茂宣》中称他为"蓟门学士燕南豪"，据此萧启庆说他："可见其原为家居燕京之蒙古人。"聂镛现存诗篇多为与顾瑛、张经的酬唱之作，并且与当时不少名士有唱和，特别是参与了著名的"玉山草堂雅集"和"良常草堂雅集"，体现了元中后期蒙古族文人学士与汉族文人学士的密切交往情况。

生平事迹见（清）钱谦益《列朝诗集小传·甲前集》；（清）顾嗣立、席世臣编《元诗选·癸集》上；陈衍辑撰《元诗纪事》；云峰《元代蒙汉文学关系研究》（第88页）；荣苏赫、赵永铣主编《蒙古族文学史》第一卷；云峰《蒙汉文学关系史》；赵相璧《历代蒙古族著作家述略》等。

聂镛诗歌创作丰富，惜多散佚，留传较少。（清）顾嗣立、席世臣编《元诗选》收录其诗《送张吴县之官嘉定分题赋得天平山》、《碧梧翠竹堂》、《虞君胜伯求先世遗书将锓梓诸作诗以美之》、《可诗斋》、《律诗二首寄怀玉山》、《和西湖竹枝词》、《宫词》八首。其诗风格意气纵横，铺陈排比，清幽婉丽，刻画细腻。《送张吴县之官嘉定分题赋得天平山》："兹山镇吴会，秀色削金碧。拔地起万仞，去天不盈尺。剑矛辉日洁，笑落承露滴。龙门启石扇，天池湛玉液。曾横松下琴，屡驻云间舄。于今望山处，苍苍暮烟隔。"《碧梧翠竹堂题诗》："青山高不极，中有仙人宅。仙人筑堂向溪路，鸟啼花落迷行迹。翠竹罗堂前，碧梧置堂侧。窗户坠疏影，帘帷卷秋色。仙人红颜鹤发垂，脱巾坐受凉风吹。天青露叶净如洗，月出照见新题诗。仙人援琴鼓月下，枝头栖鸟弦上语。空阶无地着清商，一夜琅玕响飞雨。"《虞君胜伯求先世遗书将锓诸作诗以美之》："宋室中兴业，雄才数雍公。一军能却敌，诸将耻论功。科斗遗文在，麒麟画像空。贤孙劳购觅，镌刻示无穷。"《可诗斋》："久知顾况好清吟，结得茅斋深复深。千古再赓周大雅，五言能继汉遗音。竹声绕屋风如水，梅萼吹香雪满襟。何日扁舟载春酒，为君题句一登临。"《律诗二首寄怀玉山》诗云："美人昔别动经年，几见娄江夕月圆。怪底清尘成此隔，每怀诗句向谁传。桃溪日暝垂纶坐，草阁秋深听雨眠。安得百壶春酿绿，寻君还上木兰船。"

聂镛工于宫词、竹枝词，并学习萨都剌的创作风格，长于抒情，委婉细腻。《和西湖竹枝词》诗云："郎马青骢新凿蹄，临行更赠锦障泥。劝郎莫系苏堤柳，好踏新沙宰相堤。"《宫词》诗云："九重天上日初和，翡翠帘垂午漏过。闻到南闽新入贡，雕笼进上白鹦哥。"

（元）杨维桢《西湖竹枝集》中称聂镛："其音节慕萨天锡。"（清）张其淦于《元八百遗民诗咏》评其："茂宣（聂镛）自幼通经术，诗歌意气皆纵横。集中尤工小乐章，天锡音节同铿锵。乃识太拙生巧手，玉山铁崖尽心倾。"

达不花

达不花，蒙古人。元恩宗至正年间（1341—1368）官居大司农。

生平事迹见（明）叶子奇《草木子》；陈衍辑撰《元诗纪事》上卷二十；赵相璧《历代蒙古族著作家述略》；王叔磐、孙玉溱选注《元代少数民族诗选》（第 255 页）；陈书龙主编《中国古代少数民族诗词曲评注》；鲜于煌选注《中国历代少数民族汉文诗选》等。

达不花善作宫词，惜今多散佚。（明）叶子奇《草木子》称其著有宫词数十首，并详细评述曰："元世祖皇帝思太祖创业艰难，俾取所居之地青草一株，置于大内丹墀之前，谓之誓俭草。盖欲使后世子孙知勤俭之节。"

（清）顾嗣立、席世臣编《元诗选》；陈衍辑撰《元诗纪事》卷二十收录其《宫词》一首。诗云："墨河万里金沙漠，世祖深思创业难。却望阑干护青草，丹墀留与子孙看。"

帖木儿

（清）顾嗣立、席世臣编《元诗选·癸集》上载其，元惠宗至正间（1341—1368），官居福建行中书省参知政事。帖木儿素好诗文，常于公务之暇出游山川名胜之地，并吟诗作赋以自娱。

（清）顾嗣立、席世臣编《元诗选·癸集》收录其《游鼓山大顶峰》诗一首。诗云："肩舆直上白云梯，古刹林深路欲迷。绝顶一声长啸罢，海天空阔万山低。"

巴匝拉瓦尔密

巴匝拉瓦尔密，孛儿只斤氏，成吉思汗后裔。元顺帝时封为梁王，镇守云南，以鄯阐（昆明市）为王都。顺帝至正二十二年（1362）春，四川起义军首领明玉珍率红巾军攻云南，鄯阐被攻破，梁王出奔威楚（今云南楚雄）。后赖大理总管段功出兵打败明玉珍之红巾军，梁王才转危为安。四年后，梁王听信谗言杀害段功。洪武十四年（1381），朱元璋派三十万大军征伐，梁王兵败自杀。

其汉文诗歌现仅存一首《奔威楚道中》，诗云："野无青草有黄尘，道侧仍多战死人。触目伤心无限事，鸡山还似旧时春。"

爱猷识理达腊

爱猷识理达腊（1334—1378），孛儿只斤氏，元顺帝长子，兼中书令、枢密使，至正二十七年（1367）顺帝命其统领天下兵马，二十八年元王朝覆亡，次年随顺帝北走开平驻应昌府。明洪武三年（1370），他继位北元，十一年殁于漠南。自幼居于大都，受到良好的文化教育，至正九年（1349）七月，"诏命太子爱猷识理达腊习人文书，以李好文为谕德，归旸为赞善，张冲为文学"。同年冬，将宣文阁辟为端本堂，作皇太子肄学之所。

生平事迹见陈衍辑撰《元诗纪事》卷二（第 4 页）《顺帝太子》；白·特木尔巴根著《古代蒙古作家汉文创作考》（第 81 页）；王叔磐、孙玉溱选注《元代少数民族诗选》（第 351 页）有载。

陈衍辑撰《元诗纪事》卷二录其《新月》一首，诗云："昨夜严陵失钓钩，何人移上碧云头？虽然未得团圆相，也有清光照九州。"（明）叶子奇《草木子》录此诗后评价曰："真储君之诗也。"

伯颜九成

伯颜九成，字不详，蒙古人。（清）顾嗣立、席世臣编《元诗选·癸集》上（癸之丁）载其曾官湖南行台监察御史。

其生平事迹见（清）顾嗣立、席世臣编《元诗选·癸集》上（癸之丁）；赵相璧著《历代蒙古族著作家述略》（第 48 页）；王叔磐、孙玉溱选注《元代少数民族诗选》等。

（清）顾嗣立、席世臣编《元诗选·癸集》上（癸之丁）载其《柳先生祠》、《君山》二首。《柳先生祠》诗云："柳侯昔罹逐，领海万死中。诗文既不泯，宁恶禄位崇。倒指数百载，庙食何冲融。天意化南纪，卓然变蛮风。祠下冉溪绿，罗池荔子红。著论播遐迩，声与韩争雄。盗名欺世者，黔驴惭自衷。九原如可作，终焉允依躬。文华发三叹，群学开朦胧。"《君山》诗云："鄂渚天开出画图，君山螺立洞庭湖。登楼西望江分楚，倚栏东临水入吴。浩浩海潮游赤壁，悠悠云气隐苍梧。人生扰扰成何事，却羡沙边钓艇孤。"

阿 盖

阿盖，蒙古人，生卒年未详，元后期云南行省梁王巴匝拉瓦尔密之女，大理总管、云南行省平章政事段功之妻。段功后为梁王左右诬陷并杀害，阿盖作《愁愤诗》以悼之，后殉情死。

柯劭忞《新元史·列女传·阿盖公主传》载其为："大理段功之妻。功初袭为蒙化知府。明玉珍自蜀分兵攻云南，梁王及行省官皆走。功独进兵败之。梁王深德功，以公主妻之，授云南行省平章政事。功自是不肯归。或谮之梁王曰：'段平章心叵测，盍早图之。'梁王密召公主谓曰：'功志不灭我不已，今付汝孔雀胆，乘便可毒之。'主潸然，私与功曰：'我父忌阿奴，愿与阿奴西归。'因出毒示之，功不听。明日邀功东寺演梵，阴令番将格杀之。公主闻变，大哭欲自尽。王防卫甚密。因悲愤作诗云云。……竟死。"

阿盖生于塞外，身为公主，出入贵门，又为国人（蒙古人）。段功本系大理人氏，立有战功。率部一举击退了对云南梁王构成威胁的明玉珍的红巾军，化险为夷，转危为安，"梁王深德功，慨然以女相许。"阿盖与段功彼此敬重，倾心相爱。美满欢乐的生活激发了诗人的诗情。

生平事迹见（明）杨慎《滇载记》；（明）顾应祥《南诏事略》；（明）谢肇淛《滇略》；（清）张廷玉《明史》卷一百二十四；（清）钱谦益《列朝诗集小传·闰集六》；柯劭忞撰《新元史·列女传·阿盖传》；仉凤峨选析《历代女性诗词曲精粹》（第192页）；田崇光编著《情爱婚姻典故辞典》（第2页）；梅朝荣著《正说历代非常女性精华本》（第236页）；杨镜编著《大理古今诗人要事录》（第625页）；张建雄、周锦国选注《历代白族作家丛书》综合卷（第40页）；赵相璧著《历代蒙古族著作家述略》（第51页）；王叔磐、孙玉溱著《古代蒙古族汉文诗选》（第202页）；咸宜君著《中国女性传奇故事》中卷（第356页）等。

今存其诗《金指环歌》、《愁愤诗》两首。《金指环歌》诗云："将星挺生扶宝阙，宝阙金枝接玉叶。灵辉彻南北东西，皎皎中天光映月。玉文金印大如斗，犹唐贵主结配偶。父玉永寿同碧鸡，豪杰长作擎天手。"此诗写于段功击败明玉珍起义军之后。诗中主要赞颂了段功英勇出战，荣立战功，受到嘉奖及其忠贞不渝的精神，并表示出自己对段功爱情的真诚及其高兴的心情。对段功的盛赞，对夫君的爱慕，溢于言表。段功后来蒙受不白之冤屈死。身为段功之妻，阿盖心如刀绞，悲愤欲绝，乃作《愁愤诗》以悼之，殉情而死。

《愁愤诗》诗云："吾家住在雁门深，一片闲云到滇海。心悬明月照青天，青天不语今三载。欲随明月到苍山，误我一生踏里彩。吐噜吐噜段阿奴，施宗施秀同奴歹。云片波粼不见人，押不芦花颜色改。肉屏独坐细思量，西山铁立风潇洒。"

达溥化

达溥化，字仲渊（或作仲困），号鳌海，元末茏城蒙古人。达溥化身处元明之际，在元末东南诗坛享有盛誉。萧启庆考证"仲困"即"仲渊"，"困"即"渊"之古字，元蒙古人常以其蒙文名首字或次字连缀字号而成汉文名字，因此达溥化亦称"溥仲渊"或"溥鳌海"。（清）钱大昕《补元史艺文志》词曲类所著录之元诗人"傅仲渊"，应是"溥仲渊"之误。杨镰亦认为其出身于茏城，又为国人进士，因此"达溥化"应是华化的蒙古人。

生平事迹见（元）王逢《寄溥鳌海掾郎兼简宗灯二上人》；（元）赖良编《大雅集》；（清）顾嗣立、席世臣编《元诗选·补遗》等。

著有诗集《鳌海诗人集》和词集《笙鹤清音》（已佚），具体词作已不可考，只有虞集为《笙鹤清音》所作序言存于《道园类稿》中。

今传世本《鳌海诗人集》乃明末清初秀水藏书家曹溶所藏钞本，（清）顾嗣立、席世臣编《元诗选》时曾利用该钞本丰富了其对元代蒙古色目作家的文献辑录及研究，现日本静嘉堂文库所藏《鳌海诗人集》亦是同一来源。据文献记载，元代蒙古诗人曾经把诗篇结集的虽有泰不华《顾北集》、勖实带《伊东拙稿》、僧家奴《峥山诗集》、月鲁不花《芝轩集》等等，但都未能流传至今，因此《鳌海诗人集》成为研究元代蒙古族作家汉化程度及其作品风格无可替代的别集。

《笙鹤清音》已散佚，（清）钱大昕《补元史艺文志》著录《笙鹤清音》入词曲类。词自宋代始或被称为近体乐府，以有别于乐府诗。虞集序中寥寥数语高度概括了词的发展历程，所列苏轼、辛弃疾、秦观、晁补之、贺铸、晏几道皆为北宋或南宋著名词人，故其所称达溥化"新乐府数十篇"当称其词作，而非其诗。《笙鹤清音》无疑应为溥仲渊之词集。萧启庆以为《笙鹤清音》应为诗集，（清）钱大昕误入词曲类，此说似可商榷。

（清）顾嗣立、席世臣编《元诗选》未刊稿本所录达溥化《鳌海诗人集》，乃明末清初秀水藏书家曹溶所收藏。萧启庆将日本静嘉堂所藏《鳌海诗人集》和这两个稿本作了比较，发现二者大体相似，应出自同一渊源，并合计各集所收诗歌，共十六首。中华书局整理出版《元诗选·补遗》时曾与顾氏稿本作了对校，二本所录《鳌海诗人集》收诗无异，亦收诗十六首，但未收静嘉堂本所录《题赵子昂天马图》。

《鳌海诗人集》现存诗作均为七律。《元诗选·补遗》所录《鳌海诗人集》十六首七律中，其中三首又见于元李孝光《五峰集》。兹据《鳌海诗人集》（《元诗选·补遗》本）其《次萨天锡登石头城韵》诗云："西州城外石头寺，共说英雄事业凋。王气黄旗千岁尽，水声广乐四时朝。白貂裘坏逢珠柙，玉燕穿横坠藻翘。重到谢家携妓处，维春寂寞听春潮。"《与萨天锡登凤皇台》诗云："凤皇高飞横四海，锦袍犹赋凤皇游。天随没鹘低秦树，江学巴蛇入楚流。勋业何如饮名酒，衣冠未省识神州。天涯芳草萋萋绿，王粲归来便倚楼。"《送刘好士归武昌》诗云："游子结束向何处，城中雪花几尺围。去家万里多梦见，辞亲五年今始归。道士吹箫赤壁下，行人泊舟黄鹤矶。我亦张帆上南斗，卧看明月去如飞。"

《玉山草堂雅集》卷后一收录三诗归于李孝光名下，其中各诗虽有异文，但为同一首诗无疑，其中《送刘好士归武昌》诗题作《送刘好士归武昌》（以下各本所录该诗均为此诗题）。《玉山草堂雅集》乃元末顾瑛编辑于元顺帝至正年间，由于选录的是时人之作，资料来源比较可靠，历来受到诗选家和诗评家的重视。且顾瑛与杨维桢、李孝光、张雨等人交往密切，所编选其诗作较之于他人所录，文献价值更高。宋绪《元诗体要》是成书于明初的元诗选集，持择颇为严谨，《送刘好士归武昌》亦被录于卷十四李孝光名下。（清）顾嗣立、席世臣编《元诗选·二集》戊集之《五峰集》收录三诗，但《四库全书》本《五峰集》未收录《送刘好士归武昌》，清人冒广生据逊学斋旧钞本将《五峰集》编入《永嘉诗人祠堂丛刻》时，在补遗中据《元诗选》收录此诗。

《鳌海诗人集》的成书应为后人辑录。根据萧启庆对静嘉堂本和顾嗣立稿本的比较推断，曹溶藏本可能原来没有《大雅集》中的两首，而是顾嗣立后来录入，而静嘉堂本原无《题赵子昂天马图》，亦系后人据书画题跋集增加。《鳌海诗人集》辑入三首李孝光作品，概因二人同与萨都剌、王逢友善，诗文唱和活动又都在江浙一带，且李诗亦是后人辑录，出现误辑原非偶然。因此《鳌海诗人集》所录十六首诗歌中除去三首李孝光作品，其传世诗作至少是十三首（《题赵子昂天马图》存疑）（详参刘倩《元蒙古诗人达溥化生平及其著作研究》，《民族文学研究》2009年第3期）。

达溥化不仅诗名享誉东南，其词作亦为时人所推重，虞集《道园类稿》卷十九之《〈笙鹤清音〉序》中赞曰："溥君仲渊，国人进士，适雅量于江海，其在宪府，吟啸高致，常人不足以知之。予得见其新乐府数十篇，清而善怨，丽而不矜。因其地之所遇，感于事而有发，才情之所长，悉以记之。数年前，有萨君天锡，仕于东南，与仲渊雅相好，咏歌之士，盖并称焉。今仲渊之作，方为时所雅重，朝廷制礼作乐，在斯时矣。考之金石，上配雅颂，以来凤凰，感神灵，将有望于仲渊者，笙鹤之喻其始作乎？"

（元）赖良编《大雅集》卷七录其诗《读班叔皮王命论》与《凤凰山望朝日》二首。其《凤凰山望朝日》诗云："沧海全吴当百二，坐临溟渤郁陶开。日含金雾天边出，潮卷银河地底来。云净定山浮砥柱，天高秦望见蓬莱。东南樯橹年来少，独向江头一怆怀。"

（元）王逢五律《寄溥鳌海掾郎兼简宗灯二上人》赞曰："省郎前进士，裔出素封家。畎亩寸心赤，风尘双鬓华。玉衡低虎观，金柳亘龙沙。寺壁诗千首，烦僧覆碧纱。"

朵　只

朵只，蒙古人，（清）顾嗣立、席世臣编《元诗选·癸集》上载其曾官婺州江山县（今浙江西部）达鲁花赤。

其生平事迹见（清）顾嗣立、席世臣编《元诗选·癸集》上（第462页）；赵相璧著《历代蒙古族著作家述略》（第51页）；王叔磐、孙玉溱选注《元代少数民族诗选》（第328页）。

（清）顾嗣立、席世臣编《元诗选·癸集》上录其所著七律《水帘泉》一首，诗云："山泉当户若垂冰，一派源泉古自今。涧下风吹银线溜，岩前月落玉钩沉。寒生禅席松扉湿，冷浸仙居岁月深。隔断红尘飞不到，水晶帘作老龙吟。"

达鲁花赤

达鲁花赤，蒙古人，字号不详，（清）顾嗣立、席世臣编《元诗选·癸集》署其名为达鲁花迟。留山西闻喜居官。其生平事迹见载较少，仅山西《闻喜县志》中见其作《开化寺避暑二首》，为旅途即兴之作。

（清）顾嗣立、席世臣编《元诗选·癸集》上载其生平事迹见《闻喜县志》，并录其《开化寺避暑二首》。其一曰："行遍东州二十城，驿亭犹自候鸡声。归来又上寒沙漠，此是云中第一程。"其二曰："西风策马路旁城，人识星郎语笑声。旬日得诗三十首，相逢遒道有官程。"

夏拜不花

夏拜不花，蒙古人。（清）顾嗣立、席世臣编《元诗选·癸集》上载其生平见《泗州志》。

生平事迹见（清）莫之翰撰（康熙）《泗州志》；（清）顾嗣立、席世臣编《元诗选·癸集》；赵相璧著《历代蒙古族著作家述略》；王叔磐、孙玉溱选注《元代少数民族诗选》（第122页）等。

（清）莫之翰撰（康熙二十七年）《泗州志》载其诗《会景亭》一首。（清）顾嗣立、席世臣编《元诗选·癸集》上录其诗《会景亭》一首。《会景亭》诗云："欲过淮流此待期，玻瓈亭下漫题诗。归程恰值东风煖，正见轻红半吐时。"

埜 喇

埜喇，蒙古人，官右丞。谪滇，至澂江，爱漱玉山华藏寺幽秀，遂栖息其中，以诗书自娱，足迹不履城市。卒，葬于寺之半山。

生平事迹在（康熙）《澂江府志》；李斌点校《新纂云南通志》卷十；赵相璧《历代蒙古族著作家述略》（第53页）；王叔磐、孙玉溱著《古代蒙古族汉文诗选》；方国瑜主编，徐文德、木芹纂录校订《云南史料丛刊》第二卷中有载。

埜喇元时官居右丞相，后游居云南，常以诗书自娱。（清）顾嗣立、席世臣编《元诗选·癸集》录其诗《华藏寺》一首，诗云："法钟声远透禅关，华藏招提烟雾间。浮世已更新态度，青山不改旧容颜。洞门水湛潜龙卧，松顶风生野鹤还。拟欲敲开名利锁，洗心常伴老僧闲。"李元阳《云南通志》卷十三、方国瑜主编《云南史料丛刊》第二卷，亦有收录。华藏寺位于云南澂江县东的阙历山中，创建于齐、梁之时。据称寺内朴壑幽秃，有翠壁丹崖、清泉古树之胜。作者晚年曾寓居此寺，故有是作。诗中除赞颂了华藏寺秀丽的风景之外，还反映了作者的避世思想，埜喇卒后，葬于阙历山华藏寺之侧。

奚漠伯颜

奚漠伯颜，正史无传，生平事迹不详。（清）顾嗣立《元诗选·癸集》上，载其于元朝时官居湖南行台侍御史，后北还，工诗善文。

（清）顾嗣立、席世臣编《元诗选·癸集》上收录其诗《石鼓书院》三首。其一："龙蟠虎踞鬈琴坛，万壑同承石鼓山。蒸水远连湘水去，橹声遥杂雁声还。回看星斗朱陵上，伫听金丝绿净间。欲刻新诗酬胜景，磨崖应愧雨苔斑。"其二："儒宫直上接蓬莱，回隔人间绝点埃。石鼓枕湘云影乱，窪尊酌酒月光来。江澄绿净双流合，岳贯朱陵一窍开。只有丹心惟恋阙，凌风长啸望金台。"其三："云开衡岳放新晴，旧客今为万里行。二水合流浮石鼓，一声回雁落山城。朱陵不改千年迹，绿净重登六载情。多谢岁寒三二友，殷勤握手笑相迎。"石鼓山在湖南衡阳市北，雄踞蒸水与湘江的合流处。山有高两米的大石鼓，故名石鼓山。其山峻峭耸拔，风景宜人，有"湖南第一胜地"之称。唐时李宽筑庐读书于此，柳宗元、韩愈等人也都在此讲过学。宋太宗至道三年（997），始建书院，宋仁宗景祐二年（1035）赐"石鼓书院"额，与应天、岳麓、白鹿同为当时我国四大书院。奚漠伯颜曾在湖南居官，旧地重游，故友相逢，甚是喜悦，遂赋此三首以记。

和礼普化

和礼普化官居元河东山西廉访金事。生平事迹不详。

（清）顾嗣立、席世臣编《元诗选·癸集》录诗《明月泉》一首，诗云："古昔蒲子地，今县名隰川。去城十里许，风景分媸妍。莹此岩上月，照彼厓下泉。波光始荡漾，兔影成婵娟。阴气固相孚，阳应何昭然。静观物有感，方知理无偏。心镜生皎皎，德化流涓涓。时备宪府列，忝乘骢马前。适来暮春月，胜赏中秋天。作诗记石壁，恍若人间仙。"

老 撒

老撒，生平事迹不详，（清）顾嗣立编《元诗选·癸集》上载其生平见《沂州志》，并录《艾山怀古》一首，诗云："满山松桧倚空长，流水漂花绕涧香。盟会有基人到少，但闻啼鸟送斜阳。"此诗为记游山水之作，艾山在山东临沂西二十五里，风景幽美，攒岏秀拔，上产灵艾，光异不凡。作者至艾山，被其秀丽的景色所动，于是以诗的语言将其再现出来。此诗描写风景，平易晓畅，音韵俱佳，不失为佳作。

翟胜健《我国古代蒙古族文艺家简介》将其收入《元代蒙古族文艺家》之列，故从之。老撒，工诗。元时在山东沂州（今山东临沂）居官，《沂州志》亦载其所著诗《艾山怀古》。

靼鞑哑

靼鞑哑，居晋阳，官御史。生平事迹不详。

生平事迹及作品辑录见陈衍辑撰《元诗纪事》卷三十二；赵相璧《历代蒙古族著作家述略》（第53页）等。

靼鞑哑无诗集传世，陈衍辑撰《元诗纪事》卷三十二，录其《戏赠瞽者》一诗。（明）叶子奇《草木子》诗前小序评语："靼鞑哑御史，春日与一瞽者并马出游晋阳，因戏赠以诗云云，不待吟讽，亦知其为瞽者之诗也。"

《戏赠瞽者》诗云："就鞍和袖绾丝韁，也逐王孙出晋阳。人笑但闻夸景物，风来应解审笙簧。马蹄响处无芳草，莺舌调时有绿杨。休道不知春色好，东风桃李一般香。"

伯颜帖木儿

伯颜帖木儿，生平事迹不详。（清）顾嗣立、席世臣编《元诗选·癸集》上说他在元时登进士第，并载有《侍分司游金城开福寺》，诗云："自惭辛苦一书生，曾听鸿胪晓唱名。暂领铜章来石邑，欣倍绣斧上金城。天涵殿阁撑空阔，溪接簪牙漱浅清。珍重坡山留玉带，山门千古有光荣。"

杨景贤

杨景贤，名暹，后改名讷，字景贤，一字景言，别号汝斋。大约生活于元顺帝至元、至正时（1333年前后）至明成祖永乐年间，是元末明初著名蒙古族杂剧家。其剧作是走向衰落时期的元杂剧创作的重要作品。其生平经历不详，据（明）贾仲明《录鬼簿续编》："杨景贤，名暹，后改名讷，号汝斋。故元蒙古氏，因从姐夫杨镇抚，人以杨姓称之。善琵琶，好戏谑，乐府出人头地。锦阵花营，悠悠乐志，与余交五十年。永乐初，与舜民一般遇宠，后卒于金陵。"

明初永乐年间"特重语禁",大约封建统治者想笼络一批有影响的文人与戏曲家,杨景贤以其才名,被召入宫,曾担任皇家音乐、戏曲顾问。但他对居官仕宦并不感兴趣,汤舜民在《送景贤回武林(浙江杭县)》曲中说他是"酒中遇仙,诗中悟禅,有情燕子楼,无意翰林院"。这也和他散曲中所反映的不满官场倾轧,想隐居修仙的思想一致,后不久便死于金陵。按其小传,知杨氏生平有"三要"。其一要"乐府要出人头地";其二要"锦阵花营,悠悠乐志";其三要"永乐初,与舜民一般遇宠。"杨景贤自幼好学,精通汉文汉语,擅长音律和辞赋,所以贾仲明称他"善琵琶,好戏谑,乐府出人头地。锦阵花营,悠悠乐志"。

生平事迹见(元)钟嗣成著《录鬼簿》;(明)贾仲明《录鬼簿续编》;(明)李开成《闲居集文集》卷六;(明)田汝成《西湖游览志余》卷二十五;陈衍辑撰《元诗纪事》;云峰《元代蒙汉文学关系研究》;云峰《民族文化交融与元散曲研究》;荣苏赫、赵永铣主编《蒙古族文学史》第一卷;云峰《蒙汉文学关系史》;赵相璧《历代蒙古族著作家述略》;郎樱、扎拉嘎主编《中国各民族文学关系研究》元明清卷;李陶等著《中国少数民族古代近代文学概论》;郭卿友主编《中国历代少数民族英才传》;胡世厚、邓绍基主编《中国古代戏曲家评传》;高文德编著、蔡志纯等撰稿《中国少数民族史大辞典》;张月中、王纲主编《全元曲》;王季思主编《全元戏曲》第五卷等。

杨景贤一生致力于杂剧与散曲创作,与同时代人著名戏曲家兼戏曲评论家贾仲明及汤式等人保持着广泛的友谊,并且与当时一些著名演员交往密切,为他们采集资料、编写剧本。(明)周宪王在《烟花梦引》中说:"尝闻蒋兰英者,京都乐籍中妓女也,志行贞烈,捐躯于感激谈笑之顷。钱塘杨讷为作传奇深许之。"正因为他与同道切磋技艺,并与下层人民有广泛的交往,了解下情,熟悉社会,掌握杂剧的演出和表现技巧,所以,他的创作质量高、数量多。(明)朱权在《太和正音谱》里称"杨景言(贤)之词如雨中之花",给予高度评价。

杨景贤的杂剧作品,据《录鬼簿续编》所载共十八种,其中包括《西游记》、《刘行首》、《天台梦》、《偃时救驾》、《生死夫妻》、《玩江楼》、《西湖怨》、《为富不仁》、《待子瞻》、《三田分树》、《红白蜘蛛》、《巫娥女》、《保韩庄》、《盗红绡》、《鸳鸯宴》、《东岳殿》、《海棠亭》、《两团圆》等。其中只有《西游记》、《刘行首》两剧全本传世,另有《天台梦》

存佚文三曲，其余仅存剧目、正名。

杨景贤之杂剧大体可以分为如下三类：第一类是神仙度脱剧。如《西游记》、《刘行首》、《天台梦》等。第二类是描写男女风情剧。如《玩江楼》、《红白蜘蛛》、《盗红绡》等。第三类是反映世俗人生的杂剧。如《为富不仁》、《三田分树》、《两团圆》等。《为富不仁》今只存剧目，题下注"贪财汉为富不仁"，本事已无可考。

《西游记》杂剧是杨景贤的代表作，约成书于元末明初。六本二十四折。现传有多种版本。其中最主要的是明万历四十二年刊本，藏于日本内阁文库。1928年，日本斯文会据以排印，始得流传。题名《杨东来先生批评西游记》。署"元吴昌龄撰"，实误。吴昌龄是元初杂剧家，著有《唐三藏西天取经》杂剧，元人钟嗣成《录鬼簿》中作《西天取经》，题下注录原剧之题目和正名为"老回回东楼叫佛，唐三藏西天取经"。据傅惜华考订："吴氏此剧，未见全本流传于世，仅于《万壑清音》、《北词广正谱》、《九宫大成南北词宫谱》、《纳书楹曲谱》中，录有散曲佚文。"另据近人孙楷第考订，亦认为明万历本《西游记》虽署"吴昌龄撰"，乃出自明人伪托，实属杨景贤所作。如其说："今本《西游记》是明初人杨景言作的，有《录鬼簿续编》及传是楼旧藏本《词谑》可证。今本《西游记》以及其他书标举著录，书吴昌龄，是明万历以后人不知曲是杨景言作误属之吴昌龄的，其实吴昌龄曲情节文学体裁与今本《西游记》皆不同，万不能认为是一书。"《录鬼簿续编》著录此剧简名为《西游记》，题为杨景贤作。另见1959年中华书局出版的隋树森编《元曲选外编》，据孙楷第考证将此《西游记》杂剧归入杨景贤名下。但也有存疑者，如王季思主编之《全元戏曲》，就将《西游记》存疑收在吴昌龄名下，并言明"姑将此剧系诸吴氏名下"。这恐怕也是受明万历本误题为吴昌龄撰影响所致。（详参孙楷第：《吴昌龄与杂剧西游记》，见《辅仁学志》第八卷第一期，1939年，第19页。）

杂剧《刘行首》正名为《北邙山倡和柳梢青，马丹阳度脱刘行首》。成书约在明初，是公式化的神仙"度脱剧"。全剧共四折。此剧流传的版本有三种：《古名家杂剧》本，《元明杂剧》本和《元曲选》分本。其中《元明杂剧》本是影印《古名家杂剧》本的。杂剧《天台梦》，正名为《卢时长老天台梦》，今无传本，唯（明）朱权《太和正音谱》录有《梦天台》佚文三曲，题无名氏撰。近人赵景深辑《元人杂剧钩沉》将此三曲收入，并据钞本《录鬼簿》又将全剧名及作者杨遏著录。故将佚文录后，以供参考。

杨景贤时人称其杂剧、散曲出人头地。今存套数一组、小令六首流传于世。此录其小令三首如下：[朱履曲·叹世]："谁不待金章紫绶？谁不待拜将封侯？谁不待身荣要出凤凰楼？谁不待执象简？谁不待顶幞头？谁不待插金花饮御酒？"

[普天乐·听命]："结鹑衣，修丹事，安排我处。正在何时？酒扫愁，诗言志。仰问天公三桩事，腆着脸也索寻思：为甚么夷齐饥死，颜回短命，伯道无儿？"

[朱履曲·松江道中]："金灿烂高低僧刹，翠模糊远近人家，数声啼鸟唤韶华。麦风翻翠浪，桃木散红霞，游人驰骏马。"

录其套数《怨别》如下：[商调·二郎神]云："景萧索，迤逦秋光渐老。隐隐残霞如黛扫，暮天阔烟水迢迢。数簇黄花开烂漫，败叶儿渐零零乱飘。无聊，绿依依翠柳，满目荒芜衰草。"

[梧叶儿]："凄凄凉凉恹渐病，悠悠荡荡魂魄消。失溜疏剌金风送竹频摇。渐渐的黄花瘦，看看的红叶老。题起来好心焦，恨则恨离多会少。"

[二郎神·幺篇]："记伊家幸短，枉着人烦烦恼恼。快快归来入绣幕，想薄情镇日魂消。乍离别难弃舍，索惹的恹恹瘦却。"

[金菊香]："多应他意重我情薄。既不是可怎生雁帖鱼缄音信杳。相别时话儿不甚好，恨锁眉梢。越思量越思想越添焦。"

[浪来里煞]："情怀默默越焦躁。冷冷清清更漏迢，盈盈业眼不暂交。画烛荧荧，他也学人那泪珠儿般落。畅道有几个铁马儿铎，琅琅的空聒噪。响珊珊梆梆的寒砧捣。呀呀的塞雁南飞，更和着那促织儿絮叨叨更无了。"

参考文献

[1]（金）元好问辑：《唐诗鼓吹大全》十卷，国家图书馆藏。

[2]（元）赵孟𫖯撰：《唐诗鼓吹集·序》，天津图书馆藏明嘉靖戊戌广勤堂刊本。

[3]（明）宋濂等编：《元史》，中华书局1976年版。

[4]（明）金侃：《金台集》，明崇祯十一年毛氏汲古阁影元刊本，国家图书馆藏。

[5]（明）金侃：《金台集》，康熙二十四年手钞本，《铁琴铜剑藏书目录》卷二十二著录，国家图书馆藏。

[6] （清）钱大昕撰：《廿二史考异》，凤凰出版社2008年版。

[7] （清）永瑢等编：《四库全书总目》卷一百八十八，集部，总集类三，《唐诗鼓吹》提要，中华书局1965年版。

[8] （清）王士祯撰：《池北偶谈》，中华书局1982年版。

[9] （清）顾嗣立、席世臣编：《元诗选》，中华书局1987年版。

[10] （清）屠寄：《蒙兀儿史记》，中国书店1984年版。

[11] 雒竹筠遗稿，李新乾编补：《元史艺文志辑本》，北京燕山出版社1999年版。

[12] 赵相璧：《历代蒙古族著作家述略》，内蒙古人民出版社1990年版。

[13] 谢启晃等编：《中国少数民族历史人物志》，民族出版社1983年版。

[14] 鲜于煌选注：《中国历代少数民族汉文诗选》，民族出版社1988年版。

[15] 庄星华选注：《历代少数民族诗词曲选》，内蒙古人民出版社1986。

[16] 柯劭忞撰：《新元史》，上海古籍出版社1989年版。

[17] 曹伯启：《汉泉漫稿》卷九，《丛书集成续编》第一百零八册，上海书店出版社1994年影印本。

[18] 隋树森：《全元散曲》，中华书局1989年版。

[19] 王叔磐、孙玉溱：《古代蒙古族汉文诗选》，内蒙古人民出版社1984年版。

[20] 云峰：《蒙汉文学关系史》，新疆人民出版社1997年版。

[21] 郑竹青、周双利主编：《中国历代诗歌通典》，解放军出版社1999年版。

[22] 顾学颉、王学奇著：《元曲释词》，中国社会科学出版社1983年版。

[23] 李修生主编：《元曲大辞典》，江苏古籍出版社1995年版。

[24] 徐征、张月中等主编：《全元曲》，河北教育出版社1998年版。

[25] 云峰：《元代蒙汉文学关系研究》，民族出版社2005年版。

[26] 降大任、魏绍源、狄宝心编：《元遗山金元史述类编》，山西古籍出版社2007年版。

[27] 张根成主编：《吕梁名人传略》，山西人民出版社2007年版。

[28] 江燕、文明元、王珏点校：《新纂云南通志》，云南人民出版社2007年版。

[29] 周绍祖主编：《西域文化名人志》，新疆人民出版社2006年版。

[30] 王庆生著：《金代文学家年谱》，凤凰出版社2005年版。

[31] 许嘉璐主编：《二十四史全译·金史》，汉语大词典出版社2004年版。

[32] 阎凤梧主编：《全辽金文》，山西古籍出版社2002年版。

[33] "国立"编译馆主编：《金代文学批评资料汇编》，成文出版社1979年版。

[34] 吴文治主编：《辽金元诗话全编》，凤凰出版社2006年版。

[35] 杨镰：《元代文学编年史》，山西教育出版社2005年版。

[36] 顾奎光：《元诗选》六卷，补遗一卷，清乾隆十六年（1751）刻本。

[37] 赵孟祥主编：《中国皇后全传》，中国社会科学出版社2004年版。

[38] 彭书麟、于乃昌、冯育柱主编：《中国少数民族文艺理论集成》，北京大学出版社 2005 年版。

[39] 钱宗武、孙光贵著：《古代帝王诗词解读》，岳麓书社 1997 年版。

[40] 陈书龙主编：《中国古代少数民族诗词曲评注》，武汉出版社 1989 年版。

[41] 冯志文辑：《西域历史编年》，喀什师范学院图书馆编，油印本。

[42] 郑传寅主编：《元曲鉴赏》，长江文艺出版社 2009 年版。

[43] 蒋星煜主编：《元曲鉴赏辞典》，上海辞书出版社 2008 年版。

[44] 云峰著：《民族文化交融与元散曲研究》，广西师范大学出版社 2011 年版。

[45] 张月中主编：《元曲研究资料索引》，河北大学出版社 1992 年版。

[46] 张庆芝著：《中国历代女名人录》，国际文化出版社 2009 年版。

[47] 薛磊著：《元代宫廷史》，百花文艺出版社 2008 年版。

[48] 李树喜著：《李树喜品评历代用人方略》，中央编译出版社 2007 年版。

[49] 李治安著：《忽必烈传》，人民出版社 2004 年版。

[50] 张家林主编：《二十五史精编·元史明史》，中国戏剧出版社 2007 年版。

[51] 黎东方著：《黎东方讲史 细说元朝》，上海人民出版社 2007 年版。

[52] 牛俊民编著：《续资治通鉴精选》，陕西人民出版社 2005 年版。

[53] 魏源著：《魏源全集》，岳麓书社 2004 年版。

[54] 周良霄、顾菊英著：《元代史》，上海人民出版社 2003 年版。

[55] 《江苏戏曲志》编辑委员会编：《江苏戏曲志·扬州卷》，江苏文艺出版社 1997 年版。

[56] 汪辉祖撰，姚景安点校：《元史本证》，中华书局 1984 年版。

[57] 高文德主编：《中国民族史人物辞典》，中国社会科学出版社 1990 年版。

[58] 孙承泽撰：《元朝人物略·手稿本》，文海出版社 1974 年版。

[59] 潘超、丘良任、孙忠铨等编：《中华竹枝词全编》，北京出版社 2007 年版。

[60] 李修生主编：《全元文》，江苏古籍出版社 2001 年版。

[61] 陈衍辑撰：《元诗纪事》，上海古籍出版社 1987 年版。

[62] 雷梦水等编：《中华竹枝词》，北京古籍出版社 1997 年版。

[63] 李廷锦、李畅友选注：《历代竹枝词选》，广西人民出版社 1987 年版。

[64] 司马迁等著：《二十五史·辽金元史》百衲本，浙江古籍出版社 1998 年版。

[65] 李学勤编：《二十六史》第 5 册，海南出版社 1999 年版。

[66] 高文德编著：《中国少数民族史大辞典》，吉林教育出版社 1995 年版。

[67] 钱仲联等主编：《中国文学大辞典》，上海辞书出版社 1997 年版。

[68] 许嘉璐主编，李修生分史：《二十四史全译·元史》，汉语大词典出版社 2004 年版。

[69] 荣苏赫、赵永铣主编：《蒙古族文学史》，内蒙古人民出版社 2000 年版。

［70］褚斌杰主编：《元曲三百首详注》，百花洲文艺出版社2009年版。
［71］焦文彬注译：《元曲三百首注译》，三秦出版社2003年版。
［72］钟林斌著：《元曲三百首译注评》，辽海出版社2002年版。
［73］谭帆、邵明珍注评：《元散曲》，广东人民出版社2003年版。
［74］吴庚舜：《全元散曲》，辽宁人民出版社2000年版。
［75］顾希佳著：《西湖竹枝词》，浙江文艺出版社1983年版。
［76］潘超、丘良任、孙忠铨等编：《中华竹枝词全编》，北京出版社2007年版。
［77］颜廷亮、许奕谋编：《甘肃历代诗词选注》，兰州大学出版社1988年版。
［78］铁木尔·达瓦买提编：《中国少数民族文化大辞典》，民族出版社1997年版。
［79］谷苞著：《新疆历史人物》，新疆人民出版社2006年版。
［80］王振彦著：《南阳古代作家评传》，中国文史出版社2006年版。
［81］陈高华著：《元史研究新论》，上海社会科学院出版社2005年版。
［82］白寿彝主编：《中国通史》，上海人民出版社2004年版。
［83］陕西省地方志办公室编：《历代咏陕诗词曲集成》，三秦出版社2007年版。
［84］陈垣著：《元西域人华化考》，上海古籍出版社2000年版。

色 目 人

廉希宪

廉希宪（1231—1280），为布鲁海牙之次子，又名忻都，字善甫，号野云，畏兀儿人。王恽《中堂事记》中又称字人甫。因其笃好经史，手不释卷，世祖忽必烈称"廉孟子"。南宋理宗淳祐四年（1244）忽必烈召王鹗至漠北，廉希宪与阔阔等五人奉命从学。后又从张德辉学。

生平事迹见（明）宋濂撰《元史》；（清）屠寄《蒙兀儿史记》；李修生主编《全元文》；柯劭忞《新元史》；田卫疆《廉希宪》（《新疆地方志》1992年第2期）；彭运辉《出入无珍宝的廉希宪》（《信息导刊》2004年第15期）；罗继祖《廉希宪受孔子戒》（《史学集刊》1983年第2期）；赵永春《元初畏兀儿政治家廉希宪》（《松辽学刊》1984年第2期）；刘正民《读书名始起、万古入冥搜——元代维吾尔族政治家、教育家廉希宪和他的〈水调歌头读书岩〉》（《新疆教育》［汉文版］1984年第3期）；匡裕彻《元代维吾尔政治家廉希宪》（《元史论丛》1983年第2期）；刘维钧《维吾尔政治家廉希宪》（《新疆青年》1979年第11期）等。

（元）元明善《清河集》刊有《平章政事廉文正王神道碑》、《平章廉希宪赠谥制》；（元）王恽《秋涧先生大全集》卷八十六《廉平章能合复用状》、《大清一统志》之《盛京统部》、《湖北统部》、《陕西统部》、《甘肃统部》名宦条；廉希宪文，《全元文》卷二五七收录《论史天泽事》、《木芙蓉花序》、《大元故平州路达鲁花赤行省万户赠推诚定还佑军功臣太师开府仪同三司上柱国——追封营国公谥忠武塔本世系状》。

李修生主编的《全元文》，收其文《论史天泽事》、《木芙蓉花序》、《大元故平州路达鲁花赤行省万户赠推诚定远佐运功臣太师开府仪同三司上柱国——追封营国公谥忠武塔本世系状》，共计三篇。辑录于《元史》、

《大元圣政国朝典章》、《元朝典故编年考》、《永乐大典》等。

丞相伯颜评论希宪："男子中真男子，宰相中真宰相。"（元）侯克中《挽廉平章》诗曰："烈似秋霜暖似春，明于皎日正于神。千年海岳英灵气，一代乾坤柱石臣。宾客填门惟慕德，诗书满架不知贫。致君尧舜平生事，天命胡为只五旬"。

察罕

察罕（1245—1322），元代著名政治家、史学家。其先世是西域板勒纥城（今阿富汗北部巴尔赫省）人，初名益德，自号白云，人称白云老人。出生在河中府猗氏县。出生之夜，天气晴朗，月白如昼。蒙古语称白为"察罕"，故名察罕。察罕天资聪慧，体格魁伟，博览强记，自幼受到良好的家庭教育及中原与西域两种文化的熏陶，具有很好的素质和才干，通晓汉、蒙及突厥、阿拉伯、波斯诸种文字。

赵相璧《历代蒙古族著作家述略》认为其是蒙古人；（明）宋濂《元史·察罕传》卷一三七，载其："西域板勒纥城人也……察罕魁伟颖悟，博览强记，诵读国字书，为行军府奥鲁千户……察罕天性孝友，田宅之在河中者，悉分与诸兄弟……"生卒年不详。据《元史·仁宗纪》察罕以延祐元年（1314）致仕。本传称："既致仕，优游八年，以寿终。"

生平事迹在（明）宋濂《元史》卷一三七；海正忠主编《古今回族名人》；刘纬毅主编《山西历史名人传》；周绍祖主编《西域文化名人志》；李修生主编《全元文》；黄成俊主编《元代回族史稿》；赵相璧《历代蒙古族著作家述略》；陆宁《唐兀人察罕家族研究》（《宁夏大学学报》[人文社会科学版] 2007年第6期）；孟楠《略论元代的察罕及其家族》（《内蒙古大学学报》[人文社会科学版] 2003年第3期）有载。

著有《太宗平金始末》，今已不传，可能是从《脱必赤颜》中译出，《亲征录》中兼言太宗平金之役，似能证此书已在《开天纪》中。惟《元史·察罕传》行文将此书列于《开天纪》及《纪年纂要》之后，而《纪年纂要》显然与《脱必赤颜》无关，或明初修史者一时疏失也未可知。

另著《纪年纂要》，全名作《历代帝王纪年纂要》，《雪楼集》卷十五有程钜夫所作《历代帝王纪年纂要序》可证。序文说："帝王纪年，孔子断自唐虞（即自唐尧、虞舜开始），司马迁则自黄帝始，先儒固尝疑之。惟康节（即邵雍）《经世书》（即《皇极经世书》）则据孔子说断自唐虞。

平章白云翁（指察罕），以政事余暇，悉取渚家记载而集正之，一以康节为准，名曰《历代帝王纪年纂要》。亦上及羲、农者，因备博览而已。"此书明时仍存，明代宗景泰六年（1455）翰林编修黄谏据以重订。原书首列太皞、炎帝、黄帝、少昊、颛顼、帝喾六帝，记其在位年数及功德作为而不记其干支。唐尧而上至羲农始，不过"仍旧史志其大略以备观览云"。此下则记自尧至元仁宗延祐戊午（1318）。而今存黄谏重订书则改为"自甲辰至大明洪武元年戊申（1368）共三千七百二十六年，计六十三甲子"，并补记仁宗后元诸帝年号，已非原书旧貌。但原书既佚，赖此以见其梗概，亦未可厚非。黄谏对原书颇为推崇，说此书"一开卷而古今成败、国家兴衰、运祚长短皆了然可见，真若茫茫万里沙漠烟海中，而举目于日月星辰以得指归也"（现存于《借月山房汇钞》及《金声玉振集》二丛书中）。除《纪年纂要》外，察罕其他译作俱已无存。安南（今越南）人黎崱所撰《安南志略》，卷首有察罕序，辞虽简略，亦足见其文采。文曰："南粤之记尚矣，自迁、固所载，靡得而详焉。岂非以中州之士而志粤者鲜欤？黎侯景高，以其因儒先种学绩文，而无所用于世，撰《安南志》，为二十卷。其谱系官爵之沿革、山川郡邑之先后、礼乐刑政之原、兵农财食之计、行李之使、出入年月、词人咏士朝辨藻品，一览而尽得之。由其知之也习，故其言之也详，有裨于迁、固之遗逸多矣。元世祖至元二十四载，余从镇南王以王命讨粤人不庭，颇习其事。今黎侯之言，信而有徵，异时列之史馆，将不在迁、固下；若其人所存，则又非简册之所能既。余尝嘉之，故为之引。荣禄大夫平章政事商议中书省事条山白云老人察罕序。"陈垣先生在《元西域人华化考》中评其为"辞旨典雅，足窥察罕文品一斑。"今观其文，要言不烦而颇中肯綮，读来朗朗上口，不愧名家之作。陈垣先生称之为"西域之中国文家"。

李修生主编的《全元文》，收其文《安南志略序》、《涞水东镇创建景福院记》、《林县宝严寺圣旨碑》，共计三篇。辑录于《元史》、《大元圣政国朝典章》、《元朝典故编年考》、《永乐大典》等。

（明）宋濂《元史》本传在仁宗称赞其博学后说："尝译《贞观政要》以献，帝大悦，诏缮写遍赐左右。且诏译《帝范》。又命译《脱必赤颜》名曰《圣武开天纪》，及《纪年纂要》、《太宗平金始末》等书，俱付史馆。"《白云平章画像赞》（卷二十三）赞其曰："温温其恭，廓廓其容，堂堂乎拔俗之标，盘盘乎学古之胸，宜未致功则隆，致位则丰……既图其容，又赞其学，颂其功，美其位。言简意赅，可谓得体。"

高克恭

高克恭（1248—1310），字彦敬，号房山道人。回纥人，祖父汉名乐道，父名亨，字嘉甫，为大都名士。对儒家经典与理学颇有研究。高嘉甫淡泊仕途，晚年居于大都房山（今北京房山区），生子五人，克恭为其长子。

生平事迹见（清）邓文原《故太中二夫刑部尚书高公行状》；（清）顾嗣立、席世臣编《元诗选·二集》《高克恭小传》；陈衍辑撰《元诗纪事》卷十等。

著有诗集《房山集》，存诗二十三首。《元诗纪事》卷十录诗《过京口》、《过信州》、《弋阳》、《拍洪楼二首》、《满目云山楼》、《即事二首》、《寄友》、《济州道庵》。《过京口》诗云："北来朋友不如鸿，几个西飞几个东。多少登临旧楼阁，阑干闲在夕阳中"。《过信州》诗云："二千里路佳山水，无数海棠官道旁。风送落红挽马过，春光更比路人忙"。《元诗选·二集》录其诗《题管夫人竹窝图》、《题怡乐堂为赠善夫良友》、《倣老米云山图》等十九首。

（元）柳贯《柳待制文集》卷十八评价其诗曰："高公彦敬，画入能品，故其诗神超韵胜，如王摩诘在辋川，李伯时皖口舟中，思与境会，脱口成章，自有一种奇秀之气。"高克恭的诗的确如同王维的作品："诗中有画，画中有诗。"他的诗神超韵胜，自有一种奇秀之气。例如《种笔亭题画》："积雨暗林屋，晚峰晴露巅。扁舟入萍渚，浮动一溪烟。"（清）顾嗣立、席世臣编《元诗选》评其诗"大有唐人意度"。

不忽木

不忽木（1255—1300），亦作卜忽木、不灰木、不忽麻、康里不忽。一名时用，字用臣，号静得。先世为康里部人，后入蒙古籍。宋濂《元史·不忽木传》云："不忽木一名时用，字用臣，世为康里部人。"早年入国子监，从许衡学。至元十四年授利用少监，出为燕南河北道提刑按察副使，进正使。至元二十二年，入为吏部尚书，历工部、刑部尚书，拜翰林学士承旨。授中书平章。元成宗即位，拜昭文馆大学士，平章军国事。卒，谥文贞。

生平事迹在（元）赵孟𫖯《松雪斋集》卷七；（明）宋濂《元史》卷二十四、卷一三零；（明）陈邦瞻《元史纪事本末》卷八；（乾隆）《正定府志》卷四；（清）汪辉祖《元史本证·不忽木传》；（清）屠寄《蒙兀儿史记》卷一一四；柯劭忞《新元史》；陈垣《元西域人华化考》卷二、卷四；李修生《全元文》（第19册，第692页）有载。

　　不忽木能诗善文，尤长于散曲创作，惜其散曲，今多散佚，仅存套数一组，包括十四支曲。隋树森《全元散曲》收其套数［仙吕·点绛唇］《辞朝》一首。另存诗七言绝句《过赞皇五马山泉》。

　　钟嗣成等著《录鬼簿》卷上"前辈名公乐章传于世者"，录有不忽木《平章存目》。乾隆《正定府志》卷四收其诗《过赞皇五马山泉》、《登蓬山》两首。《过赞皇五马山泉》诗云："相彼山泉源本清，太平君子濯尘缨。泠泠似与游人说，说尽今来往古情。"清道光二十二年《内邱县志》卷四收其《登蓬山》一首，诗云："蓬山山上立多时，太子岩前吟旧诗。借问鹊王如有药，世间白发也能医。"

　　李修生主编的《全元文》，收其文《请兴学校疏》、《请遣使劝谕陈日燇自新疏》、《请效法汉文帝克谨天戒疏》，共计三篇。辑录于《元史》、《大元圣政国朝典章》、《元朝典故编年考》、《永乐大典》等。

　　（明）宋濂《元史·不忽木传》记载："……其学先躬行而后文艺，居则简默。及帝前论事，吐辞洪畅，引义正大，以天下之重自任，知无不言。"（明）朱权《太和正音谱》评其词"如闲云出岫"。

赵世延

　　赵世延（1259—1336），字子敬，号迂轩，雍古部人，祖先原居云中郡（今山西大同）北边塞。其曾祖黑旦公，为金朝群牧使。成吉思汗起兵统一中国，对金朝养牧的骏马十分动心，率兵袭击金朝群牧监夺取其马匹。公亦于此时归顺成吉思汗。黑旦公死后，世延祖父按竺迩幼孤，遂由外祖父术要申抚养，并从这时改为赵姓，按竺迩长大成人，骁勇善战，尤其长于骑射，被成吉思汗看中留在身边随同征伐，累功受封至蒙古汉军征行大元帅，长期镇守四川，由是举家定居成都。按竺迩年老退休，其子黑梓以门功袭父元帅职，兼文州（今甘肃文县）吐蕃万户达鲁花赤。世延自幼天资秀发，喜爱读书，特别用心钻研历代治国平天下的所谓"体用"之学。他勤学苦读，少年成才，声名远播。刚刚成年，即为元世祖忽必烈所知，召世延进京，亲自接见之后，命送往枢密院御史台肄习官政。此后五十余年，世延历世祖、成宗、武宗、仁宗、英宗、泰定、文宗、宁宗、惠宗九朝，先后担任云南、湖北、江南、山东、安西、绍兴、四川、陕西、江浙、大都等各路及行省高级官吏或御史台等要职。

生平事迹在郝洪涛主编《甘肃历史人物》；李修生主编《全元文》；罗卫东主编《陇南史话》；罗康泰编《甘肃人物辞典》；谷苞主编《新疆历史人物》；周绍祖编《西域文化名人志》；郭卿友编《中国历代少数民族英才传》；化一《元代政治家赵世延》（《西南民族大学学报》（人文社科版）1982年第3期）中有载。

赵世延曾奉诏与虞集等人纂修《皇朝经世大典》，并且校订律令，汇编成《风宪宏纲》，世延文章波澜浩瀚，一根于理，广泛流传。

李修生主编的《全元文》，收其文《茅山志序》、《南唐书序》、《净明忠孝全书序》、《程氏读书分年日程序》、《经世大典序录》、《治典总序》、《赋典总序》、《礼典总序》、《政典总序》、《宪典总序》、《工典总序》，共计十一篇。辑录于《元史》、《大元圣政国朝典章》、《元朝典故编年考》、《永乐大典》等。

（明）宋濂《元史》称其："世延历事凡九朝，扬历省台五十余年，负经济之资，而将之以忠义，守之以清介，饰之以文学，凡军国利病，生命休戚，知无不言，而于儒者名教，尤拳拳焉。"

聂古柏

聂古柏，字号不详。官吏部侍郎。黎崱《安南志略》称："至大四年，遣礼部尚书乃马歹、吏部侍郎聂古柏、兵部郎中杜与可奉使安南，宣仁宗皇帝即位诏。"

生平事迹在陈垣《元西域人华化考》卷四；（清）顾嗣立、席世臣编《元诗选·丙集》之《侍郎集》；刘正民选注《西域少数民族诗选·汉文古典诗词》；周绍祖主编《西域文化名人志》；吴建伟主编《回回旧事类记·仕宦·元代》中均有记载。

著有《侍郎集》已散佚。（清）顾嗣立、席世臣编《元诗选·三集》著录其诗集《侍郎集》，并录其诗《九华山》、《望玉笥山弗客登览留诗万年宫》、《过采石》、《题参政高公荒政碑》、《题韩文公祠》、《鄱阳道中》、《九日鄱江里同行诸公》、《鄱阳和程世良巡警官》、《题碧涧堂》、《万安县邂逅一楼偏高明旧有公略张宪金和刘素庵一诗用题于左》、《次韵宗道御史过峡》《番愚道中》、《和元帅月鲁胡突公子强横竟以赃败同宪岳公齐高王马二宪掾实共事云》、《梅岭题知事手卷》、《琵琶洲》、《春游》、《加勉焉二首》十七首。

（元）孙存吾《皇元风雅》存其诗《九华山》、《望玉笥山弗克登览留诗万年宫》、《过采石》、《题参政高公荒政碑》、《题韩文公祠》、《鄱阳道中》、《九日鄱江里同行诸公》、《鄱阳和程世良巡警官》、《题碧涧堂》、《万安县邂逅一楼偏高明旧有公略张宪金和刘素庵一诗用题于左》、《次韵宗道御史过峡》、《番禺道中》、《和元帅月鲁胡突公子强横竟以赃败同宪岳公齐高王马二宪掾实共事云》、《梅岭题知事手卷》、《琵琶洲》、《春游》、《清远县尹杨观政有奇迹复能诗文民僚服其化士大夫过者靡不称颂故赠此加勉焉二首》十七首。

马九皋

马九皋（1272—约1350），原名薛超吾（见周南瑞辑《天下同文集》），或作薛超吾尔（见（康熙）《衢州府志》），或作薛遮吾尔（见（民国）《衢县志》），均是根据其音译所译，字昂夫，号九皋。取其原名之首字"薛"，加于其字"昂夫"之前，称作薛昂夫。其汉姓为马，故又称作马昂夫。号九皋，故又称作马九皋。马九皋出生于官宦之家，人称"西戎贵种"（见赵孟頫《薛昂夫诗集序》）。马九皋青年时代曾被送入濂溪书院，攻读传统经典。就学于南宋遗民、著名的辛派词人刘辰翁（字会孟，号须溪）。刘辰翁浓厚的儒家思想，强烈的民族气节，严谨的治学态度，善于抒写眷恋之情和愁苦之音的艺术手法，对马九皋的熏陶和影响是非常大的。马九皋曾被选为国子学生员，系统研读"四书"、"五经"等儒家经典，接受句读、正音、对属、诗章、经解、史评等严格训练。他学有所成，但未能得以举贡授官，只得由吏道而进身。约大德六年为江西中书省令史，职掌文献档案之事；后入充由世家名臣子弟组成的宫廷宿卫，成了"怯薛"（禁卫军）的一员，并借此得以升迁为秘书监郎官，成了一名文学侍臣。此后，马九皋历任典瑞院金院，出任永州路（治所在今湖南省零陵县西）总管府总管，太平路（治所在今安徽省当涂县）总管府总管，池州路（治所在今安徽省贵池县）总管府总管，衢州路（治所在今浙江省衢县）总管府总管；建德路（治所在今浙江省建德县东北梅城镇）总管府总管，广德路（今安徽广德县）总管府总管。大约在惠宗至正元年，马九皋作出了一生的最后抉择"致仕归隐"。马九皋的晚年是在杭州度过的，与友人诗酒流连于大自然的襟怀之间，不断追求对自己的审美结晶的全新风貌的文学表现。他以其批量的优秀作品，实现了矫正心灵失衡的渴望，化解了仕宦羁绊的缺憾，完成了自己孜孜以求的精神建构。

马九皋的生年，史载不详。有的学者考证说，约生于元初，有的学者考证说，约生于1273年。多数学者认为，约生于1268年。理由如下，据周南瑞《天下同文集》，王德渊是在翰林直学士，奉政大夫，知制诰同修国史任上，作《薛昂夫诗集序》的。序云："昂夫之齿尚少，今甫三十有一余。"而据王恽《大元故中顺大夫徽州路总管兼管内劝农事王公神道碑铭》，大德元年（1297）春，王德渊仍供职太史属。而据（明）宋濂《元史·成宗本纪二》，大德二年眷，王德渊是以"翰林"身份受赐的。由此可知，王德渊系大德二年初入翰林的。由是年上推三十一年，为至元五年。故，1268年应为马九皋之生年。从其家世以及"大行薛君"，"河内九皋公"等说法，可知马九皋的生地，应为元怀孟路（即今河南省沁阳县）。马九皋的卒年，无可考。不过，据《雁门集》，顺帝至正四年（1344），萨都剌、马九皋同游衢州等地，有唱和之作；至正六年（1346），他俩又同游建康（今南京），萨氏的唱和诗今存，至正八年（1348），萨在建康又有《寄马昂夫总管》诗。可见，此时马九皋仍在世。其卒年应在此之后。马九皋享年八十余岁，应无疑问。

生平事迹在（元）陶宗仪《书史会要·补遗》；罗忼烈编《两小山斋论文集》；王季思主编《元散曲选注》；刘正民选注《西域少数民族诗选》；陆邦枢、林致大校注《薛昂夫赵善庆散曲集》；毛星主编《中国少数民族文学》；李修生主编《全元文》（第28册，第319页）；白寿彝主编《回族人物志》；张迎胜《回族文学论丛》第一辑《元代散曲大家马九皋诸考》中有载。

著有《马九皋词》，版本有饮虹簃厅刻版，清刻本。收入《回族典藏全书》第一四九册。《马九皋散曲》收有马九皋小令《正宫·塞鸿秋》、《过太白祠谢公池》、《凌敲台怀古》、《正宫·甘草子》、《中吕·朝天曲》、《中吕·山坡羊》、《西湖杂咏》、《双调·蟾宫曲》、《双调·湘妃怨》、《双调·庆东原》、《双调·殿前欢》、《双调·楚天遥过清江引》等二十八首，并有套数《正宫·端正好》和《南吕·一枝花》以及残曲《正宫·

甘草子》。元代风林书院编选的《名儒堂诗余》选录三阕：《最高楼·九月》、《太常引·题朝宗亭督孟博早归》。马九皋曾将自己的散曲编定成集，名为《扣舷余韵》，友人张久可作《题马昂夫扣舷余韵卷首》致贺，但此书早已散佚，今仅存小令六十五首，套曲三套。（元）杨朝英编辑的《阳春白雪》前集卷三和《朝野新声太平乐府》卷一，共收其小令六十五首。明张禄编选的《词林摘艳》和郭勋编选的《雍熙乐府》录了其套数三套。后人将其与赵善庆的散曲作品汇辑成《薛昂夫赵善庆散曲集》，该集是《薛昂夫赵善庆散曲集》的前半部分，内容大抵与《马九皋散曲》相同，但收录的小令作品较之前多，内容多为叹世之作，风格豪放，有很强的思想性，其中《正宫·塞鸿秋》、《双调·庆东原》、《双调·楚天遥过清江引》等是其代表作。

（清）顾嗣立、席世臣编《元诗选·癸集》之丙集中录其诗《送僧》一首诗，诗云："游遍匡庐紫翠峰，片云吹影浙江东。昙花贝叶春三月，布袜青鞋山万重。禅性若灰终有味，机锋掣电本来空。问师此别知何处，笑指天边月正中"。

《南曲九宫正始序》称其"词句潇洒，自命千古一人，深忧斯道不传，乃广求继己业者。至祷祀天地，遍历百郡，卒不可得"。其散曲风格以疏宕豪放为主，思想内容以傲物叹世、归隐怀古为主。元人周南瑞《天下同文集》载王德渊之《薛昂夫诗集序》称其诗词："新严飘逸，如龙驹奋进，有并驱八骏一日千里之想"。杨维桢把九皋词列入"蕴藉"一派。朱权说："马九皋词如松阴鸣鹤。"

元曲家曹明善［小梁州］《侍马昂夫相公游柯山》称其："紫霞仙侣翠云裘，文采风流，新诗题满凤凰楼。"（元）萨都剌《寄马昂夫总管》赞薛昂夫诗曰："人传绝句工唐体，自恐前生是薛能。"赵孟頫评价马九皋诗："激越慷慨，流丽闲婉""累世为儒者有所不及"。

鲁明善

鲁明善，名铁柱，字明善。元农学家。其父迦鲁纳答思，通晓汉、藏、印度及中亚诸语，为元代著名翻译家，后官至荣禄大夫，大司徒。鲁明善出生在高昌回鹘王国，并在故乡度过幼年。元初随父自西域迁居大都（今北京），幼年受过良好教育，汉文造诣很高。曾任靖州（今湖南靖县）和安丰（今安徽寿县）的达鲁花赤，后做过司法或监察方面的官。

生平事迹在达力扎布主编《中国边疆民族研究》第一辑《鲁明善〈农桑撮要〉版本考述》；周绍祖主编《西域文化名人志》；刘维钧著《西域史话》；张碧波、董国尧主编《中国古代北方民族文化史（上）》；陈延琪、王庭恺主编《中国少数民族论著索引》；郭卿友主编《中国历代少数民族英才传》；黄泽主编《中国各民族英杰》第三卷；《民族词典》编辑委员会编《民族辞典》；铁木尔·达瓦买提主编《中国少数民族文化大辞典·西北地区卷》；刘德仁编《中国少数民族名人辞典·古代》中均有记载。

著有《农桑衣食撮要》二卷，成书于延祐元年（1314），首刊于安丰。全书共两卷，一万字左右，记述范围广泛，有气象、水利、农耕、畜牧、园艺、蚕桑、竹木、果菜等方面的各种农事活动和农家日常生活常识二百零八条。正如鲁明善在该书《自序》中所说："凡天时地利之宜，种植敛藏之法，纤悉无遗，具在是书。"另据虞集《靖州路达鲁花赤鲁公神道碑》记载，鲁明善还善于鼓琴，曾编有《琴谱》八卷。

《农桑衣食撮要》二卷善本，录入（清）海虞张海鹏编《墨海金壶一百十四种》七百十三卷。（清）金山钱熙祚《珠丛别录》录《农桑衣食撮要》二卷刻本；（清）庄肇麟辑刻本，清咸丰四年（1854）录《农桑衣食撮要》；清光绪间"农学丛书"，第七集录《农桑衣食撮要》二卷，刻本；清光绪十五年，清风室丛刊录《农桑衣食撮要》二卷刻本；李修生主编《全元文》收录其《农桑衣食撮要自序》共计一篇。辑录于《元史》、《大元圣政国朝典章》、《元朝典故编年考》、《永乐大典》。

廉 惇

廉惇（约1276—?），字公迈，廉希宪幼子，贯云石之舅，畏兀儿人。其外甥贯云石是元代前期相当活跃的曲家、诗人，现存廉惇诗文，竟未涉及贯云石。廉氏家族子弟遍布全国。仅廉氏第一代布鲁海涯就有十四个儿子。

生平事迹见（元）王士点、商企翁撰《元秘书监志》卷九；（明）宋濂《元史》卷一二六；（清）钱大昕《元史氏族表》；杨镰《元诗史》、《元西域诗人群体研究》等。

著有《廉文靖集》。"文靖"是廉惇的谥号。集名既为《廉文靖公集》，无疑是他去世后所编。但据其《刻图书诗卷》"读书岩上书充栋，刻我新章贻后生"，显然他生前就曾将诗作结集，并有家刻本行于世。《廉文靖集》的失传大约就在明初编辑《永乐大典》前后，据《永乐大典》残帙和《诗渊》等书，可辑出廉惇佚诗二百六十余首，相当于四五卷之数，这个数量在元代蒙古、色目诗人之中名列前茅。另外还保存有少量的文、词。其中《村居诗》三十四首（见《诗渊》册五）、《南轩城南书院诗》四十首（见《诗渊》册五）为其代表作。另有佚文《塔本世系状》（《永乐大典》卷一三九九三），是元仁宗延祐四年（1317）七月应塔本后人迭里威实之请所作，这是西域人为西域人所写的史传文字罕见的一例。

现存廉惇诗多为五、七言近体，其诗主要抒写个人感受，平淡自然，较少修饰。如七绝《梅消息》诗云："群花发遍到寒梅，似为良朋报信来。净拭兹杯何处立，北枝留着待君开。"

廉惇是受汉族文化影响极深的畏兀儿子弟。他尊崇汉族儒仕，他在朝时为萧赠易名请制赠就是一证。同时，汉族诗人对其也非常敬佩。据廉惇之诗，他长期优游林下，家中的藏书室"读书岩"收藏三万卷图书，他曾写下多达三十四首的"村居诗"，而且常提到"读书岩"，提到自己的读书生活。《永乐大典》残帙和《诗渊》等书，存廉惇诗二百七十三首。《全金元词》录存其词一阕（误署廉希宪），《全元文》（第十八册）辑录其文两篇。

（元）刘申斋《江西参政廉公迈书》曰："阁下以历朝勋旧之家，累世忠清之裔，辍从禁省，参预江西。此殆天以江西士民思阁下，江西士民何其幸也！"并称其"曰忠孝、曰恭俭、曰退让。"

赡 思

赡思（1277—1351），即沙克什，字得之，色目人，其祖由大食（今阿拉伯）迁入真定（今河北正定），遂为真定人。祖父鲁坤，随蒙古军东迁，居丰州（今内蒙古呼和浩特市东白塔镇），窝阔台汗时，官至真定、济南等路监榷课税使，又迁居真定（今河北正定）。少时师事王思廉，好经学、史学、天文、历算，尤精于水利、地理之学。年七十有四。谥文孝。

生平事迹在（明）宋濂撰《元史》；（清）钱大昕《廿二史考异》；周绍祖编《西域文化名人志》；李修生主编《全元文》；白寿彝主编《中国回回民族史》；郭卿友主编《中国历代少数民族英才传》；吴建伟撰《回

回旧事类记》中均有记载。

著述有《四书阙疑》、《五经思问》、《奇偶阴阳消息图》、《老庄精诣》、《镇阳风土记》、《续东阳志》、《重订河防通议》、《西国图经》、《西域异人传》、《金哀宗记》、《正大诸臣列传》、《审听要诀》及文集三十卷。《常山贞石志》中保存赡思文五篇：《加号大成诏书碑阴记》（至治三年五月）、《哈珊神道碑》（至顺三年十二月）、《善众寺创建方丈记》（元统三年二月）、《龙兴寺钞主通照大师碑》（至正六年八月）、《龙兴寺住持佛光弘教大师碑》（至正六年八月）。

李修生主编的《全元文》，收其文《宝庆四明志重刻序》、《大善众寺创建方丈记》、《元甘肃等处行中书省平章政事荣禄大夫公神道碑》、《河防通议序》，共计四篇。辑录于《元史》、《大元圣政国朝典章》、《元朝典故编年考》、《永乐大典》等。

马祖常

马祖常（1279—1338），字伯庸，号石田，世为雍古部，居靖州之天山。其高祖锡里吉思，当金季为凤翔兵马判官，子孙因号马氏。曾祖月合，乃从云南伐留汴，后徙光州。祖常七岁知学。延祐初，贡举法行，乡贡会试皆第一，廷试为第二人。授应奉翰林文字，擢监察御史。弹劾柄臣铁木迭儿十罪，罢之。柄臣复相，左迁开平县尹，因欲中伤之，退居光州。铁木迭儿死，乃除翰林待制。累迁礼部尚书，两知贡举，一为读卷官，寻参议中书省事，参定亲郊礼仪。元统初，拜御史中丞，转枢密副使，辞归。起为江南行台中丞，又改陕西，皆不赴。至正四年卒，年六十。赠河南行省右丞字魏郡公，谥文贞。

生平事迹在（元）许有壬撰《至正集》卷四十六《马文贞公神道碑铭》；（元）黄溍《金华文集》卷四十三《马氏世谱》；（元）苏天爵《滋溪文稿》卷九《马文贞公墓志铭》；（明）宋濂《元史·马祖常传》；陈垣《元西域人华化考》卷二；陈衍辑撰《元诗纪事》卷十二；李修生主编《全元文》；傅璇琮主编《辽金元文学》；邓绍基主编《中原文化大典·人物典·人物传》；于乃昌、冯育柱主编《中国少数民族文艺理论集成》中均有记载。

马祖常有文集行于世，尝预修《英宗实录》，又译润《皇图大训》、《承华事略》。又编集《列后金鉴》、《千秋纪略》，受赐优渥。《元文类》

收录马祖常文二十篇,诗赋三十三首。还著有《石田集》十五卷,其中诗五卷,存诗七百六十五首,是目前已知存诗数最多的色目作家,被文宗誉为"中原硕儒唯祖常"。《石田先生文集》十五卷,乃祖常去世后,苏天爵于后至元五年编辑整理,并呈请朝廷,校勘无误,发至扬州儒学,刊行于世。其中诗赋五卷,文十卷。卷一五言古诗;卷二七言古诗、五言律诗;卷三七言律诗;卷四五言绝句、七言绝句;卷五乐府歌行、杂言、联句、骚、赋;卷六制诰、表笺、青词祝文;卷七章疏;卷八铭、箴、赞、杂文、策问、题跋、记;卷九序;卷十至卷十四碑志;卷十五行状、传。有元刻本、明刻本、影写本、清钞本,但究其源流仅有元后至元五年和明弘治六年两个底本而已。名家书目颇多收录,但在版本描述上有的著录有误。

马祖常《石田先生文集》,(清)钱大昕《十驾斋养新录》卷九十四录元椠本《石田先生文集》十五卷,凡诗赋五卷、文十卷。清人马瀛《吟香仙馆书目》录元板《石田集》十五卷,十二本王文进《文禄堂访书记》卷五、(清)钱曾《虞山钱遵王藏书目录汇编》、管庭芬《读书敏求记校证》卷四(上)录元刊本《马石田文集》十五卷。明弘治六年太原府熊翀刻本《马石田文集》十五卷(诗赋五卷、文十卷)附录一卷,简称"熊本"。熊本所据底本乃为民间传钞本,后来为清代藏书家季沧苇、张金吾所有,《季沧苇藏书目》著录。惜钤印模糊,不能完全弄清此本的流传情况。是本乃现存的唯一一部"熊本"足本,今存国家图书馆。卷二第十九、二十叶各有两叶,当为成册时重复装订所致。李盛铎木犀轩藏本,十册。此为四库全书(文津阁本)底本,原为湘潭袁芳瑛卧雪庐藏书,光绪时散出为李氏所得,今藏北京大学图书馆。李盛铎《木犀轩藏书题记及书录》有著录。刘承幹嘉业堂藏本。今藏台湾"中央"图书馆。1996年台湾新文海出版发行公司出版《元人文集珍本丛刊》册六《马石田集》据此影印。据《嘉业堂藏书志》卷四著录,此本曾被误认为元刊本,后乃辨其实明刻本也。2003年,北京图书馆出版社出版《珍稀古籍书影丛刊》之四《嘉业堂善本书影》所著录《马石田集》为元刊本。瞿氏铁琴铜剑楼藏本,六册。原本字迹模糊不清,今藏国家图书馆。此本李氏藏本、刘氏藏本不同之处在于上两本除少李序与张、熊二跋,余皆同熊本。赵氏小山堂钞本,原为杭州赵氏小山堂藏书,后归汪氏振绮堂,后又由丁丙八千卷收藏,今藏南京图书馆。吴兴陆氏十万卷楼钞本,今藏南京图书馆。赵氏小山堂钞本，无丁丙跋，今藏福建图书馆。朱彝尊写本，见《寒瘦山房鬻存善本书目》卷四著录，今藏中国科学院图书馆。清文瑞楼钞本，原上海金氏文瑞楼藏书，今藏上海图书馆。清钞本，今藏四川图书馆、北京图书馆、南京图书馆、中国社科院文学研究所。《马文贞公石田集》五卷，《元六家诗集》之一，清吴县金侃手钞本，有朱氏手跋，今藏台湾图书馆。（清）顾嗣立、席世臣编《元诗选·初集》之丙集收马祖常诗二百六十七首，编为《石田集》1卷。另有康熙顾氏秀野山房原刊本，中华书局1985年铅印本。

《石田先生文集》十五卷（诗赋五卷、文十卷）附录一卷，李叔毅、傅瑛点校本，后附有《马祖常年谱》。元朝至元年间，苏天爵撰《元文类》，录其诗二十首、文二十篇。明朝潘是仁编纂《宋元诗六十一种》，共收马祖常诗三卷。郑振铎（西谛）所编《西谛书目》中，收录此三卷诗。

马祖常编有《英宗实录》、《皇图大训》、《承华事略》、《列后金鉴》、《千秋记略》及《章疏》一卷，见《元史》卷一四三本传。他的《石田山房集》，是至元五年奉旨刊行。现有影印《元四家集》本。《元诗纪事》卷十二选《和王左司竹枝词二首》、《龙虎台应制》、《驾发上京》三首。（清）张景星等选编，奚海、牛春青点校《元诗别裁集》中录其诗《湖北驿中偶成》、《杨花婉转曲》、《送董仁甫之西台幕》、《寄舒真人》、《送华山隐之宗阳宫》五首。其诗《驾发上京》云："苍龙对阙夹天阊，秋驾凌晨出国门。十里貔貅骑腰裹，一双日月绣旗襜。讲蒐猎较黄羊圈，赐宴恩沾白兽尊。赫奕汉家人物盛，马卿有赋在文园。"（明）胡应麟《诗薮·外编》卷六评曰："皆全篇整丽，首尾匀和。"

其诗《送客归扬州》云："扬子江头水拍天，人家种柳住江边，吴娃荡桨潮生浦，楚客吹箫月满船。锦缆忆曾游此地，琼花开不似当年。竹西池馆多红药，日日题诗舞袖前。"此诗圆转清丽，有唐人风致。

李修生主编的《全元文》，收其文《伤己赋》、《适忘赋》《悠然阁赋》、《草亭赋》、《感柏树赋》、《遣奉使巡行诏》、《追封河南王夫人制》、《思州军民宣抚使田冕晃忽儿不花封赠二代制》、《太师右丞相封赠三代制》、《太师左丞相封赠三代制》、《平章也速迭儿封赠三代制》、《太傅秃鲁封谥制》、《右丞按滩封谥制》、《尚书左丞相某封谥制》、《会试策问》、《贺元旦表》、《正旦贺兴圣宫表》、《贺正旦笺》、《贺建储表》、《贺春宫笺》、《建白一十五事》、《请量移流罪》、《辨王左丞等》、《论百官请赏》

等，共计一百四十八篇。辑录于《元史》、《大元圣政国朝典章》、《元朝典故编年考》、《永乐大典》等。

（元）苏天爵《石田先生文集序》称其诗："诗则接武隋唐，上追汉魏。后生争效慕之，文章为之一变"。（元）陈旅《石田先生文集序》则说："古诗似汉魏，律句入盛唐，散语得西汉之体。"（明）胡应麟《诗薮》外编卷六赞美其诗曰："皆句格庄严，词藻瑰丽，上接大历、元和之轨，下开正德、嘉靖之途。今以元人，一概不复过目，余故稍为拈出，以俟知者。"（明）宋濂《元史·马祖常传》卷一四三载："祖常工于文章，宏瞻而精核，务去陈言，专以先秦两汉为法，而自成一家之言，尤致力于诗，圆密清丽，大篇短章无不可传者"。（清）顾奎光《元诗总论》中指出："至于文章知名，则虞、揭、黄、柳而外，袁伯常、马伯庸之清壮，贡仲章、陈众仲之安雅，虽乏警策，不失雅调。"（清）顾嗣立在《寒厅诗话》中称："延祐、天历之间，风气日开，赫然鸣其治平者，有虞、杨、范、揭，一以唐为宗，而趋于雅，推一代之极盛。"又称："贯酸斋、马石田（祖常），开绮丽清新之派。"吴梅《辽金元文学史》论及马祖常时指出："大德、延祐以后，为元文之极盛，而主持风气，则祖常等数人为之巨擘。"又说："其诗才力富健，如《都门壮游》诸作，长篇巨制，迥薄奔腾，具有不受羁勒之气。至元间，苏天爵请于朝，刊行其集，自为之序，称其接武隋唐，上追汉魏，后生争效慕之。与会稽袁桷、蜀郡虞集、东平王构，更迭唱和，如金石相宣，而文益奇，其推之者至矣！"

琐非复初

琐非复初，号拙斋，西域人。精通词曲音律，深为周德清所推崇。

生平事迹在周绍祖主编《西域文化名人志》；宁继福著《中原音韵表稿》；马建春《元代西域散曲家辑述》（《西北民族研究》，1997年）中均有论述。

（元）周德清在《中原音韵》后序中说："泰定甲子秋，予既作《中原音韵》并《起例》，以遗青原萧存存，未几，访西域友人琐非复初，读书是邦。同志罗宗信见饷，携东山之妓，开北海之樽，英才若云，文笔如椠。复初举杯，讴者歌乐府《四块玉》，至'彩扇歌，青楼饮'，宗信止其音而谓予曰：'彩'字对'青'字，而歌'青'字为'晴'。……语未讫，复初前驱红袖而白同调歌曰：'买笑金，缠头绵，则是矣。'乃复叹曰：'予作乐府三十年，未有如今日之遇宗。信知某曲之非，复初知某曲之是也'。"这段话说明琐非复初精通音律，具有很高的造诣，他和周德清一唱一和，也可谓知音相得。遗憾的是他的作品未能流传下来，唯《中原音韵》一书中存其撰写的序文一篇，是研究他的珍贵资料。

鲁 山

鲁山（1281—约1345），又名儒鲁山，是高昌回鹘人的后裔，祖籍是鲁克沁绿洲。元初家族入居江南，汉姓岳（或作姓儒、月，均为同音转译）。早年出家为僧，以能诗知名。至大三年与黄溍定交，并与名士邓文原等会集赋诗。延祐四年春，与贯云石、干文传同游昌国州，共赋《观日行》诗。曾以僧官身份出任平江善农提举司提举，掌承天、龙翔、崇禧三寺田赋。

释子大䜣的《蒲室集》卷十五《鲁山铭》序中说，岳鲁山是高昌人，在后至元五年出掌平江善农提举司；虽身为"贵胄"（色目世臣之后），而"诗礼如素习"，"其称鲁山为宜"。《鲁山铭》则说："高昌之裔，去鲁万里。孰羡鲁邦，鲁多君子。鲁山维藩，岱岳中起……"

生平事迹在杨镰《元西域诗人群体研究》、《元诗史》及其《元轶诗研究》（《文学遗产》1997年第3期）中均有论述。

《永乐大典》残帙有"《元释鲁山集》"或"《鲁山诗集》"，但此集从未见著录，《盛明百家诗》有《鲁山集》，但作者是明中释子。《粤西金石略》卷十四录有鲁山诗，但全称"西夏观音奴鲁山"，身份是宪司官吏。可见鲁山的作品辑录情况还有待考证，现确定的有《诗渊》在"元鲁山""元鲁山文"等名下录有的数十首诗。《诗渊》有鲁山《寄干同知得韦》、《送新笋干同知》；鲁山《墨水行》（《诗渊》录《还金华黄晋卿诗集》）。

丁文苑（哈八石）

丁文苑（1284—1330），本名哈八石，字文苑。出身回回世家，祖籍西域于阗（今新疆和田），入居中原后，定居大都宛平县（今北京市）。因父名勘马剌丁，便取父名末尾"丁"字为汉姓，元仁宗延祐二年（1315）首科进士，与欧阳玄、许有壬、黄溍等同年。历任左司掾、礼部主事。至治二年（1322）任秘书监著作郎，拜监察御史，改户部员外郎、浙西金宪，在前往山北道廉访司赴职时，死于途中。

丁文苑死后，文坛名人纷纷撰文追悼，如（元）宋褧《燕石集》卷二《山北宪佥丁文苑挽诗》，卷六《送哈八石文苑佥宪浙西》；（元）马祖常《石田集》卷八《丁君诔》；（元）黄溍《黄文献集》卷二《题丁文苑同年哀词后》；（元）王沂《伊滨集》卷九《挽丁文苑》；（元）许有壬《至正集》卷六十八《哈八石哀辞》。子慕冏，字仲伦，为顺帝元统元年（1333）右榜二甲第二名进士，授天临路湘阴州同知。有诗名，但其诗未见传世，今存其文《（桂林）元帅府经历司题名记》一篇，作于至正二年。

生平事迹见（元）苏天爵撰《元文类》卷四十八所收（元）许有壬撰《哈八石哀辞》；（元）马祖常撰《石田集》卷八所收《丁君诔》。

《永乐大典》卷三五二八有署名"哈八石"所撰《郑氏义门诗》。据《元史》卷一百九十七《郑文嗣传》，浦江郑氏十世同居，凡二百四十余年。丁文苑诗就是为郑氏所写。

（明）郑太和《麟溪集》癸卷录其诗《咏郑氏义门》一首，诗曰："族属虽千共一初，人生何可不同居。当年怪杀张公艺，把笔犹将忍字书。"

张　翔

张翔，字雄飞，一字行。唐兀氏，元代河西诗人。延祐二年（1315）登进士第，历任西台御使，浙东、湖南廉访使佥宪等官。

生平事迹在（清）屠寄《蒙兀儿史记》；陈衍辑《元诗纪事》卷十四；周绍祖编《西域文化名人志》；李修生主编《全元文》；李明编《羌族文学史》；王叔磐编《元代少数民族诗选》中均有记载。

（清）顾嗣立、席世臣编《元诗选·癸集》录其诗三首；《元诗选·丁集》收录其诗《耒阳吊古》、《岳阳楼》、《杜甫祠》三首；《永乐大典》卷九百存有许氏与张翔唱和诗《雄飞和诗未至以二口号速之》、《雄飞喜作诗二例禁不得相见作此调之》、《雄飞有诗次其韵》等篇。许有壬《至正集》卷三十三存《张雄飞诗集序》一篇。李修生主编《全元文》收录其《请建储》、《请立御史台》、《谏止数赦》、《进曾子子思子全书表》共计四篇，辑录于《元史》、《大元圣政国朝典章》、《元朝典故编年考》、《永乐大典》。《元诗纪事》卷十四录诗一首《岳阳楼》。

许有壬《至正集·张雄飞诗集序》评其诗："尤工于诗，佳章奇句，不可悉举"。

辛文房

辛文房，字良史，元代西域人，大约生活在至元、大德年间，居家豫章（今江西南昌市），曾任翰林编修，善诗文，与王执谦伯益并以能诗称。

生平事迹在（清）顾嗣立、席世臣编《元诗选·癸集》乙集；周绍祖编《西域文化名人志》；郭卿友编《中国历代少数民族英才传》；李修生《全元文》；董治安编《二十五史外人物总传要籍集成》；邱振声、赵建莉选析《元人诗词赏析》；张葆全主编《中国古代诗话词话辞典》；刘正民等选注《西域少数民族诗选·汉文古典诗词》；傅璇琮主编《中国古典诗歌基础文库·元明清诗卷》中均有记载。

（清）顾嗣立、席世臣编《元诗选·癸集》乙集，收录辛文房《苏小小歌》、《石宣慰国英》、《清明日游太傅林亭》、《雁荡能仁寺遗诗》、《赵宣尉淇》、《岳阳楼》六首诗。另著《唐才子传》，此书成于元成宗大德甲辰（1304），共收唐五代诗人传记278篇，传中附及120人，合计398人。原书失传，乾隆时，四库馆臣自《永乐大典》中辑得243人传，又附传44人，共287人，厘为八卷。后元刊十卷足本在日本发现，光绪中，黎庶昌以珂罗版影印归国，始广流传。文《唐才子传·引》曰："游目简编，宅以史集，或求详累帙，因备先传，撰以成篇，斑斑有据，以悉全时之盛，用成一家之言"。《四库全书总目提要》称《唐才子传》"所载之人，亦多详其逸事，及著作之传否，而于功业行谊，则只撮其梗概。盖以论文为主，不以记事为主也。"

李修生主编《全元文》收录其文《唐才子传引》、《隐逸诗人论》、《女性诗人论》、《方外诗人论》、《仙道诗人论》，共计五篇。辑录于《元史》、《大元圣政国朝典章》、《元朝典故编年考》、《永乐大典》等。

贯云石

贯云石（1286—1324），本名小云石海涯，字浮岑，号成斋，又号酸斋、疏斋，还曾用过芦花道人、疏仙、疏懒野人、石屏等别号。高昌畏兀人，祖籍高昌回鹘王国柳中城（今新疆鄯善鲁克沁），入居中原之后，定居大都高粱河畔畏吾村（北京市魏公村），并以北庭为郡望。他出身高昌回鹘畏兀人贵胄，祖父阿里海涯为元朝开国大将，生前任湖广行省左丞相，死后封楚国公，追赠长沙王，至正七年又改赠江陵王。其表字为浮岭，别号最初是成斋，曾号疏仙，后来改号酸斋，别号芦花道人，隐居钱塘之后，又曾用过石屏之号。贯云石自幼随母住在廉氏别墅"廉园"中修文习武。廉园内拥有两万多卷藏书，文化氛围浓郁。贯云石徜徉其中，日日博览群籍，受益匪浅，学识大增。据宋濂《元史》本传，贯云石年十三，膂力绝人，使健儿驱三恶马疾驰，持槊立而待，马至腾上之，越二而跨三。运槊生风，观者辟易。或挽强射生，逐猛兽，上下峻阪如飞，诸将咸服其趫捷。稍长，折节读书。初，袭父官为两淮万户府达鲁花赤，镇永州，一日，解所绾黄金虎符，让弟忽都海涯佩之。北从姚燧学，燧见其古文峭厉有法，及歌行、古乐府慷慨激烈，大奇之。俄选为英宗潜邸说书秀才。仁宗践祚，拜翰林侍读学士、中奉大夫、知制诰，同修国史。乃称疾辞还江南，泰定元年五月八日卒，年三十九，赠集贤学士、中奉大夫、护军，追封京兆郡公，谥文靖。

生平事迹见（明）宋濂《元史·小云石海涯传》、欧阳玄《贯公神道碑》（《圭斋集》卷九）和陈衍辑撰《元诗纪事》卷十一。今人研究论著，见李修生主编《全元文》；杨镰《贯云石与艺术》（《新疆艺术》1984年第4期）；《贯云石集考实》（《文学遗产》1983年第2期）；《贯云石新考》（《新疆大学学报》[哲学社会科学版] 1983年第1期）；王有生《贯云石名贯文坛》（《丝绸之路》1996第4期）；周双利《贯云石评述》（《内蒙古民族师院学报》[哲学社会科学版汉文版] 1991年第4期）；马泽《贯云石散论》（《民族文学研究》1989年第6期）；匡扶《贯云石散曲论略》（《中国古代近代文学研究》1987第3期）；郑宇宏《贯云石的散曲》（《暨南大学研究生学报》1986第1期）；柴剑虹《急流勇退的小翰林贯云石》（《文史知识》1985年第3期）；星汉《元代维吾尔族文学家贯云石及其作品》（《新疆师范大学学报》[社会科学版] 1983年第1期）；苗林《略谈元代维吾尔族曲家贯云石及其散曲》（《文学遗产》1983年）；《浅谈元代维吾尔族曲家贯云石及其散曲》（《民族文学研究》1981第1—2期）；莫高《问胸中谁有西湖——维吾尔族诗人贯云石和西湖》（《西湖》1982年第1期）；柴剑虹《维族作家贯云石和他的散曲》（《文艺研究》1982年第4期）；《维吾尔族文学家贯云石》（《中国民族》1981第5期）；浩明《"狂风"的叛逆——元代维吾尔族文学家贯云石及其作品简介（附贯云石诗歌选）》（《天山》1980年第1期）；程巢父《贯酸斋不是斋名》

(《山西文学》2007第5期);马建春《元代西域散曲家辑述》(《西北民族研究》1997第2期)。

贯云石生前著作颇丰,曾有诗文集《酸斋诗集》和《孝经直解》行世,亡佚于明清之际。《酸斋诗集》收有酸斋名作《芦花被》、《神州寄友》、《秋江感》、《君山行》、《蒲剑》、《观日行》等诗二十八首。曾被收入清文渊阁《钦定四库全书》,国家图书馆有收藏。《皇元风雅》前集卷一收录"贯酸斋"诗十四首,即《白兆山桃花岩》、《美人篇》、《君山行》、《画龙歌》、《观日行》、《采石歌》、《别离情》、《题庐山太平宫》、《芦花被》、《题陈北山扇五首》。《文翰类选大成》各卷共录有贯云石诗十一首,除与《皇元风雅》重复的,还有《蒲剑》、《神州寄友》、《宫词》。《元诗选·二集》中《酸斋集》共辑录贯云石诗二十七首,皆系自元诗总集辑成,其中《当涂郡有脱靴亭以谪仙采石得名乃绘之图而赞以诗》与《山谷守当涂方九日而被谤谪宜州遂作返棹图而系之诗》,本是宋元之际人牟子才(字存叟)所作两则赞语,误掩入《酸斋集》。并非贯云石所作。此外,明潘是仁《宋元六十一家集》有《贯酸斋集》二卷,卷一共四首诗,已见《元诗选·二集》中《酸斋集》。

另有《酸甜乐府》。民国初年任讷的《散曲丛刊》中首次辑录贯云石散曲成集,题为《酸甜乐府》,是贯云石(酸斋)和徐再思(甜斋)二人的合集,其中收录贯云石小令八十六首,套曲九首。所著《孝经直解》上图下文,是供蒙古色目子弟学习儒家经典的启蒙读物。

(元)戴良称"贯公智诗似长吉"(戴良《丁鹤年诗集序》)。姚同寿《乐郊私语》载:"云石翩翩公子,无论所制乐府散套,骏逸为当行之冠,即歌声高阴,可彻云汉。"其书法在元代亦非常有名,《元史》本传称"草隶等书,稍取古人之所长,变化自成一家。所至士大夫从之若云,得其片言尺牍,如获拱璧"。

李修生主编的《全元文》,收其文《孝经直解序》、《阳春白雪序》、《今乐府序》、《夏氏义塾记》、《万寿讲寺记》,共计五篇。辑录于《元史》、《大元圣政国朝典章》、《元朝典故编年考》、《永乐大典》等。《元诗纪事》卷十一录诗三首《芦花被》、《凤凰山休暑》、《辞世诗》。

元代散曲选家杨朝英评其:"云石之曲,不独在西域人中有声,即在汉人中亦可称绝唱也。"元代杨维桢《东维子集》卷十一论散曲,多次把他评为一代大家。明代朱权《太和正音谱》评其词"如天马脱羁"。明代王世贞《曲藻序》把其当做元曲的首位代表作家来推崇。

阿里木八剌

阿里木八剌，字西瑛，又名阿里西瑛。生卒年不详，西域回回人，阿里耀卿之子，善吹筚篥，能写词曲。

生平事迹见（元）陶宗仪《南村辍耕录》卷十一；钟林斌著《元曲三百首译注评》等。

（明）朱权《太和正音谱》将其列于"词林英杰"一百五十人之中。善吹筚篥，贯云石有《筚篥乐为西瑛公子》诗赞之。今存阿里西瑛小令四首，分别为［商调·凉亭乐·叹世］一首、［双调·殿前欢·懒云窝］三首。

［商调·凉亭乐·叹世］云："金乌玉兔走如梭，看看的老了人呵。有那等不识事的痴呆待怎么？急回头迟了些儿个。你试看凌烟阁上，功名不在我。则不如对酒当歌对酒当歌且快活，无忧愁，安乐窝。"

拜 住

拜住，字明善，又字闻善，逊都恩氏，东平王安童孙，康里部人。五岁而孤，太夫人教养之。稍长，宏远端亮有祖风。至大二年，袭为宿卫长。仁宗即位，延祐二年，拜资善大夫、太常礼义院使。四年，进荣禄大夫、大司徒。五年，进金紫光禄大夫。六年，加开府仪同三司，余并如故。母怯烈氏，年二十二，寡居守节，子笃麟帖木儿。

拜住初曾为国子生。得中状元后，依例授集贤院修撰，授承务郎。至正十年，升任山东乡试监试官。后历官奉训大夫，金山东东西道肃政廉访司事，累官至翰林国史院都事、太子司经。

生平事迹见（明）宋濂撰《元史·拜住传》；白寿彝主编《中国通史·中古时代》第八卷（第351—354页）；业喜编《蒙古族古代名将录》；赵相璧《历代蒙古族著作家述略》；《中华全二十六史》等。

著有《菩萨蛮》及五言长律诗《故相东平忠献王挽歌词》、《用韵重赋故相挽歌词》两首。其《文状元名录萨蛮》词云："红绳画板柔荑指，东风燕子双双起。夸俊与争高，更将裙系牢。牙床和困睡，一任金钗坠。推枕起来迟，纱窗月上时。"

（明）宋濂《元史·拜住传》评价其曰："拜住忧国忘家，常直内庭，知无不言。……自延祐末，水旱相仍，民不聊生。及拜住入相，振立纲纪，修纪废坠，裁不急之务，杜侥幸之门，加惠兵民，轻徭薄敛。"

回　回

回回（1291—1341），又译和和，字子渊，号时斋，康里人，故又称康里回回。不忽木子，系寇氏所生。为著名书法家康里巎巎之兄，两兄弟俱有文采，时人称之为"双璧"。博学能文，在成宗朝宿卫，擢太常院使。至大间，调大司农卿，除山南廉访使，再改河南。英宗即位，丞相拜住首荐回回为户部尚书，后又拜南台侍御史，改参议中书，泰定初，授太子詹事丞，升翰林侍讲学士，迁江浙行省右丞。文宗立，除宣政院使，擢中书右丞，力辞还第，数年卒。

生平事迹在（元）陶宗仪《书史会要》；（明）宋濂《元史》卷一四三；（清）顾嗣立、席世臣编《元诗选·癸集上》；陈垣《元西域人华化考》卷二、卷五；高人雄《古代少数民族诗词曲家研究》；谢启晃、胡起望、莫俊卿《中国少数民族历史人物志》；上海书画出版社编《考识辨异篇》；耿相新、康华点校《二十五史·辽史、金史、元史》；梁披云《中国书法大辞典》中均有记述。

（清）顾嗣立、席世臣编《元诗选》有其《贾公祠二首》。其一云："烈日当空存大节，严霜卷地揭孤忠。至今凛凛有生气，消得声光吐白虹。"其二云："文肃有祠，谁所构兮？元祐为当，省无疚兮。何人不没，名则封兮。邦人思公，食必祝兮。好是正直，神汝祐兮。继其时享，公宜有后兮"。

（元）陶宗仪《书史会要》称："回回正书宗颜鲁公，甚得其体。"（明）宋濂《元史》称其与其弟巎巎齐名，"世号为双璧云"。

薛彻干

薛彻干，又名彻彻干，汉名李屺、李伯瞻，号熙怡，是中书左丞李恒之孙，江西平章政事散木台（李世安）之子。（明）宋濂《元史·李恒传》载其祖本西夏人，并且是西夏国主，成吉思汗伐西夏时，夏主不屈而死，有子惟忠，年方七岁，被宗王哈撒儿收养成人。后从征有功，封为滕国公。其子李恒，"生有异质，王妃抚之犹己子"。惟忠父子自幼长在王室，生活习俗，皆遵蒙古。（元）吴澄《元故荣禄大夫江西等处行中书省平章政事李公墓志铭》曰："武愍生长边鄙，饮食祭祀，并遵国俗。"薛彻干生于世祖至元年间。泰定时官翰林直学士，阶中义大夫，任润译讲读之事。顺帝即位，拜兵部传郎。卒年不详。

薛彻干生平事迹在（明）宋濂等撰《元史·李恒传》；孙楷第编《元曲家考略》（第94页）；周绍祖主编《西域文化名人志》（第113页）；赵相璧《历代蒙古族著作家述略》等均有记述。

薛彻干博学能文，精通蒙汉两种语言文字，并擅长词曲、书画。其生平所作词曲，今存小令七支，残曲一支，均载于《太平乐府》。

三宝柱

三宝柱，字廷珪，高昌（今新疆吐鲁番）畏兀儿人。登至治元年右榜进士第，以才学知名。累迁江浙行省郎中，改瑞安知州，迁兵部员外郎，后放还。除江西廉访佥事。既而署为监郡，兼分阃温州。时御史喜山约三宝柱夹攻方国珍，喜山败，谋遁去。三宝柱被执至舟，劫以兵，不屈，乃释之。后复除诸省宪副宪使，所至皆有廉名。

生平事迹见（元）陶宗仪《南村辍耕录》卷九《题屏谢客》；（明）宋濂《元史》卷一四四（星吉传附）；（清）顾嗣立、席世臣编《元诗选·癸集》之丙集；陈衍《元诗纪事》卷十四；鲜于煌选注《中国历代少数民族汉文诗选》；刘正民等选注《西域少数民族诗选·汉文古典诗词》；王叔磐编《元代少数民族诗选》；庄星华选注《历代少数民族诗词曲选》上卷；周绍祖主编《西域文化名人志》等。

今存《宪使三宝柱诗》，有清嘉庆三年（1798）南沙席氏刻本；清光绪十四年（1888）重修刻本，一册（第39页）。（清）顾嗣立、席世臣编《元诗选·癸集》之丙收录其诗《游北湖》、《西岘山》两首。《游北湖》诗云"一月不来湖上路，湖边桃李已成阴。苍苍山色故人面，荡荡风光游子心。沽酒楼高斜欲坠，卖茶船小巧相寻。自怜鹦鹉洲中客，手撚江蓠和楚吟。"绝句《西岘山》诗云："萧瑟西风木叶残，千岩万壑斗苍颜。画工胸次分明处，写出斜阳影外山。"风致高洁，清新可诵。

陈衍辑撰《元诗纪事》卷十五收录三宝柱《题门屏》一首："逆刮蛟龙鳞，顺捋虎豹尾。若将二伎论，尤比干人易。"遂又引用（元）陶宗仪《南村辍耕录》对三宝柱的评价："三宝柱颇以才学知名，虽湛于酒色，而能练达吏事，刚正有守。为浙省郎中日，大书四句于门屏之上云云。其意盖以杜绝人之求请耳。"

玉元鼎

玉元鼎（一作王元鼎），原名阿鲁丁。其先西域人。因来华始祖名为玉速阿剌，故以玉为氏。玉速阿剌随成吉思汗西征有功，为元勋旧世臣。玉元鼎约于武宗至大皇庆年间，曾入国子学为生员，受业于名师吴澄。《吴文正公集·玉元鼎字说》称："学者阿鲁丁，以玉氏，以元鼎字。其先西域人也，始祖玉速阿剌，从太祖皇帝出征，同饮黑河之水，为勋旧世臣家，名载国史。"

生平事迹见（元）钟嗣成著《录鬼簿》；（元）夏庭芝《青楼集》；（明）朱权《太和正音谱·古今群英乐府格式》；（元）陶宗仪《南村辍耕录》卷十九；朱昌平、吴建伟主编《中国回族文学史》；张迎胜著《元代回族文学家》；白寿彝主编《回族人物志·上》；刘德仁等编《中国少数民族名人辞典》古代卷；李修生主编《全元文》等。

赵孟𫖯《松雪斋文集》卷六有《古今历代启蒙序》为玉元鼎作。玉元鼎以散曲闻名，钟嗣成所撰《录鬼簿》卷上"前辈名公有乐章传于世者"共计四十七人，玉元鼎名列其中。（明）朱权撰《太和正音谱》以他为"曲坛名公"，为"杰作"。玉元鼎今存散曲九首（含小令七、套曲二）。其曲《太平乐府》卷一录其［蟾宫曲］《桃花马》一首，卷三录其［凭栏人］《闺怨》二首，卷五录其［醉太平］《寒食》四首。《词林摘艳》卷七录其［商调河西后庭花］一套。

边 鲁

边鲁，字至愚，号鲁生，西域北庭（今新疆吉木萨尔县）人。元畏兀儿艺术家。（清）顾嗣立、席世臣编《元诗选·癸集》和陈衍辑撰《元诗纪事》卷二十四均载称"以南台宣使奉台命西谕，竟以不屈死"，后追封为南台管勾。边鲁自幼好学，对汉文化有较深的造诣。史称他"天才秀发，善古乐府诗"，又说他"善写水墨花鸟树石，而尤精于钩勒颤掣之势，则有得于李后主云"。夏文彦《图绘宝鉴》说他"善画墨戏花鸟"。

生平事迹在（元）陶宗仪《书史会要》；（元）杨维桢《西湖竹枝词》；（清）顾嗣立、席世臣编《元诗选·癸集》；陈衍辑撰《元诗纪事》卷二十四；徐建融著《元明清绘画研究十论》；周绍祖主编《西域文化名人志》；陈垣《元西域人华化考》；陈高华《元代画家史料》；赵相璧《历代蒙古族著作家述略》中均有记述。

李修生主编《全元文》收录其《高阳令边敏志铭略》共计一篇。辑录于《元史》、《大元圣政国朝典章》、《元朝典故编年考》、《永乐大典》。

（清）顾嗣立、席世臣编《元诗选·癸集》收录其诗《西湖竹枝词》（《元诗纪事》卷二十四中此诗名《前题》）一首，诗云："戴胜降时桑叶青，梨花开处近清明。狂夫归来未有信，蝴蝶作团飞上城。"

（元）杨维桢《西湖竹枝词》称其"天才秀发"；《丛书集成初编》之《梧溪集》称其"材器超卓"。

偰玉立

偰玉立（约1294—?），字世玉，号止庵（一作止堂），高昌回鹘人。世居高昌郡（今新疆维吾尔自治区吐鲁番市东），出身摩尼教世家，偰玉立本人不信仰摩尼教。家族发祥地在蒙古草原的偰辇河，因而以偰为汉姓。入中原先定居南昌，后以溧阳（今属江苏）为籍贯。元延祐五年中进士，授秘书监著作佐郎。至正九年（1349）五月，以正议大夫福建行省泉州路总管升任泉州达鲁花赤。泉州府城东和桥南有偰玉立祠。

偰玉立至正年间在泉州任职，他筑城浚河，"兴学校、修桥梁、赈贫乏、举废坠，考求图志，搜求旧闻，聘三山吴鉴成《清源续志》二十卷"，使当地百姓"皆劝于文学"。当时泉州有一名蔡元的少年，素有神童之称。偰玉立听说后对他优礼有加。这段史料不仅清楚地记载了偰玉立任职泉州之时的惠政，而且还表明，他对人才的重视。更值得注意的是，偰玉立曾延请吴鉴编修泉州地方志《清源续志》，这说明他与吴鉴有过交往。虽然《溧阳县志》有关偰玉立的文字记载并不多，但其生平事迹基本上一目了然。据此可知，除已提及的上述官职外，偰玉立还担任过湖广行省佥事、海北海南道肃政廉访使等职。《元诗选》称："字世玉，其先本回纥人，即今伟兀。……玉立以儒业起家，登延祐戊午进士第，受翰林院待制，兼国史院编修官，至正中，为泉州路总管达鲁花赤。考求图志，搜访旧闻，聘寓公三山吴鉴成《清源续志》二十卷。后迁湖广佥事，海北海南道肃政廉访使。"

生平事迹见（清）顾嗣立、席世臣编《元诗选·三集》；丁成泉辑注《中国山水田园诗集成·东晋南北朝隋唐》第一卷；黄威廉编注《九日山·摩崖石刻诠释》；王叔磐编《元代少数民族诗选》；李修生主编《全元文》；泉州市历史研究会编《泉州市名胜诗词选》；刘浩然编著《温陵山川诗文略》；黄锭明、吴捷秋主编《泉州古今诗选》；南安市武荣诗社编《南安古今吟萃》；鲜于煌选注《中国历代少数民族汉文诗选》；唐圭璋编《全金元词》（上）；马兴荣主编《中国词学大辞典》；庄星华选注《历代少数民族诗词曲选》（上卷）；陈仁皋、杨继昌、邓又琳编注《菩萨蛮一百首》；张还吾主编《锦绣中华历代诗词选》；《泉州旅游指南》编写组编《泉州旅游指南》；戴述秋编《石鼓书院诗词选》等。

著有《世玉集》。（清）顾嗣立、席世臣编《元诗选·三集》有著录，并录其诗十三首《终守居园地并序》、《登德风亭诗》、《游晋溪》、《题范文正公所敬书伯夷颂卷尾》、《清源洞》、《潞公轩》、《谒天圣宫》、《石鼓书院》、《吉州道中三首》、《罗汉峰》、《天风海云楼》；《永乐大典》卷八六四八有偰玉立《南岳祠》诗；《全金元词》下册收有偰玉立《菩萨蛮》词；孙星衍《环宇访碑录》卷十二著录由"偰文质撰，偰玉立正书"之《石溪禅寺无一禅师塔铭》（后至元三年三月，立于安徽广德）。（元）王士点、商企翁《秘书监志》卷八录有偰玉立所撰《皇太子笺文》。

李修生主编的《全元文》，收其文《正旦贺表》、《皇太子笺文》、《绛守居园池诗序》、《九日山题名》，共计四篇。辑录于《元史》、《大元圣政国朝典章》、《元朝典故编年考》、《永乐大典》等。

偰哲笃

偰哲笃，字世南，偰玉立弟，延祐二年进士，高邮知州，以中顺大夫佥广东道肃政廉访司事。被弹劾后寓居溧阳，延师教子有方。历官工部尚书、参知政事。至正十二年被任命为淮南行省左丞，以文学政事知名于时。

生平事迹见（清）顾嗣立、席世臣编《元诗选·三集》；丁文庆、吴建伟注评《回回古诗三百首》；庄星华选注《历代少数民族诗词曲选》；王叔磐编《元代少数民族诗选》；罗贤佑《论元代畏兀儿人桑哥与偰哲笃的理财活动》（中国人民大学复印报刊资料《宋辽金元史》1992年第1期）等。

（清）顾嗣立、席世臣编《元诗选》三集《世玉集》附录偰哲笃诗《题赵千里〈夜潮图〉》、《赠墨士》、《题商德符李遵道合作竹树图》三首。北京图书馆善本室所藏碑帖中，有偰哲笃所撰《重修句容儒学记》（李恒正书，至正八年五月立）。

其绝句《题赵千里〈夜潮图〉》诗云："风涛汹涌千堆雪，拍岸翻空倒银阙。雁声惊起一江秋，万里无云挂明月。"《赠墨士》诗云："鱼胞万杵成玄玉，应是柯仙得妙传。铁砚毛锥为密友，何时海上别冏仙。"《题商德符李遵道创作竹树》诗云："槎牙老树根盤石，楚楚霜筠让碧苔。古怪清奇俱绝笔，颉颃好手为谁开。"

李修生主编《全元文》收录其《重修县学记》共计一篇。辑录于《元史》、《大元圣政国朝典章》、《元朝典故编年考》、《永乐大典》。

巙　巙

巙巙（1295—1345），又译库库，字子山，号正斋，又号恕叟、蓬累叟，又称康里巙巙。不忽木次子，系王氏所生。回回之弟，系夫人王氏所生，诗文均有时名，并且是元代最著名的书法家之一。幼年入国子学，后以贵介公子宿卫宫廷，始授承直郎、集贤待制，迁兵部郎中转秘书监丞，拜监察御史，转江南行台治书侍御史，拜礼部尚书，进奎章阁大学士，又拜翰林学士承旨、知制诰兼修国史。顺帝至正四年出为江浙行省平章政事，明年复以翰林学士承旨召还，至京去世，谥"文忠"。

生平事迹见（明）宋濂撰《元史》卷一四三；（清）顾嗣立、席世臣编《元诗选·癸集》；李修生主编《全元文》；隋树森《全元散曲》等。

（清）顾嗣立、席世臣编《元诗选》录其《清风篇》、《送高中丞南台》、《李景山归自云南谈点苍之胜寄题一首》三首。

《清风篇》诗云："清风岭头清风起，佳人昔日沉江水。一身义重鸿毛轻，芳名千载清风里。会稽太守士林英，金榜当年第一名。一郡疲民应有望，定将实惠及苍生。"

《送高中丞南台》诗云："鹦鹉洲边明月，凤凰台下清风。人物江山两绝，才高不为时容。"

《李景山归自云南谈点苍之胜寄题一首》诗云："有客新从鹤拓回，自言曾上五华台。苍颜暑雪当牕见，玉脚晴云对槛开。桂树小山招隐士，桃花流水属仙才。王孙芳草年年绿，为间西游几日陪？"

另外，《元风雅》（四库全书本）后集卷五录其七言绝句《题钓台》一首、《送高中丞南台》二首。《式古堂书画汇考》卷十七，录其《十二月十二日帖》。《文渊阁书目》卷三著录有《巙巙子山书》一部一册。

《题钓台》诗云："子陵才业高千古，当使君王入梦思。汉祖规模只如此，惜哉尧舜不同时。"

李修生主编的《全元文》，收其文《为彦中判府草书柳子厚谪龙说》、《阎立德王会图跋》、《题唐欧阳询化度寺邕禅师塔铭》、《颜真卿述张旭笔法一卷款识》、《周朗画〈杜秋图〉款识》、《十二月十二日帖》、《书临怀素自叙卷》、《跋静心本兰亭》、《奉记帖》、《跋赵孟頫常清静经帖》、《跋任仁发张果见明皇图》、《题丞相义门诗后》，共计十二篇。辑录于《元史》、《大元圣政国朝典章》、《元朝典故编年考》、《永乐大典》等。

（元）刘师邵尝题其书后曰："松雪书法，独步当代，康里继起，遂有北巙南赵之誉。余谓赵书如士大夫按乐，纵爽节奏而意态闲雅。巙书如生驹出猎，未闲鞚御，安事驱驰。"论者以为极当。

鲁至道

伯笃鲁丁，字至道，又名鲁至道，至治元年进士，元代著名诗人、政治家。至元三年任岭南广西道肃政廉访副使。

生平事迹在（元）杨瑀《山居新话》；（清）顾嗣立、席世臣编《元诗选·癸集》丁集；陈垣《元西域人华化考》；李修生主编《全元文》；谢启昆纂（民国）《广西通志》；吴建伟注评《回回古诗三百首》；白先经、翁乾麟编《中国南方回族历史人物资料选编》；白寿彝编《回族人物志》；周绍祖编《西域文化名人志》；杨镰《元西域诗人群体研究》中均有记载。

伯笃鲁丁无诗集传世，（清）顾嗣立、席世臣编《元诗选·癸集》丁集存其《逍遥楼》、《浮云寺》两首。《山居诗话》存其诗《挽樊时中参政》、《挽宝哥参政》二首。（清）汪森《粤西诗载》卷十存其诗：《过鬼门关》、《逍遥楼》、《阳桥记》。《全元文》收《鼎建庙学记》（同《郁林州学记》）《阳桥记》（本题目《桂林郡志》记《静江路重建通济桥记》）；（宣德）《桂林郡志》卷二十八有其《静江路重建通济桥记》（后至元六年）；《永乐大典》存有《郁林志》转引的伯笃鲁丁《鼎建庙学记》（后至元五年）。

李修生主编《全元文》收录其文《鼎建庙学记》、《阳桥记》，共计两篇。辑录于《元史》、《大元圣政国朝典章》、《元朝典故编年考》、《永乐大典》等。

（元）陶宗仪《南村辍耕录》载："以廉故甚贫，朋友间每分财以济之。"

其诗《逍遥楼》云："身世云霄上，飘然思不穷。晴山排翠闼，暮霭闳琳宫。牧笛残云外，渔歌落照中。蓬莱凝望眼，隐隐海霞红。"

其诗《浮云寺》云："麦云芟尽草青青，白叟黄童喜送迎。海宇有生皆乐怿，遐荒远地不升平。水明山秀闻莺语，云淡风轻信马行。山下高人留客醉，旋挑竹笋煮鱼羹。"

纳璘不花

纳璘不花，字文灿（一作文粲），号绚斋。《元史》作纳麟，北庭畏兀人（顾嗣立《元诗选·癸集》庚集上称其为河西（今甘肃西）色目人。祖高智耀，官中兴等路按察使。父睿官南台御史中丞）。泰定四年登进士第，授湘阴州判官、同知，历阳县达鲁花赤。后至元三年，迁盱眙县达鲁花赤，历江浙行省都事、员外郎，四处行省理问。

其事迹在（元）揭傒斯《盱眙县题名记》（《中都志》卷七）；（元）许有壬《跋纳璘文灿诗》（《至正集》卷七十一）；（清）顾嗣立编撰的《元诗选》；周绍祖主编的《西域文化名人志》中均有记述。

纳璘也工于诗，但诗大多不传。《元诗选·癸集》之庚存其诗《题第一山答余廷心》："一山松桧巢归鹤，五塔香灯送落晖。唯有玻瓈同我志，闲来时复濯缨归。"诗人通过写傍晚山景，表达闲散心致和归隐之想。

金哈剌

金哈剌，又名金元素，康里人氏，名哈剌。元工部郎中，升参知政事。也里可温人。登进士第，官至中政院使。能文辞，书宗崾正斋。

生平事迹在（元）陶宗仪《书史会要》；（元）熊梦祥《析津志·朝堂公宇》节录元人欧阳玄佚文《刑部主事厅题名记》；（明）贾仲明《录鬼簿续篇》；（隆庆）《中都志》卷六；（康熙）《凤阳府志》卷二十五；陈垣撰《元西域人华化考》；杨镰著《元西域诗人群体研究》；王清毅主编《慈溪海堤集》；黄仁生著《日本现藏稀见无明文集考证与提要》中均有记载。

著有《南游寓兴集》，该集今存日本江户写本，收藏于日本内阁文库，不分卷，正文六十二页，存诗三百二十首，包括了《永乐大典》中的佚诗和《书宿州惠义堂》。卷首有刘仁本至正二十年（1360）腊月序，赵由正至正二十年四月序两篇。（清）顾嗣立、席世臣编《元诗选·癸集》丁集录有金元素诗一首《书宿州惠义堂》；癸集下录有金元素诗《月波山》、《霞屿山》二首。

其代表作七绝《墨梅四首》，其一云："山边篱落水边村，楚楚孤标迥出群。历尽风霜清不减，佇将春意报东君。"其二："月中清影雪中香，老树槎牙近野塘。为报诗人高着眼，调羹滋味在岩廊。"其三："无边风雪冻关河，不减当年铁石柯。疏影满窗香满屋，玉堂清梦近来多。"其四："东阁西湖春意多，香凝玉阶影沉波。而今见画风霜里，尤爱昂藏铁石柯。"

《南游寓兴集》卷首有二序，其一题《南游寓兴诗集序》，署"至正二十年庚子腊月朔日奉训大夫江浙等处行枢密院判官天台刘仁本序"序曰："诗由《三百篇》以降，莫盛于唐。唐惟杜甫氏得其奥旨，托辞寓兴，即理达情。……独元素金君所著《南游寓兴集》，诗若干首，有类杜甫者，《西州》诸作，意度混融，读之□然空谷足音。盖其资禀，得北才醇厚正气，不矜不掩……"

赵由正《南游寓兴诗集序》说："公寓兴于诗也，词语平和，意趣高谈。不习乎体制之奇崛，不尚乎章句之雕琢。"

《录鬼簿续篇》评其："风流蕴藉，度量宽宏，谈笑吟咏，别成一家。尝有《咏雪》[塞鸿秋]，为世绝唱。后随元驾北去，不知所终。"

哲里野台

哲里野台，字子正，蒙古拖历氏，占籍吴县（今江苏苏州）。文宗天历元年（1328）领乡荐，至顺元年登进士第，至顺三年出任丹徒县达鲁花赤，曾任湖广行省理问。工诗善书。

生平事迹可见于《至顺镇江志》卷十六；（元）黄溍《陈子中墓碣》（《金华先生文集》卷四十）；（清）顾嗣立《元诗选·癸集》丙集；陈衍辑撰《元诗纪事》卷十七。

今存其诗《题水村图》一首。诗云："四野漫漫水接天，孤村林木似凝烟。莫言此地无车马，自是高人远市尘。"《水村图》是武宗大德六年（1302）赵孟頫专为钱德钧所作。德钧视为珍品加以收藏。关于此图的内容，陆祖宣《录秦风兼葭三章跋》云："水村图，其景物萧瑟，烟波浩荡，有人乘扁舟往来其间。"

雅琥

雅琥，字正卿，本名雅古，也里可温人，出身于基督教世家，曾家于衡、鄂、高邮（今属江苏）。元文宗天历年间登进士第，文宗赐名雅琥。泰定年间任过著作佐郎，登第后授官奎章阁参书。元顺帝至元间擢升为行中书省事，调选广西静江府同知，后历官至福建盐运司同知。

生平事迹见（清）顾嗣立、席世臣编《元诗选》二集《正卿集》；陈衍辑撰《元诗纪事》卷十七；《元西域人华化考》卷四；庄星华选注《历代少数民族诗词曲选·上》；李献奇、陈长安著《洛阳名胜诗选》；王叔磐编《元代少数民族诗选》；周绍祖编《西域文化名人志》；刘正民选注《西域少数民族诗选·汉文古典诗词》等。

雅琥诗名甚高，（明）瞿佑《归田诗话》盛称其《御沟流叶》诗，（明）胡应麟《诗薮》极为赞赏其"梅花路近偏逢雪，桃叶波平好渡江"、"一声铁笛千家月，十幅蒲帆万里风"等诗句，句格庄严，辞藻瑰丽，上接大历元和之轨，下开正德嘉靖之途。他的诗流畅明快，多民歌风味。（明）张习、（清）顾嗣立将他与廼贤、泰不华、余阙一同列为极一时之盛的诗人。

著有《正卿集》，《元诗选》二集之戊集记录雅琥的《正卿集》，收录其诗歌有《拟古寄京师诸知己二首》、《题周昉〈明皇水中射鹿图〉》、《送御史王伯循之南台》、《秦淮谣》、《大堤曲》、《赋得〈月漉漉〉送方叔高作尉江南》、《鄢陵经进士李伯阳昭墓》、《云溪真馆》、《送赵宗吉编修代祀西岳》、《武夷山》、《和韵王继学题周冰壶四美人图》、《寄南台御史达兼善二首》、《送苏伯修御史之南台》、《汴梁怀古》、《酬江夏友人见寄》、《送赵秉彝亲迎江夏之官临川》、《送蒙古学教授之邛州》、《二月梅》、《京师上元夜》、《送袁果山经历之潮阳》、《留别凯烈彦卿学士》、《送王继学参政赴上都奏选》、《送刘县尹赴山后白登县任》、《送章生南归省亲》、《送吴子高还江夏》、《观祀南郊和李学士韵二首》、《游李氏园》、《挽阔里吉思丞相稷山公》、《挽张上卿开府真人》、《钓龙台怀古》、《刘仙崖》、《上执政四十韵》等。《元诗别裁集》录其诗《送赵宗吉编修代祀西岳》、《留别凯烈彦卿学士》、《执政四十韵》。《西域少数民族诗选·汉文古典诗词》录其诗《题周昉〈明皇水中射鹿图〉》、《送御史王伯循之南台》、《和韵王继学题周冰壶四美人图》、《崔徽写真》、《洛神》、《二乔》、《送苏伯修御史之南台》、《送赵肃彝亲视江夏之官临川》、《京师上元夜》、《留别凯烈彦卿学士》、《送刘县尹赴山后白登县任》等十一首。

赛景初

赛景初，字不详，西域人，约公元1368年前后在世。工作曲。授常熟判官。遭世多故，老于钱塘西湖之滨。丁鹤年的表兄赛景初，是赛典赤·赡思丁·乌马儿的曾孙。其祖纳速剌丁，其父乌马儿，皆元朝显宦。

生平事迹在（元）钟嗣成、贾仲明著《新校录鬼簿正续编》；孙楷第编《元曲家考略》；白寿彝主编《回族人物志·上》；张迎胜著《元代回族文学家》；周绍祖主编《西域文化名人志》中均有记载。

（元）张宪《玉笥集》卷五有《临安道中先寄赛景初》一首，卷九有《留别赛景初一首》，卷八有《简景初》等等。描述了赛景初晚年的处境和生活。

《录鬼簿续编·赛景初传》，并曰："公天性聪明，姿状丰伟，幼从巙文忠公学书法，极为工妙，文忠深嘉之。"丁鹤年《赠表兄赛景初》诗云："萧条门巷旧王孙，旋写黄庭换绿樽。富贵倘来还自去，只留清气在乾坤。"

道 童

道童（？—1358），字德常，号石岩，元高昌（今新疆吐鲁番东）人。官至太常礼仪院金事，性深沉寡言。以世胄入官，授直省舍人，历官清显，素负能名。历任信州路、平江路总管。至正元年，迁大都路达鲁花赤。后历官江浙行省参政、中书参政、江浙行省右丞、江浙行省平章等。十一年，改江西行省平章。次年，江淮起义军克江州（今江西九江），他怀省印遁走民家。十八年，陈友谅攻南昌，他弃城保抚州，城破被杀。

生平事迹见（清）顾嗣立、席世臣编《元诗选·癸集》之丙集；方国瑜主编《云南史料丛刊》第二卷等。

（清）顾嗣立、席世臣编《元诗选·癸集》之丙集录其诗一首《送都元帅述律杰云南开阃》，诗云："临岐莫怕酒杯干，万里征途半载间。大将手挥旌节重，豪酋胆落剑锋寒。木牛五月浮泸水，铁马三更过雪山。竹帛功名当努力，不须回首忆东丹。"

余 阙

余阙，字廷心，一字天心，唐兀氏，世居武威（今甘肃武威）。少孤，授徒以养母。与吴草庐弟子张恒游。登元统癸酉进士第二名，除同知泗州。历任监察御史、翰林待制。至正十三年，江淮用兵，改淮东宣慰司为都元帅府，治淮西。起阙为副使，佥都元帅事，分兵守安庆。屡败诸寇，拜淮南行省左丞。陈友谅合兵来攻，十八年正月城陷，阙死之。

生平事迹在（元）不著撰人、王颋点校《元统元年进士录》；（元）赖良编撰《大雅集》卷六《挽余忠愍公并序》；（明）宋濂《元史》卷一四三；（明）宋濂《宋文宪集·余阙传》（卷四十）；（明）程敏政辑撰，何庆善、于石点校《新安文献志·哀辞·余左丞并序》（卷四十九）；（清）顾嗣立、席世臣编《元诗选·初集下》；（清）张景星等选编《元诗别裁集》；陈衍辑撰《元诗纪事》卷十九；李祁《云阳先生集·青阳先生文集序》（卷三）；中国人民大学国学院编《青阳先生集·青阳山房记》卷首程文；安庆诗词学会合编《历代著名诗人咏安庆》；蒋力馀编著《中国历代梅花诗抄》；张学文评著《离梦别魂·历代送别诗词大观》；张钱松编著《青田古诗词选注》；杨讷、李晓明编《文渊阁四库全书补遗·集部·宋元卷》载《青阳集》；彭镇华主编《中国竹文化·绿竹神气》；魏晋风著《菜根谭大智慧》；成乃凡编《历代咏竹诗丛》；张鸣岐主编《辽金元教育论著选》；韩进廉主编《禅诗一万首·上》中均有记载。

著有《青阳集》。（清）顾嗣立、席世臣编《元诗选·初集》庚集录有余阙的《青阳集》，并存其《白马谁家子》、《送刘伯温之江西廉使得云字》、《送普原理之南台御史兼简察士安》、《秋兴亭》、《吕公亭》、《先天观》、《别樊时中》、《山亭会琴图》、《元兴寺二首》、《压雪轩》、《竹屿》、《送危应奉分院上京》、《龙丘衺吟赠程子正》、《送胥式南还》、《题合鲁易之四明山水图》、《题刘氏听雪楼》、《送王其用随州省亲》、《题合鲁易之鄞江送别图》、《马伯庸中丞哀叹诗》、《题红梅翠竹图》、《赋得慈恩寺塔送李惟中赴西台侍御》、《兰亭》、《赠澄上人》、《赠山中道士善琴》、《安庆郡庠后亭宴董佥事》、《九日宴盛唐门》、《登太平寺次韵董宪副》、《题溪楼》、《送康上人往三城》、《七哀》、《葛编修挽歌》、《赋得钜野泽送宋显夫佥事之南山》、《送张有恒赴安庆郡经历》、《送李伯寔下第还江西》、《雪松楼》、《杨平章崇德楼》、《长安陌》、《赋得君子泉送彭公权为黄州教》、《赋得春雁送司执中江西宪幕》、《赋得峨眉亭送王德常御史赴南台》、《南归偶书二首》、《别樊时中廉使》、《饮散答庐使君》、《赋得琵琶峰送人降香龙虎山》、《可惜吟》、《雨中过长沙湖》、《扬州客舍》、《李白玩月图》等诗。《元诗选·癸集》录诗三首《偶成二首》、《和李溉之宫中应制脱鞋吟》、《望江亭》。

《元诗纪事》卷十九录诗《八月十五夜处州分司对月》。《元诗体要》卷十三录其诗《扬州客舍》二首；《师山遗文》附录《与郑子美先生书》三首；《柳待制集》卷首《柳待制集序》。

李修生主编《全元文》收其文《送归彦温赴河西廉使序》、《送李宗泰序》、《待制集序》、《贡泰父文集序》、《题宋顾主簿论朋党书后》、《含章亭记》、《大节堂记》、《御书赞》、《慈利州天门书院碑》、《青阳县尹袁君功铭并序》、《湖广省正旦贺表》、《后土祝文》、《西海祝文》等共计七十六篇，辑录于《元史》、《大元圣政国朝典章》、《元朝典故编年考》、《永乐大典》等。

刘绩《霏雪录》卷下："余忠宣公阙草《加封孟子制》云：'观乎七篇之书，拳拳乎致君泽民之心，凛凛乎拔本塞源之论，尤为亲切。'"《九灵山房集》卷二十二《余幽公手帖后题》："至正丙午秋，（戴）良与临安刘庸道同客四明。一日，从庸道阅箧中旧书，得余幽公（阙）所遗贡尚书（师泰）帖三，读之，盖不知涕泗之横流也"，"公与尚书公有同朝之好，时持节闽中，故以此帖寄之"。《宋文宪集》卷十四《刘干墓志铭》称"幽国忠宣公余阙，亦奇其（刘干）为人，当还自燕南，尝作序赠之。"

买　住

买住，字从道，西域唐兀氏，东移定居广平（今河北省东南端馆陶县与魏县之间）。元顺帝元统元年（1333）赐进士及第，历任保定路安州同知、松江县达鲁花赤等职。买住通晓汉语，擅长用汉文作诗。《元诗选·癸集》之己存其《和伯笃鲁丁〈浮云寺〉》："马首山光泼眼青，柳边童叟远欢迎。花飞南苑芳春暮，凉入西楼夜月平。野鸟唤晴声正滑，主人留客酒初行。明年我亦燕山去，稻可供炊鱼可羹。"

在《元史》人名中有八个买住，一是畏兀儿族著名翻译家阿鲁浑萨理的三子买住；二是契丹朱哥第买住；三是"讨吾者野人"遇害的万户买住；四是由湖广平章升为大司农、鲁国公的买住；五是监察御史买住；六是中书右丞买住；七是顺帝至元二十七年为云国公的买住，八是进士买住，这里介绍的是进士买住。

生平事迹在（清）顾嗣立、席世臣编撰的《元诗选·癸集》之己上中有记载。

《元诗选·癸集》之己上录其诗《和伯笃鲁丁浮云寺》一首，诗云："马首山光泼眼青，柳边童叟远欢迎。花飞南苑芳春暮，凉入西楼夜月平，野鸟唤晴声正滑，主人留客酒初行。明年我亦燕山去，稻可供炊鱼可羹"。

泰不华

泰不华（1304—1352），字兼善，伯牙吾台氏。初名达普化，文宗为赐今名，世居白野山，其父塔不台始家台州。至治改元，赐右榜进士第一，授集贤修撰，累转监察御史。顺帝初，兴修宋、辽、金三史，擢礼部尚书。至正八年，方国珍兵起江浙，行省参政朵儿只班被执，上招降状，诏秦不华察实以闻。具上招捕之策，不报。十一年，迁浙东道宣慰使都元帅，与左丞孛罗帖木儿夹攻国珍。孛罗先期至，为所执，寻遣大司农达识帖睦迩招之，国珍伪降。泰不华请攻之，不听。改台州路达鲁花赤，十二年三月，国珍袭之澄江，九战死之。年四十九，赠行省平章政事、魏国公，谥"忠介"。立庙台州，赐额"崇节"。兼善好读书，以文章名。善篆隶，温润遒劲，盛称于时。自往望风奔溃败衄，遁逃之不暇。而挺然抗节，秉志不回，乃出于一二科目之士，如达兼善、余廷心者，其死事为最烈，然后知爵禄豢养之恩，不如礼义渐摩之泽也。故论诗至元季诸臣，以兼善为首，廷心次之，亦足见二人之不负科名矣。

生平事迹在（元）陶宗仪《南村辍耕录》；（元）王士点、商企翁编，高荣盛点校《秘书监志》；（明）宋濂《元史》卷一三四；（明）冯从吾《元儒考略》（卷四）；（明）黄宗羲《宋元学案》（卷八十二）；（清）顾嗣立、席世臣编《元诗选·初集》；李修生主编《全元文》；云峰《元代蒙汉关系研究》；张家林主编《二十五史精编·元史明史》；陈垣《元西域人华化考》；荣苏赫等编著《蒙古族文学史》；高文德编著《中国少数民族史大辞典》；吴海林、李延沛编《中国历史人物辞典》；王叔磐《泰不华传略与族籍考正》（《内蒙古社会科学》1991年第3期）；白乙拉《元代蒙古族诗人泰不华》（《内蒙古师范大学学报》[哲学社会科学汉文版] 1988年第3期）；刘嘉伟《泰不华在元大都多族士人圈中的文学活动考论》(《内蒙古大学学报》2012年第4期)中均有论述。

著有《顾北集》。顾瑛编《草堂雅集》卷六西域南海史地考论五者，计有七律、七绝各一首：《题柯敬仲竹》，《梅竹双清图》；见于孙元理编《元音》卷九者，计七律一首：《上尊号听诏李供奉以病不出奉寄》；见于钱谷编《吴都文粹》卷续二十六者，计七绝一首：《题玉山所藏水仙画》；见于李时渐编《三台文献录》卷二十三者，计七律六首：《雪》，《宿龙潭》，《和年弟闻人枢京城杂诗》其一、其二、其三、其四；《元西域人华化考》卷五《美术篇》称"近年海上有珂罗版印《元八家法书》有泰不华行书《赠坚上人重往江西谒虞阁老》七言律一首，为《元诗选》、《顾北集》所未载。"(清)顾嗣立、席世臣编《元诗选·初集》录其诗《衡门有保尔》《衡门有余乐》、《春日宣则门书事简虞邵庵》、《赋得上林驾送张兵曹二首》、《送刘提举还江南》、《寄同年宋吏部》、《上尊号听记李供奉以病不出》、《卫将军玉印耿》、《题柯敬仲竹二首》、《送赵伯常淮西宪副》、《与萧存道元帅作秋千词分韵得香字》、《绝句二首》、《送王奏差调福州》、《送新进士还蜀》、《题〈梅竹双清图〉》、《寄姚子中》、《题祁宾人异香卷》、《春日次宋显夫韵》、《送琼州万户入京》、《送友还家》、《桐花烟为吴国良赋》、《陪幸西湖》二十五首。

散文见于(明)赵琦美《赵氏铁网珊瑚》卷十三著录之《题睢阳五老图卷》；(明)程敏政编撰《新安文献志》卷一百上《书李孝光汉洛阳令方圣公储传后》；(清)张照等编《石渠宝笈》卷二十九之《题宋韩琦尺牍》；(清)倪涛等撰《六艺之一录》卷四十四之《题宋范文正公书伯夷颂》、卷四十五之《题范文正公与师鲁二帖》。

尚有散见于杂著、金石、方志的表、记，(元)王士点《秘书监志》卷八录其《正旦贺表》；北京师范大学古籍所主持编纂的《全元文》卷一五九一录《台州金石录》卷十二之《重建灵溥庙记》、康熙《上虞县志》卷五之《上虞县学明伦堂记》；(康熙)《绍兴府志》卷十三之《祷雨歌》。

李修生主编的《全元文》，收其文《祷雨歌序》、《题范文正公书伯夷颂卷后》、《题范文正公与尹师鲁二札卷后》、《书李孝光汉洛阳令方圣公储传后》、《重建灵溥庙记》、《明伦堂记略》，共计六篇。辑录于《元史》、《大元圣政国朝典章》、《元朝典故编年考》、《永乐大典》等。

(清)顾嗣立撰《寒厅诗话》称其："与雅正卿(琥)、马易之、余廷心、并逞才华，新声艳体，竞传才子，为异代所无。"

（元）苏天爵《题兼善尚书自书所作诗》中说："白野尚书向居会稽山，登送山，泛曲水，日与高人羽客游。间偶遇佳纸妙笔，辄书所作歌诗以自适，清标雅韵，蔚有晋唐风度。"

　　（明）胡应麟《诗薮》："达兼善绝句，温靓和平，殊得唐调。二人（皆指余阙）皆才藻气节兼者。"程敏政《篁墩集》卷十九《陈塘寺弥陀殿重修记》："仇公本名大都，朔庭贵族，而自署曰仇铉。亦犹状元忠介公本名（台哈布哈泰不华），而自署曰达兼善；酸斋学士本名（哈雅、海牙），而自署曰贯裕；实胜国之中世弥文也。"《渊鉴类函》卷一八二杨维桢《挽达兼善御史》："黑风吹雨海冥冥，被甲船头夜点兵。报国岂知身有死？誓天不与贼俱生。神游碧落青骡远，气挟洪涛白马迎。金匮正修仁义传，史官执笔泪先倾。"危素《危太朴集》卷诗补《挽达兼善》诗曰："大将忠精贯白日，诸生揽涕读哀词。天胡不陨杨行密？公恨不为张伯仪。满眼陆梁皆小丑，甘心一死是男儿。要知汗竹留芳日，只在孤舟浅水时。"岑安卿《栲栳山人集》卷上《怀古》："嗟嗟白野公，肝脑污泥涂。见道固明白，杀身似模糊。"《侨吴集》卷七《追荐故元帅达公亡疏》曰："断贼拼死，人臣之大节凛然；请佛证明，朋友之交情痛甚。窃念物故、中奉大夫、浙东道都元帅白野达兼善先生，以科名甲天下，以行义著朝端。洁白之操，寒于冰霜；清明之躬，炳乎日月。切磋斯至，殊有得乎圣心；敭历虽多，不少罹于官谤。使久居廊庙，必有益寰区。奈东观未筑之鲸鲵，铩魏阙孤骞之鸾凤。身后才一息，能续蔡中郎之传；眼前方百罹，谁念颜杲卿之死？"胡行简《樗隐集》卷五《方壶诗序》曰："西北贵族联英挺华，咸诵诗读书，佩服仁义。入则谋谟帷幄，出则与韦布周旋，交相磨砻，以刻厉问学，蔚为邦家之光。至元、大德间，硕儒巨卿前后相望。自近世言之：书法之美，如康里氏子山、札剌尔氏惟中；诗文雄混清丽，如马公伯庸、泰公兼善、余公廷心，皆卓然自成一家。其余卿大夫士以才谞擅名于时，不可屡数。"

萨都剌

　　萨都剌（1308—1355），字天锡，号直斋，西域答失蛮氏人。祖父以勋留镇云代（今山西大同，代县一带），遂为雁门人。弱冠登泰定丁卯进士第，应奉翰林文字。出为御史于南台。历南台掾、宪司照磨，后入方国珍幕府，卒。为官清正，曾有发廪赈灾、救助难民，禁止巫蛊，移风易俗等政绩。萨都剌博学能文，兼善楷书。宦游多年，足迹长城内外，大江东北，不少作品富于生活实感，描写细腻，贴切入微。后人推萨都剌为"有元一代词人之冠"。

生平事迹在（明）宋濂撰《元史》；（清）钱谦益撰《列朝诗集》；（清）顾嗣立、席世臣编《元诗选·初集》（戊集）；陈衍辑撰《元诗纪事》卷十五；孔齐撰《至正直记》；柯劭忞《新元史·萨都剌传》；邵远平《元史类编》；张月中、王纲主编《全元曲》；张旭光《萨都剌生平仕履考辨》（《中华文史论丛》1979年第2期）；张旭光《回族诗人萨都剌姓氏、年辈再考订》（《扬州师院学报》[社会科学版]1983年第3期）；林松、白崇人《萨都剌族籍考》（《中央民族学院学报》1979年第4期）；试骏《论萨都剌及其创作》（《宁夏大学学报》[人文社会科学版]1979年第1期）；王叔磐《关于萨都剌的族属家世的考证》（《民族文学研究》1988年第1期）中均有载。

著有《上京杂咏》、《上京即事》、《雁门集》八卷、《西湖十景词》一卷。《四库全书》本有《萨天锡诗集》。词集有《天锡集》。《元诗选·元诗选初集总目录·戊集》著录《雁门集》、《天锡集》。

《雁门集》八卷，刊于元至正年间，已佚。又有明成化年间刊本、弘治癸亥年刊本、嘉靖十五年刊本，（清）毛晋汲古阁康熙刊本、嘉庆丁卯年刊本等。集中收录的篇目有《鼎湖哀》、《吴姬曲》、《白翎雀》、《江南乐》、《芙蓉曲》、《兰皋曲》、《练湖曲》、《过居庸关》、《度闽关二首》、《北风行送王君实》、《新夏曲》、《鹦鹉曲》、《汉宫早春曲》、《过池阳李翰林》、《题焦山方丈》、《洞房曲和刘致中员外作》、《相逢行赠别书友治将军》、《宿台城山绝顶》等。唐圭璋编《全金元词》收有《法曲献仙音》二首，《卜算子》一首，《满江红》一首，《酹江月》七首，《水龙吟》一首，《少年游》一首，《念奴娇》一首，《木兰花慢》一首。

《雁门集》版本可分为三种：一为明天顺三年，萨都剌后裔萨琦根据元代二十卷本所编的《雁门集》六卷本，按诗的体裁分编为乐府古调及诗余一卷、五言古体一卷、七言古体一卷、五言近体一卷、七言近体一卷、绝句一卷，共收录诗六百二十题七百六一十八首、词十一首。这是三个版本中收诗词数量最多、流传最广、影响最大的一个版本。清康熙十九年（1680）萨都剌十世孙萨希亮又据此重新校刻，宣统二年（1910）萨氏后人萨嘉曦又再刻于福州，今上海图书馆藏六卷旧钞本就是据此系统版本钞的。第二种是明成化二十年张习所刻的《鹿门集》八卷本。此本似出自元代所刻八卷本，共收诗四百零五题，一百九十二首，收词十一首。此钞本先后经惠栋、马曰璐、桂馥、孙星衍、潘苿坡等人收藏，现亦藏北京图书馆。第三种是成化二十一年兖州知府赵兰刻六卷本《萨天锡诗集》。赵兰序说："一日，得元《萨天锡诗集》于仁和沈文进，见其词气雄浑清雅，兴寄高远，读之令人自不能释手……惜其无刊本而流传不广，于是乃捐俸锓梓，以广其传。"此本卷首刘子钟序也说："赵兰最知诗而好集古诗"，"见是编而甚喜，不敢自私于一己，将绣梓以播众人"。赵兰刻本与张习刻本一刻于成化二十一年（1485），一刻于成化二十年（1484）；一为六卷本，一为八卷本；一题为《萨天锡诗集》，一题为《雁门集》。赵刻本收录诗四百四十五题五百五十一首，其中有二百多首与张刻本各异，而张刻本所收十一首诗，赵刻本又未收入。乾隆年间，萨氏后裔萨龙光便以康熙年间萨希亮刻《雁门集》六卷本为底本，校以弘治李举刻本、毛晋汲古阁刻正、外集四卷本、（清）顾嗣立与席世臣编《元诗选》初集本，截长续短，互相校补，并广收博采，辑录散见于各书的萨都剌诗词三十一首，共得诗六百八十七题七百九十六首，考订编年，加以注释，分为十四卷，另外又汇集各种版本序跋题识，收罗诸家唱和评论，编为附录，刻于嘉庆十二年（1807），成为当时一个集大成的萨都剌诗集，也题为《雁门集》。此本后又有光绪三年（1877）重刻本，民国四年（1915）福州庆远堂重刻本，1982年上海古籍出版社排印出版的殷孟伦、朱广祁的校点本。此外，北京图书馆还藏有民国二十五年（1936）萨君陆增补本，是用民国四年庆远堂刻本剪贴增补而成的。

　　五卷本有：《萨天锡诗集》李举刻本、叶恭焕题款明弘治十六年（1503）李举刻本、明弘治十六年（1503）李举刻清初补抄本、明弘治十六年李举刻明嘉靖十五年张邦教重修本、民国间上海涵芬楼《四部丛刊》影印明弘治十六年（1503）李举刻本。六卷本有：《萨天锡诗集》明祁氏澹生堂钞《萨天锡诗集》六卷本（存卷一卷二）、傅增湘跋明祁氏澹生堂钞《萨天锡诗集》六卷本（存卷三至六，卷三残）。八卷本有：《萨天锡诗集》明万历四十三年（1615）潘是仁刻天启二年（1622）重修《宋元诗六十一种》本。不分卷本有：《萨天锡诗集》、明晋安谢肇淛小草斋钞本、明末曹学佺《石仓十二代诗选·元诗选》本、清陈作霖编《萨天锡诗集》本。三卷本有：明崇祯年间毛氏汲古阁《三元人集》本《萨天锡诗集》三卷本、明崇祯十一年（1638）毛氏汲古阁刻《元人集十种》五十四卷本《萨天锡诗集》三卷本、清初钞《萨天锡诗集》三卷本（此据汲古阁刻本传钞），四卷本有：《萨天锡诗集》（含《集外诗》一卷）。

明崇祯十一年（1638）毛氏汲古阁刻清初增刻《元人集十种》六十二卷本《萨天锡诗集》三卷《集外诗》一卷；何焯校跋明崇祯十一年毛氏汲古阁清初增刻《元人集十种》六十二卷本《萨天锡诗集》三卷《集外诗》一卷；毛绥万校跋明崇祯十一年毛氏汲古阁刻清初增刻《元人集十种》六十二卷本《萨天锡诗集》三卷《集外诗》一卷；沈岩过录何焯校跋明毛氏汲古阁刻清初增刻《元人集十种》六十二卷本《集外诗》一卷。《新芳萨天锡杂诗妙选稿全集》一卷《后跋文疏》一卷，日本南北朝刻本（永和本）；日本庆长七年（1602）刻本；日本明历三年（1657）京馎粕子刻本；日本江户间传钞毛氏汲古阁刻清初增刻《元人集十种》六十二卷本《萨天锡诗集》三卷《集外诗》一卷；日本大正三年（1914）七月东京瓯梦吟杜铅印《雁门绝句钞》。

李修生主编的《全元文》，收其文《龙门记》、《武彝诗集序》、《雪矶和尚住瑞岩诸山疏》、《雪窦请野翁茶汤榜》、《晦机和尚迁仰山杭诸山》、《云外和尚住天童诸山》、《禹溪和尚住雪窦》、《冷石泉住平江北禅教寺诸山》、《印月江住湖州河山江湖》，共计九篇。辑录于《元史》、《大元圣政国朝典章》、《元朝典故编年考》、《永乐大典》等。《元诗选》初集选录其诗三百零三首，分题《雁门集》与《萨天锡集》。《元诗纪事》卷十五录诗《送欣上人笑隐住龙翔寺》、《纪事》、《玉华宫》、《宫词》、《京城春日》、《四时宫词》、《彭城杂咏》、《芙蓉曲》、《南台看月歌》、《元统乙亥余除闽宪知事未行立春十日参政许可用惠茶甫以此谢》、《杨妃病齿图》、《三衢马太守昂夫索题烂柯山石桥》、《台山怀古》、《赠刘云江宗师》、《织女图》、《过嘉兴》、《燕姬曲》、《蝦助诗》、《立秋日登鸟石山》、《登鸟山石仁王寺横山阁》。

（明）瞿佑《归田诗话》（卷中）评说其诗："直言时事不讳。"虞集《清江集序》称："进士萨天锡者最长于情，流丽清婉，作者皆爱之。"元末文坛盟主杨维桢对其诗作更是推崇备至。（明）朱权《太和正音谱》评其词"如天风环佩"。

凯烈(克烈)拔实

凯烈拔实(1308—1350),字彦卿,凯烈(克烈)氏,故又名克烈拔实。定居大都(今北京)。年仅十一岁,以近臣之子身份入侍仁宗。元统元年他仅二十余岁,就出任燕南宪佥,历迁翰林直学士,出为燕南廉访使。至正十年死在河西廉访使任上。安葬于大都宛平县池水里双堤之原。

生平事迹见(元)黄溍撰《神道碑》;(元)陶宗仪《书史会要》卷七;(清)顾嗣立、席世臣编《元诗选·癸集》(戊集);王叔磐编《元代少数民族诗选》;杨镰撰《元西域诗人群体研究》;周绍祖主编《西域文化名人志》等。

今存(清)嘉庆三年(1798)南沙席氏刻《凯烈拔实诗》刻本;(清)光绪十四年(1888)重修刻本,一册(第42页)。

(清)顾嗣立、席世臣编《元诗选·癸集》戊集下录其诗《追咏茅山诗并序》,《游茅峰》、《喜客泉》、《元符山房》、《全清亭》、《赠集虚宗师》六首。其诗《元符山房》云:"坐对千岩翠,森森万木攒。石函留古剑,药鼎炼还丹。云逼山窗湿,岚开涧树寒。春禽知客意,啼我暂盘桓。"《全清亭》云:"石抱幽亭深复深,当轩翠竹弄清音。华阳山酒盈樽绿,对坐春泉浇醉心"。

别里沙

别里沙(1308—?),字彦诚,色目人。原籍别失八里(今新疆乌鲁木齐东北吉木萨尔境);后居龙兴路(今江西南昌)。乡试江西第六名,会试第二十二名。元统元年廷试蒙古、色目人第二甲,赐进士出身,授吉安路同知州事,历官至光州达鲁花赤。(清)顾嗣立、席世臣编《元诗选》(癸集上·癸集之丁)记载:"别里沙字彦诚,回回人。早登上第,官至光州达鲁花赤。问学精明,居官有政,诗尤有唐人之风。"

生平事迹可见于(元)杨维桢《西湖竹枝词集》;(清)顾嗣立、席世臣编《元诗选》(癸集上·癸集之丁);朱昌平、吴建伟主编《中国回族文学史》;周绍祖主编《西域文化名人志》;张迎胜著《元代回族文学家》;王叔磐编《元代少数民族诗选》;李廷锦、李畅友选注《历代竹枝词选》等。

王叔磐《元代少数民族诗选》选录其《西湖竹枝词》一首,诗云:

"枫篁岭下月色凉，无数竹枝官道傍。东家为爱青青节，截作参差吹凤凰。"

其诗《宿寒岩》云："朝发赤城山，暮抵寒岩宿。飞瀑洒长松，清风动修竹。人行古径苔，僧住悬崖屋。寒拾在何许？白云满林麓。"

观音奴

观音奴，字志能，唐兀氏，寓居新州（今广东新兴）。元代蒙古族名观音奴者有二人，畏兀儿同名者有一人，唐兀氏同名者有二人。泰定四年进士，与萨都剌同年。任户部主事出为广西宪司经历，后至元五年（1339）任南台御史，转知归德府，断狱有声，升都水监。晚年致仕归里，享年六十九岁。

生平事迹见（明）宋濂等撰《元史》卷一百九十二；（清）顾嗣立、席世臣编《元诗选·癸集》丙集小传；周绍祖主编《西域文化名人志》；王叔磐、孙玉溱著《古代蒙古族汉文诗选》；王叔磐编《元代少数民族诗选》；赵相璧《历代蒙古族著作家述略》。

（清）顾嗣立、席世臣编《元诗选·癸集》录其诗《四见亭》、《栖霞洞》、《赈宁陵》三首。《四见亭》诗云："卧麟山前江水平，卧麟山下望行云。山云山柳岁时好，江水江花颜色新。长江西来流不尽，东到沧海无回津。我欲登临问兴废，今时不见古时人。"《栖霞洞》诗云："挂杖访栖霞，神仙信有家。听泉消俗虑，拂石看云花。海内年将暮，山中日未斜。何堪骢马去，回首一云遮。"《赈宁陵》诗云："春蚕老后麦秋前，驰驿亲颁赈济钱。属邑七城蒙惠泽，饥民万口得生全。荒村夜月闻春杵，破屋薰风见灶烟。圣主仁慈深似海，更将差税免今年。"

拜铁穆尔

拜铁穆尔，字君寿，蒙古塔塔尔氏，（清）顾嗣立《元诗选·癸集》上说是唐兀氏人。元顺帝至元四年（1338）官秘书郎，后又任福建行省郎中。

作有《溪山春晚》一首："兴来无事上幽亭，雨过郊园一片春。路失前山云气重，帆收远浦客舟停。笛笙野馆二三曲，灯烛林坰四五星。坐久不堪闻杜宇，东风吹我酒初醒。"

察罕不花

察罕不花，康里部人，博罗普化之子。天历元年（1328）为温都赤。后升为御史台经历，中书右司郎中，隆禧总管府副达鲁花赤。朵罗台唐兀部人。曾随从万户也速解儿、玉哇赤等累次作战有功，为前卫亲军百黄惠贤户，后官至昭信校尉，芍陂屯田千户所达鲁花赤。他深悉汉文化，尤精于诗。

（清）顾嗣立、席世臣编《元诗选·癸集》录其诗《千佛崖》一首。诗云："丹崖琢就玉桓楹，何代人为佛写生。滕喜可瞻还可仰，不惟堪画又堪行。山头树色连云碧，栈下江波撤底清。若使般输来至此，尽教工巧莫能更。"

迺贤

迺贤（1309—1368），字易之，别号河朔外史、紫云山人，本为葛逻禄氏，汉姓马，一名易之或以族属相称，叫葛逻禄易之。世居金山之西。元兴西北，诸部仕中朝者，多散处内地，故易之称南阳（今河南）人。后迁居庆元（今浙江宁波）。随其兄宦游江浙，再至京师，以能文名。尤长歌诗，每一篇出，士大夫辄传诵之。时浙人韩与玉能书，王子充善古文，易之与二人偕来，人称"江南三绝"。久之归浙东，辟为东湖书院山长，以荐授翰林编修官，出参桑哥失里军事卒。

生平事迹见（清）顾嗣立、席世臣编《元诗选》初集；陈衍辑撰《元诗纪事》卷十八；周绍祖主编《西域文化名人志》卷三、卷四；朱昌平、吴建伟主编《中国回族文学史》；刘正民选注《西域少数民族诗选·汉文古典诗词》；王叔磐《元代少数民族诗选》；鲜于煌编《中国历代少数民族汉文诗选》；丁文庆、吴建伟注评《回回古诗三百首》；陈书龙主编《中国古代少数民族诗词曲评注》；星汉《迺贤生平考略》（《新疆师范大学学报》[哲学人文科学版] 1998 年第 4 期）；刘嘉伟《元代诗人迺贤上京纪行诗中的寻根情结》（《河北北方学院学报》[社会科学版] 2010 年第 1 期）；刘嘉伟《迺贤尚清诗风及其成因》（《民族文学研究》2009 年第 4 期）；刘嘉伟《迺贤研究百年回顾》（《民族文学研究》2007 年第 4 期）；刘嘉伟《迺贤叙事诗初探》（《中央民族大学学报》2009 年第 3 期）；刘嘉伟《迺贤文献情况稽考》（《图书馆工作与研究》2010 年第 4 期）；刘嘉伟

《元代葛逻禄诗人迺贤生平考述》(《西北民族研究》2010年第2期);刘嘉伟《道教视域下的葛逻禄诗人迺贤》(《宗教学研究》2011年第2期);刘嘉伟《论迺贤在多民族文学史上的地位及贡献》(《前沿》2009年第4期);刘嘉伟《论色目诗人迺贤的民族特色》(《黑龙江民族丛刊》2009年第2期);刘嘉伟《元大都多族士人圈的互动与元代清和诗风》(《文学评论》2011年第4期);齐冲天《论元代民族诗人迺贤》(《内蒙古社会科学》[汉文版]1980年第3期)。

迺贤著有《金台集》,后人又编有《迺前冈诗集》三卷(明万历潘是仁刊宋元四十三家集本)。诗集有《金台集》(三卷)、《海云清啸集》、《金台后集》、《铙歌集》等。仅《金台集》(二卷)流传至今,诗计二千零三十八首。《金台集》正文前有欧阳玄、李好文、贡师泰三人撰于元至正壬辰年的序文各一篇,又有黄溍元至正庚寅年撰写的题词。《河朔访古记》,该书撰于元至正二十三年(1363),曾收入明《永乐大典》。此外还有《迺前冈诗集》,该诗集分为三卷,收录迺贤撰诗十一首,其中卷一有五言古诗《次韵元复初春思三首》和《送邵元道四首》,卷二收有七言古诗《卖盐妇》和《仙居县杜氏二真庙诗》,卷三收有七言律诗《钱塘留别康里丞相之会稽代祀》和《使归》。

明崇祯十一年,毛氏汲古阁将影元本《金台集》刊入《元人十种集》,并增加了目录;民国十一年(1922),武进董氏诵芬室有景元至正本。收录《金台集》的《元人十种集》,有上海商务印书馆1926年影印本,中国书店1990年《海王邨估计丛刊》影印本。元刻本《金台集》国内已无,而主要以明末毛晋汲古阁刻本和清钞本《金台集》二卷传世。《金台集》有金侃手抄本,抄于康熙二十四年《铁琴铜剑藏书目录》卷二十二著录,今藏国家图书馆;另有法式善存素堂本,藏于国家图书馆善本部,该本存于法式善所编辑《宋元人诗集八十二种》之中;《四库全书》别集类亦收录《金台集》,编校于乾隆四十六年十月,将迺贤译为纳新。

今所存《河朔访古记》已非完帙,四库馆臣辑录重编,按照所游地区分为三卷。《四库全书》总目称两卷;王祎《王忠文集》尚保存有该书的王序,王序称此书两卷,刘序称此书十六卷,(清)魏源《元史新编》、曾廉《元书》从此说,(明)焦竑《国史经籍志》著录为十二卷,黄虞稷《千顷堂书目》卷八,钱维乔(乾隆)《鄞县志》亦著录为十二卷。《河朔访古记》还有武英殿聚珍本、真意堂本、守山阁本、粤雅堂本,都是根据四库本校对刊印。

《南城咏古诗帖》,至正十年,廼贤出游燕城,赋五言律诗十六首,后同游的新进士朱梦炎向他索书前咏,因为书之,传世至今。《南城咏古诗帖》在明代为私家第藏,清代归于内府。《石渠宝笈》有所著录,列为上等。《三希堂法帖》将其编入卷二十六。民国时期书法鉴定家吴江、苏宙忱编选的《三希堂法帖精华本》,此帖列入其中。

(清)顾嗣立、席世臣编《元诗选》收录廼贤诗歌一百五十八首,其中有《登崆峒山》、《赋环波亭送杨校勘归豫章》、《送蔡枢密仲谦河南开屯田兼呈偰工部世南》、《三峰山歌》、《京城燕》、《题罗小川青山白云图为四明倪仲权赋》、《京城春日二首》、《送王季境还淮东幕》、《送太尉椽潘奉先之和林》、《送葛子熙之湖广校书二首》、《送道士袁九霄归金坡道院》、《桃花山水图为桃花源屠启明题》、《春日次王元章韵》、《益清堂并序》、《送王公子归扬州》、《玄圃为上清周道士赋》等六十九首。《元诗选·初集》中《金台集》,是据清人金侃抄本选录,凡金侃抄本中抄错并改正之处,《元诗选》均作异文录出。《元诗别裁集》存其诗《赋环池亭送杨校勘归豫章》、《答禄将军射虎行并序》、《秋夜有怀明州张子渊》、《南城咏古二首》、《次段吉甫助教春日怀江南韵》五首。《元诗纪事》卷十八录诗《题汪水云诗后》、《南城咏古十六首》、《塞上曲》、《汝水》、《三峰山歌》、《新乡媪》、《巢湖述怀寄四明张子益》、《京燕城》。

(清)顾嗣立、席世臣编《元诗选》称:"所著《金台集》,欧阳元功序之,谓其清新俊逸,面有温润缜栗之容。宣城贡师泰称其词清润瀸华,五言类谢朓、柳恽、江淹,七言类张籍、王建、刘禹锡,而乐府尤流丽可喜,有谢康乐、鲍明远之遗风,魏郡李好文曰:'易之,西北方人而粹然独有中和之气。不喜禄仕,惟以诗文自娱。其来京师,特广其闻见,以助其诗也。其兄塔海仲良以进士起家,而易之晚乃得一官,未竟其用。'虞文靖题其集云:'因君怀郭隗,千古意如何。'张丞旨起严云:'爱君谈辩似县河,最爱交情古意多。长使马周贫作客,令人千古愧常何。'其所望者深矣。"《四库全书总目》称:"天才宏秀,去元好问为近……其名少亚萨都剌。核其所作,视萨都剌无不及也。"其友朱右在《白云稿》卷五之《送葛逻禄易之赴国史编修官序》评价说:"壮则游京师,历燕蓟,上云代。所至,择天下善士为之交际,求天下硕儒为之诗友,日以诗歌自娱,遇可喜可愕,必昌于辞,则有《金台集》。"

答禄与权

答禄与权（约1311—1380），字道夫，晚号洛上翁人，西域乃蛮答禄氏，乃蛮君主大阳汗后裔。据称其先人有别号答禄子者，子孙因之，故以答禄为氏。答禄与权在元惠宗至正初登进士第，初任秘书监管勾，后出为河南北道廉访司佥事。据《明史·本传》所载，入明寓居河南永宁，自署洛上人，或洛上翁。明洪武六年受推荐，被明太祖任以泰府纪善，后又改任监察御史。七年初，又令出任广西按察佥事，未行，复命为御史，擢翰林院修撰。后坐事，降职典籍。九年又晋为应奉。十一年以年老辞官。卒年不详。

生平事迹在（元）黄溍撰《答禄乃蛮先茔碑》（《金华黄先生文集》卷二八）；（明）廖道南《殿阁词林记》卷八；《明实录》洪武十一年三月纪事后答禄与权小传；（明）朱睦㮮《皇朝中州人物志》卷一；（清）张廷玉等《明史》卷一三六（附于《崔亮传》）；（清）陈田编《明诗纪事》甲签卷四；（清）万斯同《明史》卷一七七；（清）王鸿绪《明史稿》卷一二四《明史·本传》；（清）释来复《澹游记》；郎樱、扎拉嘎主编《中国各民族文学关系研究》元明清卷；吕友仁主编、查洪德副主编《中州文献总录》；黄惠贤主编《二十五史人名大辞典》；钱仲联等主编《中国文学大辞典》；杨镰、薛天纬主编《诗歌通典》；郭人民、史苏苑主编《中州历史人物辞典》；邱树森主编《中国历代人名辞典》；赵相璧《历代蒙古族著作家述略》中均有记述。

著有《答禄与权文集》，明人杨士奇《文渊阁书目》卷九有著录。另著《归有集》十卷。黄虞稷《千顷堂书目》又说他著有《答禄与权文集》十卷，有"吴人黄省曾序，其集传之。"明初有《答禄与权诗集》、《答禄与权文集》、专门解析儒家经典的学术专著《窥豹管》传世。据黄省曾《答禄与权集序》，他还有笔记《雅谈》一卷。但今已不见传本，仅《永乐大典》还保存断简残片。答禄与权的著述，见于《文渊阁书目》和《千顷堂书目》。《文渊阁书目》是明代官方藏书目录，由杨士奇撰于明正统年间。卷二日字号第二厨书目著录有"答禄与权文集，一部五册，完全"。《千顷堂书目》属私家藏书目，所录皆有明一代书籍。卷十七有如下著录："答禄与权文集，十卷。蒙古人。……吴人黄省曾序其集传之。"此官私书目，言及卷数、册数，原书序文作者、皮藏情况等，足见其书在明代确曾刊行。《明史》艺文志据《千顷堂书目》又予以著录。（清）陈田辑《明诗纪事》，在答禄与权小传中提及他著有《归有集》十卷，按语中又说："余观道夫题泳，自署洛上翁，则著籍永宁明矣。《道夫集》十卷，著录于《明史》艺文志及《千顷堂书目》，今罕传本。"事实上，《明史》及《千顷堂书目》著录的文集与陈氏所言不同。或《答禄与权文集》又作《道夫集》，而答禄与权另有《归有集》十卷，亦未可知。

斡玉伦徒

斡玉伦徒，又作斡玉伦都，字克庄，号海樵，元中期唐兀氏人。世居西夏，出身于将相之家。（元）虞集《道园学古录》中说："奎章阁典签玉伦都尝以礼记举进士，从予成均（皇帝所办大学，即国子监、国子学），于阁（指奎章阁）下，又为僚焉。"

生平事迹在（元）虞集《道园学古录》；（明）宋濂《元史》卷一三四；陈垣《元西域人华化考》；陈衍辑撰《元诗纪事》卷十七；罗康泰《甘肃人物辞典》；周绍祖主编《西域文化名人志》；张永钟《河西历史人物诗话》；高文德主编《中国民族史人物辞典》；王叔磐编《元代少数民族诗选》中均有记载。

（清）顾嗣立、席世臣编《元诗选·癸集》之丁、之戊存其诗《题西湖亭子寄徐复初检校》、《游山谷寺》两首。《题西湖亭子寄徐复初检校》云："夫容花开一万顷，钱塘最好是湖边。晓风得酒更留月，春水到门还放船。笙引凤凰天上曲，赋裁鹦鹉座中贤。令人却忆徐公子，深阁焚香日晏眠。"《游山谷寺》云："春风重到野人原，修竹桃花尚俨然。高塔已空多劫梦，清溪犹说昔时禅。鹤知避锡归华表，龙爱听经出石泉。寄语宿云莫轻去，岩前草树绿无边。"陈衍辑撰《元诗纪事》卷十九录其诗《访周古象不遇留题》一首，诗云："事亲未必可曾参，职分当为每愧心。今□风来飘忽动，抱琴更入白云深"。

脱脱木儿

脱脱木儿，字时敏，号松轩。高昌（新疆吐鲁番）畏兀人。登进士第，至正四年十二月，任秘书监典簿。至正十七年由户部侍郎外迁奉元路达鲁花赤。曾为宋人张先名画《十咏图》题诗，诗后钤"清白堂"、"五城世家"、"高昌氏脱脱木儿时敏印"三印；所谓"五城"，就是别失八里，即唐代北庭。并在抵达奉元后作《帅正堂漫成》十首七言绝句，写出对时局的深忧。

脱脱木儿生平见（元）王士点、商企翁编次、高荣盛点校《秘书监志》；（明）宋濂《元史》；杨镰《元代蒙古色目双语诗人新探》（《民族文学研究》2004年第2期）等。

有诗集《帅正堂漫成》，藏《北京图书馆藏中国历代石刻拓本汇编》五十册。《帅正堂漫成》有诗序："至正丁酉夏，诏宰臣内外通调，以济时艰。秋七月，余以户部侍郎，迁奉元守。顾惟樗散，恶足以当是任也。暇日因感兴类成十绝，用勒府石，聊以志岁月云。进士、高昌脱脱木儿松轩书。"

脱脱木儿《帅正堂漫成》十首七言绝句之一《题张先〈十咏图〉》诗云："吴兴老子会南园，十咏于今只独传。潇洒丹青如一日，风流文采未千年。情留去燕秋山外，兴满扁舟野水前。庆历向来诗不少，清新自觉侍郎贤。"

昂　吉

昂吉（1317—1366），字启文，一作起文，本唐兀氏，先世居西夏。昂吉时迁居吴中。汉姓高，名高起义。元至正七年（1347）举乡试，八年登张秦榜进士。授绍兴录事参军，迁池州录事。为人廉谨，寡言笑，时往来玉山，唱和为多。杨铁崖《送启文会试诗》，有云："西凉家事东瓯学，公子才名久擅场。"其推奖可知也。

生平事迹，（明）唐肃《丹崖集》（续修四库全书第1326册）中《故福建等处行书中省官高君墓志铭》一文记载最为详备。另见（明）宋濂《元史》；（清）顾嗣立《元诗选·三集》；柯劭忞《新元史》；谢启晃等编《中国少数民族历史人物志》；王叔磐编《元代少数民族诗选》；庄星华选注《历代少数民族诗词曲选·上》；鲜于煌选注《中国历代少数民族汉文诗选》；张学文主编《历代送别诗选》；罗康泰著《甘肃人物辞典》；周绍祖主编《西域文化名人志》等。

昂吉著有《启文集》。《元诗选·三集》有昂吉《启文集》，是（清）顾嗣立据《草堂雅集》、《玉山名胜集》中所录昂吉诗自辑而成，并录其《芝云堂以蓝田日暖玉生烟分韵得日字》、《听雪斋分韵得度字》、《乐府二章送吴景良》、《虎丘山送友人》、《题丹山》、《玉山草堂赋诗得高字》、

《题〈玉山雅集图〉》、《钓月轩以旧雨不来今雨来分韵得来字》、《碧梧翠竹堂》、《湖光山色楼》、《芝云堂》、《柳塘春》、《渔庄》等诗。《乐府二章送吴景良》其一云："吴门柳东风，岁岁离人手。千人万人于此别，长条短条那忍折。送君更折青柳枝，莫学柳花如雪飞。思君归来与君期，但愿柳色如君衣。"《柳塘春》诗云："春塘水生摇绿漪，塘上垂杨长短丝。美人荡桨唱流水，飞花如雪啼黄鹂。"

偰 逊

偰逊（1318—1360），本为偰伯僚逊，或作偰百僚逊，或偰伯僚，字公远，偰哲笃长子，偰列篪之侄，回鹘人。因世居偰辇河上，遂以偰为姓，居集庆路溧阳（今江苏溧阳）。出身于世代仕宦之家。始祖暾欲谷，唐初为回纥相，子孙世袭其位。高祖岳磷帖穆尔，因与其王有隙，亡归元太祖，历任皇弟斡真师傅、河南等处军民达鲁花赤、大断事官。曾祖合剌普华，从元世祖南征有功，官至诸番市舶。

元顺帝至正五年（1345）进士，任翰林应奉、宣政院断事官、端本堂正字，授皇太子经。因丞相哈麻与其父偰哲笃有怨，偰逊遭忌，出守单州，丁父忧，寓大宁（热河平泉）。至正十八年（1358）红巾军克上都，逼大宁，伯僚逊为避乱，携子弟逃至高丽。《明诗综》言其于"恭愍王七年避兵东来，赐第，封高昌伯，改封富原侯"。

生平事迹在（李氏朝鲜）郑麟趾撰《高丽史·偰逊传》；李竹君注《宋元明诗三百首》；朱彝尊《明诗综》卷九十四（误作明人）；沈德潜选编、李索、王萍点校《明诗别裁集》；陈垣《元西域人华化考》卷二；周绍祖主编《西域文化名人志》；张建华、隋庆隆编《历代诗词哲学思想选析》；赵慧文、徐育民主编《中华历代咏山水诗词选》；钟尚钧编《中国历代诗歌类编》；钱仲联撰写《元明清诗鉴赏辞典·辽金元明》；朱安群编《历代山水诗选》；丁文庆、吴建伟注评《回回古诗三百首》中均有记载。

偰逊工诗，著有诗集《近思斋逸稿》二卷，其中收入的是在至正十八年之前所作的诗文，惜无传本。黄虞稷《千顷堂书目》卷二十八著录此集。

（清）沈德潜《明诗别裁集》载其小诗《山雨》一首，诗云："一夜山中雨，林端风怒号。不知溪水涨，只觉钓船高。"并评其"纯乎天籁"。

沐仲易

沐仲易，一作穆仲义、木仲义，回回人。曾入国子监读书，不久任职为官，奉命渡海出事，后在江浙中书省宣使兼长兵曹幕，行省左右司员外郎。沐仲易目睹元王朝官场黑暗，大势已去，便于元末避兵退隐松江（今属上海吴淞镇），元顺帝至元二十八年（1368），他避难到应昌路（治所在今内蒙古克什克腾旗），恰值元顺帝死于此，太子及后妃被俘，故又返回淞江，为农海上。明初尚在。

生平事迹在（嘉庆）《松江府志》卷六十二《寓贤传》；张迎胜著《元代回族文学家》；白寿彝主编《回族人物志》；朱昌平、吴建伟主编《中国回族文学史·卷十三》；孙楷第编《元曲家考略》中均有著述。

《录鬼簿续编》载其："读书教授，工于诗，尤精于书法。乐府、隐语，皆能穷其妙，一时士大夫交口称叹。"朱权《太和正音谱》称："穆仲义之词如洛神凌波。"

大都间

大都间，西域北庭（今新疆北部）色目人，至正（顺帝年号）间，监宁晋（今县名，在河北省西南部）县事。后随伯颜不花的斤与农民义军陈友谅大战经年，败后下落不明。

生平事迹见（清）顾嗣立、席世臣编《元诗选·癸集》；王叔磐编《元代少数民族诗选》；陈垣《元西域人华化考》。

著有《监事大都间诗》，散佚不传。《元诗选·癸集》录其诗《武安君庙》一首："策马行行过土门，特来祠下吊将军。断碑冷落埋秋草，遗址荒凉锁暮云。籍甚声名天地久，凛然生气古今存。歇鞍几度伤怀抱，衰柳寒蝉噪夕曛。"

兰楚芳

兰楚芳，又作蓝楚芳，西域人，约生活在元中后期。曾官江西元帅。才思敏捷，仪表清秀，为元季曲坛俊杰之士。他和"唯以填词为事"的刘庭信关系笃切，曾在武昌等地赓和乐章，切磋曲技，时人把他俩与唐代掀起新乐府运动的元稹、白居易相提并论。

生平事迹在（明）贾仲明《录鬼簿续编》小传（天一阁藏本）；朱昌

平、吴建伟主编《中国回族文学史》；解玉峰编注《元曲三百首》；褚斌杰主编《元曲三百首详注》；任犀然主编《元曲三百首》；张人和、黄季鸿编《名家讲解元曲三百首》；蒋星煜主编《元曲鉴赏辞典》；张志江、张薇编著《诗趣》；邓元煊选注《元曲三百首》；许海山主编《中国历代诗词曲赋大观》；华业编著《曲厅》；赵义山选注《元典选》；李静嘉、洪江著《情歌的时光隧道·古代流行情歌今赏》；徐文军选注《元曲选》；傅德岷、余曲主编《元曲鉴赏辞典》；陈绪万、李德身、骆守中主编《唐宋元小令鉴赏辞典》中均有记述。

《兰楚芳散曲》共收入其小令五首，套数三篇，内容包括［南吕·四块玉·风情］、［南吕·骂玉郎过感皇恩采茶歌·闺情］、［双调·雁儿落过得胜令·相思］、［双调·折桂令·相思］；套数有［黄钟·愿成双·春思］、［中吕·粉蝶儿·思情］、［中吕·粉蝶儿·失题］等。

天一阁旧藏《录鬼簿续编》称其："江西元帅，功绩多著。风采神秀，才思敏捷。"

月忽难

月忽难，字明德，其先祖为色目人，后入蒙古籍。初仕为江浙行省掾史，选临江路经略。元顺帝至正年间（1341—1368）官江浙财赋（务）副总管。因脚病，于至正十一年去职。月忽难生活在元末明初，他和文学家刘基友情深厚，为文字之交。

月忽难精通汉文，工于为诗。（清）顾嗣立、席世臣编《元诗选·癸集》存其七律《游茅山》一首，诗云："大茅峰顶神仙府，石迳崎岖几屈盘。老兔幻来呈玉印，蛰龙飞去赖金丹。乔松白鹤天坛远，流水桃花仙洞寒。何处吹笙明月下，珊珊环珮欲骖鸾。"

孟 昉

孟昉，字天暐（一作天伟）。河西唐兀人，占籍大都（今北京），一说占籍太原（今属山西）。（清）顾嗣立、席世臣编《元诗选·癸集》（癸之辛上）记载："孟昉，字天暐。本西域人，寓北平。至正十二年，为翰林待制，官至江南行台监察御史。"

生平事迹在（元）陶宗仪《书史会要》卷七；（清）邵远平《元史类编》三六《文翰传》；（清）释来复《澹游记》；（清）顾嗣立、席世臣编

《元诗选》（癸集·癸之辛上）；陈垣《元西域人华化考》卷四；朱昌平、吴健伟主编《中国回族文学史》；周绍祖主编《西域文化名人志》；张永钟著《河西历史人物诗话》；王文才编著《元曲纪事》；齐森华等主编《中国曲学大辞典》中均有著述。

孟昉著有《孟待制文集》，著录于《千顷堂书目》卷二十九，由陈基、程文、傅若金等作序跋。陈序有"翰林待制孟君，砥砺成均，激昂俊造于斯时也……乃敭历省台，左章右程"之语。可惜现已不传。（元）陈基《夷白斋集》卷二十二有序，称为西夏人，《傅与砺文集》卷四《孟天暐文稿序》，称为河东人，盖唐兀氏也。（清）顾嗣立、席世臣编《元诗选·癸之辛上》录有其诗《十二月乐词并序》。虞集《道园遗稿》卷三有《次孟天暐典簿佐奉使行江西所赋》一首，顾瑛《玉山璞稿》有《乙未和孟天暐都司见寄》（十首）、《长歌寄孟天暐都事》等诗。

（元）余阙《青阳集》卷五曰："孟君天暐，善模仿先秦文章，多似之。"（元）苏天爵《滋溪文稿》卷三曰："太原孟天暐，学博而识敏，气清而文奇。观所拟先秦、西汉诸篇，步趋之卓，言语之工，盖欲杰出一世。"（元）宋褧《燕石集》卷十五曰："河东孟君天暐，明敏英妙，质美而行懿。尝拟先秦、西汉诸作，摹仿工致，士大夫皆与之。"（元）张光弼《寄孟暐郎中》诗云："孟子论文自老成，早于国语亦留情。"张光弼集多载与孟天暐西湖往还之作。

五十四

五十四，字号不详，高昌人。杨镰《元西域诗人群体研究》指出《铁网珊瑚》卷十有署"高昌五十四"者所作《卢贤母传》题诗一首。《卢贤母传》为"夷门朱桓谨述"，写临安令卢君继室周氏教子守节事，撰写于至正二十年（1360）春正月七日周氏去世以后。（清）席世臣补辑《元诗选·癸集》时，不明"高昌"何意，将其臆改为"南昌五十四"。此后，祖籍高昌的西域诗人五十四，就误为南昌人。

生平事迹见（清）顾嗣立、席世臣编《元诗选·癸集》戊集下；杨镰《元西域诗人群体研究》等。

（清）顾嗣立、席世臣编《元诗选·癸集》戊集下收其诗歌一首《题卢贤母卷》，诗云："樵隐卢君母最贤，母仪妇节两超然。相夫德洽《周南》化，教子名宜太史编。华屋萱兰春蔼蔼，玄堂松桂月娟娟。时清重忆颁鸾诰，百世幽光发九泉"。并有其小传"五十四，字□□，高昌人。"《全元文》亦收此诗。

伯颜不花的斤

伯颜不花的斤，字苍崖，畏兀儿人。倜傥好学，晓音律。官至江东廉访副使、浙东宣慰使。平素洒脱不羁，好学习，通诗文音韵。初年因父荫封同知信州路事，后调任建州路。徽州人民起义，攻遂州，伯颜不花的斤带兵前往镇压，擒淳安起义军方清之，以功升本路总管。至正十六年（1367），授衢州路达鲁花赤。次年，又升任浙东都元帅，镇守衢州。后又提升为江东道廉访副使、官阶中大夫。

生平事迹在（元）陶宗仪《书史会要》卷七《元史氏族表》；（明）宋濂撰《元史》卷一九五；（清）顾嗣立、席世臣编《元诗选·癸集》戊集下小传；（清）屠寄《蒙兀儿史记》；柯劭忞撰《新元史》本传；张家林主编《二十五史精编·元史明史》；罗康泰著《甘肃人物辞典》；周绍祖《西域文化名人志》；许嘉璐主编《二十四史全译·元史》；张永钟《河西历史人物史话》；铁木尔·达瓦买提《中国少数民族文化大辞典·西北地区卷》；陈高华编《元代维吾尔哈剌鲁资料辑录》；高文德主编《中国民族史人物辞典》中均有记述。

（清）顾嗣立、席世臣编《元诗选·癸集》之戊存有其《黄山》七律一首，诗云："崒嵂名山倚碧天，登临不觉入云烟。蜀江东去练光净，衡岳南来黛色鲜。幽涧千寻苍柳合，平田万顷翠云连。凭空久立忽长啸，回顾神京一慨然。"

李修生主编《全元文》收录其《节妇序》、《龙祠乡社义约赞》、《濮阳县尹刘公德政碑》共计三篇。辑录于《元史》、《大元圣政国朝典章》、《元朝典故编年考》、《永乐大典》。

吉雅谟丁

吉雅谟丁，汉姓马，字元德，西域回回人。丁鹤年从兄。至正十七年（1357）登进士第，授定海县尹，至正二十二年摄奉化州事，调昌国知州，升浙东金都元帅，死国事。为官有政绩，尤重农事。

生平事迹在（元）戴良撰《题马元德伯仲诗后》（《九灵山房集》卷二十二）；（元）刘仁本撰《送马侯元德任奉化州序》（《羽庭集》卷五）；

（明）杨寔纂修《宁波郡志》卷七《吉雅谟丁传》；（嘉靖）《宁波府志》卷二六；（明）丁鹤年《题太守兄遗稿后二首》（《丁鹤年集》卷二）；（清）顾嗣立、席世臣编《元诗选·初集》；答振益著《中南地区回族史》；白寿彝主编《回族人物志·上》；周绍祖主编《西域文化名人志》中均有记载。

吉雅谟丁的诗歌今多作为附录附于丁鹤年诗集后。《丁鹤年集》卷一卷二各收吉雅谟丁诗一首，附录有吉雅谟丁诗五首。《元诗选·初集》辛集录其诗歌《寄迈里古思院判》、《游定水寺寄杜尧臣》、《题天童寺朝元阁》、《赠陈章甫》、《鹤年弟尽弃纨绮故习清心学道特遗楮账资其澹泊之好仍侑以诗》、《秋过弟鹤年书馆夜话》、《题书画竹为董文中赋》。

伯　颜

伯颜（1327—1379），字子中，以字行，西域人。祖、父仕江西，因家焉。幼颖悟，嶷然有成人之志。史载其"五举有司不第"，其做官从政之抱负，终不能实现。后为南昌东湖书院山长，又改任建昌路（今江西省南城县）教授，授教儒家经典为主，从事教育事业。教学有方，深得学生尊重与敬仰。（明）朱善撰《朱一斋先生文集》卷六《伯颜子中传》云其"凡五领乡荐"。（明）郎瑛撰《七修类稿》云其"领江西乡举"。柯劭忞《新元史》卷二百三十三《伯颜子中传》云其："有司荐，不第。"元顺帝至正十二年（1352）江西行省授其赣州路知事，后擢升为总管府经历、行省参知政事、都事。至正十八年，红巾军陈友琼部进攻赣，领兵应战，败北、走闽。后任行省员外郎、吏部侍郎等。至正二十八年（1368）被明将廖永忠俘后义释，遂头戴黄冠，隐其名，遁迹江湖。明洪武十二年，因拒绝征召，饮鸩而死。

生平事迹在（清）顾嗣立、席世臣编《元诗选》；（清）张廷玉等编《明史》卷一二四附《陈友定传》；陈衍辑撰《元诗纪事》卷二十六；李国祥编《明实录类纂·人物传记卷》；周绍祖主编《西域文化名人志》；黄庭辉《元代回回诗人伯颜子中生平事迹考评》（《宁夏大学学报》[社会科学版]1989年第2期）中均有记载。

著有《子中集》，诗多散佚。《子中集》为清康熙四十一年长洲顾氏秀野草堂刻本，清光绪十四年重印。见（清）顾嗣立、席世臣编《元诗选》二集庚集《子中集》康熙年间野秀草堂刻本；吴海鹰主编的甘肃文化出版社出版的《回族典藏全书》第一五六册中《子中集》为清钞本影印本。

李修生主编《全元文》卷一六二五《伯颜子中传》及（清）顾嗣立、席世臣编《元诗选》（二集）收录了其《过乌山铺》、《挽余廷心》、《过故居》、《十华观》、《春日绝句》、《北山》、《过豫章》、《七哀诗七首》等诗；《元诗纪事》卷二十六也录《七哀诗七首》。

《元诗体要》卷十三存诗《春日绝句》："几片残红点客衣，小溪流水鳜鱼肥。书桥尽日无人过，杨柳青青燕子飞"。

王　翰

王翰（1333—1378），字用文，本名那木罕，号友石山人，河西唐兀氏。据《蒙古秘史》称西夏为"唐兀"，王国维则认为"唐古（唐兀）亦即党项之异译。"元代所说"唐兀氏"，就是对西夏党项羌遗民的称呼，"唐兀氏"即"党项人"，也称"河西人"、"西夏人"、"夏人"。《元诗纪事》载："翰，字用文，灵武人。先世本齐人，殁于西夏，元初赐姓唐兀氏，居庐州，官至潮州路总管。有右石山人遗稿。"据吴海《友石山人墓志铭》记载："岁著雍敦二月乙丑友石山人王君用文卒……年四十有六。"

生平事迹在（清）顾嗣立、席世臣编《元诗选·初集》；陈衍辑撰《元诗纪事》卷二十六中均有记载。

其子辑其遗诗八十八首，编为《友石山人遗稿》一卷，今存《四库全书》本，卷首有洪武二十三年陈仲述序，卷末有附录七篇（编为一卷），都是友人吴海所作的关于王翰的志铭、序、记等文字。吴海《闻过斋集》卷一有为王翰所写的《送王潮州序》与《王氏家谱序》，其诗集版本常见有明弘治八年（1495）袁文纪刊本、《四库全书》本。（清）顾嗣立、席世臣编《元诗选·初集》（下）初集收录《友石山人遗稿》，其中有诗二十七首，分别是《送别刘子中》、《途中》、《题菊》、《和乡有程氏民同会龙山留别韵》、《龙山月夜饮酒分韵得树字》、《秋怀》、《挽迭漳州》、《挽柏金院》、《送陈同金》、《山居春暮偶成》、《故人遂初过山居》、《夜宿洪塘舟中次刘子中韵》、《题画小景》、《游鼓山灵源洞时澄明景霁入望千里徘徊自旦夕值月上闻梵声泠然有出尘之想》、《晚眺次林公伟韵》、《闻大军渡淮》、《夜雨》、《过化剑津有感》、《寄别刘子中》、《游雁湖二首》、《和马子英见寄韵》、《春日雨中即事》、《立春日有感》、《晚宿杨隝舟中怀鲁客》、《题画葵花》、《题败荷》。陈衍辑撰《元诗纪事》收录其诗一首《赋诗见志》，诗云："昔在潮阳我欲死，宗嗣如丝我无子。彼时我死作忠臣，覆祀绝宗良可耻。今年辟书亲到门，丁男屋下三人存。寸刃在手顾不惜，一死了却君亲恩。"

（清）顾嗣立评王翰："用文，将家子，有古烈士风。晚年隐忍林壑，尤以诗自娱。庐陵陈仲述谓，（其诗）皆心声之应，而非苟然炫葩组华者"。

爱理沙

爱理沙，字允中，丁鹤年之次兄，至正间进士，官奉翰林文字。

生平事迹在（明）丁鹤年《读应奉兄登科记沧然伤怀因成八韵》（《丁鹤年集》卷二）；（清）顾嗣立、席世臣编《元诗选·初集》；答振益著《中南地区回族史》；白寿彝主编《回族人物志·上》；周绍祖主编《西域文化名人志》；刘正民、星汉等编《西域少数民族诗选》（汉文古典诗词）；丁文庆、吴建伟注评《回回古诗三百首》中均有记载。

（清）顾嗣立、席世臣编《元诗选·初集》辛集录其诗《题九灵山房图》、《题前余姚州判官叶敬常海堤遗卷》、《题钟秀阁》三首。《题九灵山房图》诗云："梦里家山十载违，丹青咫尺是耶非？墨池新水春还满，书阁浮云晚更飞。张翰见机先引去，管宁避乱久忘归。人生若解幽栖意，处处林丘有蕨薇。"《题钟秀阁》诗云："槛外澄湖平不流，窗间叠嶂屹将浮。烟霞五色锦屏晓，风月双清瑶镜秋。苍蒌浓香吹法席，芙蓉凉影荡仙舟。结巢拟傍云松住，回首朝簪愧未投。"

吴惟善

吴惟善，丁鹤年表兄，元末樊川（今陕西西安）人。少年寄居武昌鹤年家中求学。成年后，曾悠游于黄河下游地区及四川等地。颇有诗名。作品洗练超脱，境界开阔，富有浪漫色彩。

生平事迹在答振益著《中南地区回族史》；（清）顾嗣立、席世臣编《元诗选·初集》；白寿彝主编《回族人物志·上》；周绍祖主编《西域文化名人志》；刘正民、星汉等编《西域少数民族诗选（汉文古典诗词)》；丁文庆、吴建伟注《回回古诗三百首》中均有记载。

著有《海巢集》，（清）顾嗣立、席世臣编《元诗选·初集》辛集录其诗《寄武昌诸友》、《寄东海鹤年贤弟》、《小游仙》三首。其《寄东海鹤年》诗云："鹤皋东望接三山，海上群仙日扣关。虎守月炉丹炼就，龙吟霜匣剑飞还。故国松菊余三径，老屋烟霞恰半间。为问林泉逃世者，如公今有几人闲？"《小游仙》诗云："河汉无声海月寒，长鲸吸浪洞庭乾。一声铁笛风云动，人在危楼第几栏？"

流兼善

流兼善，字里不详，至正间人。自幼从儒读经史，有"达则兼济天下"的宏图大志，但生逢元末乱世，未知所终。

生平事迹在（清）顾嗣立、席世臣编《元诗选·癸集》；王叔磐编《元代少数民族诗选》；周绍祖主编的《西域文人名人志》中均有著述。

《元诗选·癸集》录其《和柳道传三首》、《辛丑三月九日偕郭仲贤陈子方二理问游虎丘》。其诗境界开阔，想象丰富，能引人遐想。《和柳道传》之一："松涛翻雪冷，山色照云青。巨石千人坐，荒池一鑑停。花垂天象供，木卧水龙形。楚客登临倦，幽怀月满亭。"《和柳道传》之三："坏壑僧多占，画图天为开。池寒龙欲去，云暝鹤初来。剑水炊香粲，台花雨玉梅。凭高宜一览，健步日千回。"流兼善作此诗于至元二十一年（1361），离柳贯去世已过二十个春秋，和诗表明诗人对学者名流的景慕之情。

丁野夫

丁野夫，西域人，元末诗人、画家和杂剧作家。丁野夫才学出众，系元末西监生（回回国子监，监生）。进国子监读书的人大都在入监一二年即可得官。但在元末江河日下的局势下，他宦情日淡，终未从政。他羡慕钱塘山水胜景，遂隐居于此，住在杭州城南梅村，动作有文，衣冠济楚。善丹青小景，皆取诗意。画山水人物，学马远、夏珪，笔法颇类。与钱塘平显交好。约于元明之际离开人世。

生平事迹在（元）钟嗣成、贾仲明著《新校录鬼簿正续编》；周绍祖《西域文化名人志》；（明）宋濂《元史》；张迎盛著《元代回族文学家》；白寿彝著《回族人物志》；孙楷第著《元曲家考略》；李修生著《元曲大辞典》中均有著述。

钟嗣成、贾仲明著《新校录鬼簿正续编》著录杂剧《俊憨子》、《赏西湖》、《西风岭》、《浙江亭》、《双鸾厓凤》、《望仙亭》六种。

钟嗣成、贾仲明著《新校录鬼簿正续编》称"套数，小令极多，隐语亦佳，驰名寰海"。

马时宪

马时宪，自号笑笑道人，西域人。卜居维扬（今扬州市）一带，曾为翰林编修官，善为文，惜作品未流传。

生平事迹在周绍祖主编《西域文化名人志》；陈垣《元西域人华化考·西域词人之佛老》；桂栖鹏、尚衍斌《元代色目人进士考》中均有记载。

（元）王礼《送马时宪还维扬诗序》文曰记其："以胄监弟子员而举进士，为翰林编修官。志不屑也。……性重默，无泛交，跡绝权贵之门，众以是奇之。一日，闻有笑笑道人者荷笠披纸衣，击节行歌于世。憩江东雷冈亭，飞舞而上马祖岩，歌声若金石，悲壮激越，林木为动，田翁樵子弃业而聚观。意其散仙也。怪而察焉，则时宪耳。嘻！其果于忘世，若楚狂接舆者耶？抑犹豪杰不偶之士，雄才莫施，辄佯狂诡其迹，轻世肆志，以泄愤懑无聊之气耶？矧燕赵素多忼慨悲歌之士，安知不犹有曩之风烈耶？余有以知时宪倜傥不羁之情矣。"

仇机沙

仇机沙，字大用，阿鲁温氏，回回人。

生平事迹见（清）顾嗣立、席世臣编《元诗选·癸集》辛集上；张迎胜著《元代回族文学家》；白寿彝主编《回族人物志》上卷；丁文庆、吴建伟注评《回回古诗三百首》；王叔磐编《元代少数民族诗选》；周绍祖主编《西域文化名人志》；刘正民选注《西域少数民族诗选·汉文古典诗词》；高文德主编《中国民族史人物辞典》等。

（清）顾嗣立、席世臣编《元诗选·癸集》辛集上存其诗《题徐良夫耕渔轩》、《奉寄耕渔高士》、《耕渔轩文会》、《秋兴一章录似良夫》四首。

《题徐良夫耕渔轩》诗云："白日带经陇上锄，夜间放櫂泽中渔。有米即周邻舍急，得鱼远寄故人书。山川雨露桑麻地，风月图书水竹居。出处不惭徐孺子，文华能敌马相如。"

《奉寄耕渔高士》诗云："夷吾宅畔二年前，邂后僧房共夜筵。临酒尚思文字饮，得书犹感故人怜。寒风夜馆新宾客，暮雨灯窗旧简编。何事相知不相慰，瘦筇空倚翠云巅。"《耕渔轩文会》诗云："德星此夜聚于奎，想见司更太史知。文采烛天成瑞霭，流光入地结灵芝。天人策自春秋学，击壤歌同雅颂诗。最敬南州徐孺子，浑如西汉郑当时。"《秋兴一章录似良夫》诗云："牢落江湖不计年，拟寻归计向林泉。山间买地谋栽橘，谷口诛茅学种田。晚节许同樵牧老，残书留付子孙编。秋来唤取陶彭泽，黄菊花前一醉眠。"

掌机沙

掌机沙，字密卿，阿鲁温氏，礼部尚书哈散公之孙也，学诗于萨天锡。

生平事迹见（清）顾嗣立、席世臣编《元诗选·癸集》之己下集；陈衍辑撰《元诗纪事》卷二十四；陈书龙主编《中国古代少数民族诗词曲评注》；雷梦水等编《中华竹枝词》；刘正民选注《西域少数民族诗选·汉文古典诗词》；庄星华选注《历代少数民族诗词曲选》；王叔磐编《元代少数民族诗选》等。

（清）顾嗣立、席世臣编《元诗选·癸集》之己下集录其诗《西湖竹枝词》一首，诗云："南北峰头春色多，湖山堂下来棹歌。美人荡桨过湖去，小雨细生寒绿波。"

陈衍《元诗纪事》卷二十四称："（掌机沙）学诗于萨天锡，故其诗风流俊爽，观于竹枝，可以称才子矣。"

康里百花

康里百花，即康里不花，字普修。西域康里人。平生笃志坟典，至于百氏数术，无不研览。以书法知名，书宗二王。官至海北廉访使。擅诗，今仅存一首，载于（清）顾嗣立《元诗选·癸集》。

生平事迹在（元）陶宗仪《书史会要》卷七；（清）顾嗣立编撰的《元诗选·癸集》；周绍祖主编《西域文化名人志》；王叔磐主编《元代少数民族诗选》中均有记载。

（清）顾嗣立编《元诗选·癸集》之戊下收录其七言长诗《题夏珪〈烟江叠嶂图卷〉》，诗曰："大江来自岷山远，万里东流几深浅。洪涛巨浪日春撞，一派西随万山转。万山峨峨翠黛浮，大孤小孤当中流。高城远出武昌树，衰草微连鹦鹉洲。茅屋人家住深岛，鸡犬不闻人迹少。几行归雁日边来，一幅征帆天际小。湘南雨歇秋风清，落木黯惨哀猿声。荆门月出夜潮长，九疑山碧秋云横。我生自是优游者，足迹何曾半天下。长江万里欲神游，却喜今朝见图画。图画再展未能休，似有模糊寒具浮。只恐通仙忽飞去，惊绝当年痴虎头。"

买　闾

买闾，字兼善，西域回回人。元初，祖父哈只仕江南，移家上虞（今浙江上虞县）。父亦不剌金力资买闾读书。顺帝至正二十二年，买闾以《礼经》选乡贡，和靖书院山长。礼部尚书李尚绚荐于朝，授嘉兴儒学教授。元亡，清贫自守，隐居不仕。买闾素有"敬亲爱弟"之名。筑"一乐堂"（取《孟子》"父母俱存，兄弟无故，一乐也"之意）。另有一蒙古买闾，字世杰，蒙古斡罗纳台氏人。

生平事迹在（元）王逢《梧溪集》卷四《赠买闾教授诗并序》；（清）顾嗣立、席世臣编《元诗选·补遗》；王叔磐、孙玉溱选注《古代蒙古族汉文诗选》；云峰《蒙汉文学关系史》；赵相璧《历代蒙古族著作家述略》；周绍祖编《西域文化名人志》；张迎盛编《元代回族文学家》；白寿彝编《回族人物志》；朱昌平、吴建伟著《中国回族文学史》中均有记载。

买闾无诗集传世，（元）赖良（字善卿）所编《大雅集》卷四、五、六、八，收录买闾诗《春晓》、《雪》、《春日宣则门书事简虞邵庵》、《赋得上林驾送张兵曹》二首、《绝句》二首、《送刘提举还江南》、《寄同年宋吏部》、《上尊号听记》、《李供奉以病不出》、《送赵伯常淮西宪副》、《与萧存道元帅作秋千词分韵得香字》、《送王奏差调福州》共十一首，其中包括五律六首、五古一首、七律二首、七绝二首。（清）顾嗣立、席世臣编《元诗选·癸集》录诗《述怀》、《和年弟闻人枢京城杂诗四首》、《雪》、《春雨有感》、《感怀》、《题叶隐居雪篷》、《八月既望访古鼎上人时庭桂盛开因赋绝句以赠》、《春晓》。

买闾的诗作可分前后两个时期。前期他进士及第，为官朝廷，颇想有一番作为，表现在诗作上，内容多为描写帝都风光、君臣宴会，情绪欢快而热烈，气魄博大恢宏，如其诗《和年弟闻人枢京城杂诗》四首、《春晓》。《春晓》诗云："香雾空濛落月低，六街官马散银蹄。芙蓉帐底梦初醒，卧听栗留花外啼。"后期元、明交替之际，朝政黑暗，社会动乱，特别元亡后，他作为前朝遗民苟且偷生，隐居乡里，表现在诗作上，内容多为离乱伤悲、怀旧思乡，情绪消沉，格调缠绵阴冷。如写于元末国势危亟之际的七律《感怀》诗云："关河北望正愁人，且复云间讬此身。一片丹心昭日月，数茎白发老风尘。箕裘嗣出惭无子，菽水承颜喜有亲。自是故园归未得，杜鹃啼破越山春。"

其诗《雪》云："朔风吹破屋，曙雪下缤纷。六合浑清气，千山尽白云。老蛟深闭蛰，独雁远呼群。想像西湖路，梅花瘦几分？"《春雨有感》诗云："晓雨连山白，春云压地阴。丛篁栖雀乱，芳草落花深。水阔西江眼，天长北阙心。孤桐闲在壁，忍操越南音。"

（元）王逢《梧溪集》卷四有《赠买间教授》诗云："颙卬西域士，乡荐十年前。陇亩心中越，山河枕上燕。尊同漂梗地，门扫落花天。慕杀柴桑老，诗题甲子编。"

大食惟寅

元大食人，大食即古阿拉伯帝国，大食惟寅何时入居中国及其生平事迹无记载，唯天一阁明抄本《小山乐府》中收其小令一首，可知他对汉民族文化有一定的修养。

生平事迹主要见（清）顾嗣立编撰的《元诗选》；陈垣《元西域人华化考》；王叔磐《元代少数民族诗选》；郑绍祖《西域文人名人志》；邓绍基《元代文学家大辞典》；李修生《全元文》等。

天一阁明抄本《小山乐府》收录的这首小令是：［双调］《燕引雏奉寄小山先辈》：气横秋，心驰八表快神游。词林谁出先生右？独占鳌头。诗成神鬼愁，笔落龙蛇走，才展山川秀。声传南国，名播中州。小山是元代著名词曲家张可久的号，张可久约出生于至元初（1270年前），卒于至正初（1340年后）。大食惟寅的这首小令赞扬小山意气豪迈，精神境界高远，在词曲界独占鳌头，声名传遍全国。反映了大食惟寅和张可久之间的友谊，也是我国人民与阿拉伯人民友好往来和文化交流的一个史例。从小令中称小山为"先辈"之语判断，大食惟寅的生活年代当略晚于张可久。

甘 立

甘立，字允从，生卒年不详，元末西夏人，入中原后，定居陈留（今河南陈留），年少得时誉，公卿辟为奎章阁照磨，至丞相掾卒。

生平事迹在（元）陶宗仪《书史会要》卷七；（元）杨维桢《西湖竹

枝集》；（清）顾嗣立、席世臣编《元诗选·二集》；陈衍《元诗纪事》卷十七；陈垣《元西域人华化考》；李修生主编《全元文》；翟本宽、孙顺霖主编《中州书家志》；郭人民、史苏苑主编《中州历史人物辞典》；杨镰、薛天纬主编《诗歌通典》；钱仲联主编《中国文学大辞典》；吕友仁主编《中州文献总录》中均有记载。

甘立的诗，主要保存在（清）顾嗣立、席世臣编《元诗选·二集》《允从集》中。《允从集》存其《八月十一夜直省中》、《寄题湖口方氏木斋》、《送张文焕安定山长》《晚出西掖同柯博士赋》、《送客赋得城上乌》、《琼林台为薛玄卿赋》、《送方叔高赋得长安道》、《有怀玉文堂》、《秋雨夜坐》、《送阁学士赴上都》、《送国王朵儿只就国》、《郊祀庆成》、《和完学士晚出丽正门》、《题柯博士墨竹》、《和西湖竹枝词》、《吴王纳凉图》、《贾治安骑驴图》、《古长信秋词二首》、《昆明池乐歌二首》、《送唐子华嘉兴照磨》、《送孙士元越州经历》、《春日有怀柯博士二首》二十二首。《元诗选》选录诗中有八首是《元风雅》卷十七所收，另外，《乾坤清气》卷十二有《秋雨夜坐》一首，据《元音》卷九编入《题柯博士墨竹》，据《西湖竹枝集》有《和西湖竹枝词》等。除《元诗选》二十首诗歌外，还可以辑出甘立的一些佚诗，如《永乐大典》残帙尚录有甘立诗三首，而且都是《元诗选》所未收的，卷二五三九收《松涛斋》。另一首甘立佚诗是《题王渊花鸟》（选自《秘殿珠林石渠宝笈合编》册一）。陈衍《元诗纪事》卷十七收甘立诗两首《乌夜啼曲》、《和完学士晚出丽正门》。

李修生《全元文》收录其《题赵孟頫书过秦论》一文。辑录于《元史》、《大元圣政国朝典章》、《元朝典故编年考》、《永乐大典》等。

《乌夜啼曲》诗云："月落城上楼，乌啼楼上头。一啼海色动，再啼朝景浮。马鸣黄金勒，霜满翠羽裘。乌啼在何处，人生多去留。"

（元）陶宗仪《书史会要》卷七说他："才具秀拔，亦善书札。"甘立有文章流传于世，《全元文》卷一八零六收其《题赵孟頫书过秦论》一文。（清）顾嗣立《元诗选》二集载："甘立字允从，陈留人。年少得时誉，公卿辟为奎章阁照磨，至丞相掾卒。"杨铁崖谓："允从平日学文，自负为台阁体，然理不胜才，惟诗善鍊饬，脱去凡近，其《乌夜啼曲》可配古乐府云。"

完 泽

完泽，字兰谷，陈垣《元西域人华化考》又作"兰石"，西夏唐兀氏。仕元，曾官平江路一字翼万户府镇抚，参与镇压汀州路农民起义军的战争。约生活在元末明初。为人廉谨尚义，聪明过人，善读书，尤工于诗律。

生平事迹在（明）宋濂等撰《元史》；（清）孙承泽撰《元朝人物略》；（清）汪辉祖撰《元史本证》；（清）顾嗣立、席世臣编《元诗选·癸集》；陈衍辑撰《元诗纪事》卷二十四；王叔磐《元代少数民族诗选》；柯劭忞《新元史》；陈璨《西湖竹枝词》；张家林主编《二十五史精编·元史》（第134页）；周绍祖主编《西域文化名人志》（第174页）；高文德主编《中国民族史人物辞典》中均有记述。

（清）顾嗣立、席世臣编《元诗选·癸集》之庚上录其《和西湖竹枝词二首》。陈衍《元诗纪事》录其诗《前题》一首。王叔磐《元代少数民族诗选》录其《和西湖竹枝词》（《元诗纪事》卷二十四中此诗名为《前题》）一首。《和西湖竹枝词》其一诗云："花满苏堤酒满壶，画船日日醉西湖。阿侬最苦两离别，不唱黄莺唱鹧鸪。"《和西湖竹枝词》其二诗云："堤边三月柳阴阴，湖上春光似海深。游人来往多如蚁，半是南音半北音。"

参考文献

[1]（元）脱脱：《辽金元史》，中华书局1990年版。
[2]（元）萨天锡：《萨天锡诗集》五卷，李举刻本，国家图书馆藏。
[3]（明）宋濂等撰：《元史》，中华书局1976年版。
[4]（清）顾嗣立、席世臣编：《元诗选》，中华书局1987年版。
[5]（清）钱大昕撰：《廿二十四史考异》，凤凰出版社2008年版。
[6]（清）屠寄撰：《蒙兀儿史记》，中国书店1984年版。
[7]（乾隆）《大清一统志》，上海古籍出版社2007年版。
[8]（民国）《河南通志》，台湾商务印书馆1986年版。
[9] 朱昌平、吴健伟主编：《中国回族文学史》，宁夏人民出版社2006年版。
[10] 陈高华著：《元史研究新论》，上海社会科学院出版社2005年版。
[11] 王叔磐：《元代少数民族诗选》，内蒙古人民出版社1981年版。
[12] 陈书龙主编：《中国古代少数民族诗词曲评注》，武汉出版社1989年版。

[13] 吴建伟著：《回回古文观止》，宁夏人民出版社2000年版。
[14] 吴建伟主编：《回族文献丛刊》，上海古籍出版社2008年版。
[15] 周绍祖主编：《西域文化名人志》，新疆人民出版社2006年版。
[16] 张永钟著：《河西历史人物诗话》，甘肃教育出版社2000年版。
[17] 王文才编著：《元曲纪事》，人民文学出版社1985年版。
[18] 齐森华等主编：《中国曲学大辞典》，浙江教育出版社1997年版。
[19] 徐征、张月中等主编：《全元曲》，河北教育出版社1998年版。
[20] 李淼译注：《元曲三百首译析》，吉林文史出版社2005年版。
[21] 任中敏编，李之亮译注：《白话元曲三百首》，岳麓书社2003年版。
[22] 李汉秋、朱世滋编：《元曲四百首注释赏析》，中国工人出版社1997年版。
[23] 朱世滋等主编：《历代名曲千首》，北京燕山出版社2000年版。
[24] 沈辰垣等编：《御选历代诗余》，浙江古籍出版社1998年版。
[25] 丁文庆、吴建伟注评：《回回古诗三百首》，民族出版社1999年版。
[26] 林忠亮、王康编著：《羌族文学史》，四川民族出版社1994年版。
[27] 李修生主编：《全元文》，江苏古籍出版社2001年版。
[28] 任讷、卢前编选：《元曲三百首》，三晋出版社2008年版。
[29] 隋树森：《全元散曲》，中华书局1989年版。
[30] 李修生主编：《元曲大辞典》，江苏古籍出版社1995年版。
[31] 杨镰：《元代文学编年史》，山西教育出版社2005年版。
[32] 蒋星煜主编：《元曲鉴赏辞典》，上海辞书出版社2008年版。
[33] 陈衍辑撰：《元诗纪事》，上海古籍出版社1987年版。
[34] 陈书龙主编：《中国古代少数民族诗词曲评注》，武汉出版社1989年版。
[35] 司马迁等著：《二十五史·辽金元史》百衲本，浙江古籍出版社1998年版。
[36] 陈垣主编：《元西域人华化考》，上海古籍出版社2000年版。
[37] 铁木尔·达瓦买提：《中国少数民族文化大辞典》，民族出版社1997年版。
[38] 潘超、丘良任、孙忠铨等编：《中华竹枝词全编》，北京出版社2007年版。

契丹与女真

移剌霖

移剌霖，即耶律霖，契丹人，生平不详。《辽史·国语解》："有谓（契丹）始兴之地曰世里，译者以世里为耶律，故国族皆以耶律为姓。又有言，以汉字书者曰耶律，以契丹字书者为移剌。"由此可知，移剌、耶律实为一姓。

王叔磐、孙玉溱等选注《元代少数民族诗选》收录其二首诗。《骊山》其一："苍苔径滑明珠殿，落叶林荒羯鼓楼。渭水都应细如线，若为流得许多愁？"其二："山下惊飞烈火灰，山头犹弄紫金杯。梦回未奏梨园曲，卧听风吟阿滥堆。"

耶律夫人

耶律夫人，耶律履妻，楚材母。

陈衍辑《元诗纪事》卷三十六收录其残句："挑灯教子哦新句，冷淡生涯乐有余。"陈衍按：《湛然居士集》云："昔予从征，太夫人以发少许赐予。"则入元尚存。

耶律楚材

耶律楚材（1190—1244），字晋卿，号湛然居士，燕京人（王国维《耶律文正公年谱余记》）。契丹贵族后裔，辽东丹王突欲八世孙，金尚书右丞履之子，太宗朝拜中书令，薨于位。金贞祐二年（1214），耶律楚材留守燕京，为左右司员外郎。蒙古军攻陷燕京后，拜万松老人为师，潜心学佛。后应成吉思汗征召，跟随幕下，在西域多年。成吉思汗去世，托雷监国期间和窝阔台即位后他受到重用。1231年，任掌管汉文字的必阇赤（汉人称中书令或中书侍郎）。在窝阔台晚年及去世之后，皇后乃马真氏宠信奥都剌合蛮等，耶律楚材渐被疏远。乃马真称制三年（1244）卒，进封广宁王，谥"文正"。

生平事迹在（明）宋濂撰《元史》卷一百四十六；（清）顾嗣立、席世臣编《元诗选·初集》；陈衍辑《元诗纪事》卷三；李修生主编《全元文》卷一一；张晶《耶律楚材诗歌别论》；安柯钦夫、刘保元、云峰主编《中国北方少数民族文化》；王叔磐、孙玉溱等选注《元代少数民族诗选》；（清）张景星、姚培谦、王永祺编选《元诗别裁集》卷八；唐圭章主编《全金元词》中有载。

著作有《湛然居士集》十四卷、《湛然居士文集》十四卷、《五星秘语》一卷、《先知大数》一卷、《庚元历》二卷、《历说》、《乙未元历》、《回鹘历》、《皇极经世义》、《西游录》二卷（黄虞稷《千顷堂书目》）。

存《湛然居士文集》十四卷及《西游录》，《全元文》卷十一至卷十五，收录其文七十九篇，以《四部丛书》本（据无锡孙氏小绿天藏影元写本）为底本，校以浙西村舍本（清光绪乙未袁昶刻，简称"浙西本"）。集外共辑得轶文五篇。《全元文》卷一一著录此集。

《湛然集》中多是五七言律诗，尤以七律最多。律诗法度森严，规矩备具。《元诗选·初集》选录其诗一百三十首，如《庚辰西域清明》："清明时节过边城，远客临风几许情，野鸟间关难解语，山花烂漫不知名。葡萄酒熟愁肠乱，玛瑙杯寒醉眼明。遥想故园今好在，梨花深院鹧鸪声。"《和移剌继先韵》："旧山盟约已愆期，一梦十年尽觉非。瀚海路难人去少，天山雪重雁飞稀。渐惊白发宁辞老，未济苍生曷敢归，去国迟迟情几许，倚楼空望白云飞。"《用万松老人韵作十诗寄郑景贤》其十："渔家何足好，乘兴一钩沉。路僻苍苔滑，舟横古渡深。小晴掀蒻笠，微雨整蓑襟。梦断知何处，寒潮没晚林"；《西域河中十咏》其二："寂寞河中府，生民屡有灾。避兵开邃穴，防水筑高台。六月常无雨，三冬却有雷。偶思禅伯语，不觉笑颜开"。（清）顾嗣立、席世臣编《元诗选·初集》收录其《和黄华老人题献陵吴氏成趣园诗》、《和平阳王仲祥韵》、《和李世荣韵》等诗。（清）张景星、姚培谦、王永祺编选《元诗别裁集》卷八收录《过济源登裴公亭用闲闲老人韵》："山接青霄水浸空，山光滟滟水溶溶。风回一镜揉蓝浅，雨过千峰泼黛浓。"陈衍辑《元诗纪事》卷三中收录《西域河中十咏》；《丁亥过沙井和移剌子春韵》；《怀亲》二首；《梦中偶得》四首。唐圭章主编《全金元词》收词一首。《鹧鸪天·题七真洞》："花界倾颓事已迁。浩歌遥望意茫然。江山王气空千劫，桃李春风又一年。横翠嶂，架寒烟。野花平碧怨啼鹃。不知何限人间梦，并触沉思到酒边。"

耶律楚材是一位出色的诗人，（清）顾嗣立、席世臣编《元诗选·初集·耶律楚材小传》中说："雄篇秀句，散落人间，为一代词臣倡始，非偶然也。"称其为蒙古王朝的"一代词臣"。

（元）孟攀鳞评湛然诗云："观其投戈讲艺，横槊赋诗，词锋挫万物，笔下无点俗，挥洒如龙蛇之肆，波澜若江海之放，其力雄豪足以排山岳，其辉绚烂足以灿星斗，斡旋之势，雷动飘举；温纯之音，金声玉振。斤言只字，冥合玄机，奇变异态，靡有定迹。复乎出于见闻之外，铿句炳耀，荡人之耳目，所谓造物有私，默传真宰，胸中别是一天耳，盖生知所察，非学而能。如庖丁之解牛，游刃而余地；公输之制木，运斤而成风。是皆造其真境，至于自然而然。"

（元）王邻序其集曰："中书湛然，性察英明，有天然之才，或吟哦数句，或挥扫百张，皆信手拈来，非积习而成之。盖出于胸中之颖悟，流于笔端之敏捷。味此言言语语，其温雅平淡，文以润金石，其飘逸雄技，又以薄云天，如宝鉴无尘，塞水绝翁，其照物也莹然。向之所言贾、马丽则之赋，李杜光焰之诗，词藻苏、黄，歌词昊、蔡，兼而有之，可谓得其全矣，厌人望矣。"王国维《耶律文正公年谱》评价其说："文正（耶律楚材），师事万松老人，称嗣法弟子从源。其于禅学所得最深，然其所用以佐蒙古安天下者，皆儒术也。公对儒者则倡以儒治国，以佛治心之说。"

石君宝

石君宝（1192—1276），姓石琖，名德玉，女真族。金贞祐初从军，官至武德将军，金亡后居燕，从刘自然学画，善画竹，晚号洪岩老人。钟嗣成等著《录鬼簿》卷上载其为平阳人。据石君宝生前友人王恽著《秋涧集》卷六十《洪岩老人石琖公墓碣铭》序中可知，石君宝为辽东盖州人，是一位气度不凡、相貌出众的男子。"卒于丙子岁"。"丙子"为元世祖至元十三年（1276），是年八十五岁，因此，石君宝应生于金章宗绍熙三年（1192）。

生平事迹在徐征、张月中主编《全元曲·杂剧》；孙楷第《元曲家考略》；王季思主编《全元戏曲》；赵志辉、邓伟、马清福《满族文学史》；李修生主编《元曲大辞典》中有载。

（明）朱权《太和正音谱》著录《曲江池》、《哭周瑜》、《雪香亭》、

《紫云亭》、《秋胡戏妻》、《岁寒三友》、《士女秋香怨》、《柳眉儿金钱记》、《吕太后口彭越》、《穷解子红绡驿》，共十种。现仅存三种，即《曲江池》、《紫云亭》、《秋胡戏妻》。《秋胡戏妻》是石君宝现存三种杂剧中思想性、艺术性较高的一种。

（元）钟嗣成等著《录鬼簿》卷上载："《紫云寺》、《秋香怨》、《曲江池》、《醢彭越》、《哭周瑜》，佳句美新。《岁寒三友》，《红绡驿》，《雪香车》，《秋胡戏妻》，共吴昌龄，么末相齐。《柳眉儿》，《金钱记》，石君宝，口黑迹，禾黍离离。"

《录鬼簿》著录其十种杂剧名目为：《士女秋香怨》、《吕太后醢彭越》、《柳眉儿金钱花》、《穷解子红绡驿》、《鲁大夫秋胡戏妻》、《东吴小乔哭周瑜》、《李亚仙花酒曲江池》、《赵二世醉走雪香亭》、《张天师断岁寒三友》、《诸宫调风月紫云亭》。

《太和正音谱》卷上载："古今群英乐府格势，元一百八十七人中评其为'石君宝之词如罗浮梅雪'"。

李 庭

李庭（1199—1282），字显卿，小字劳山，号寓庵，女真人。本金人蒲察氏，金末来中原，改称李氏。华州奉先（今陕西蒲城）人，后徙寿光。祖时伐宋有功，积官漠军都元帅。平河西擒乃颜亲，获塔不合金刚奴。世祖卒定策，立成宗庭襄赞之功居多，拜平章政事。性颖悟，笃志儒学，十余岁已有能诗声。比弱冠，两预乡荐，一赴帘试，会金末世乱，避难于商邓山中。北渡，居平阳，教授生徒，日与麻革等人游。元乃马真后三年（1244），辟为陕右行省议事官，执方守正，不能诡道随时，未几弃归。杨奂参议宣司，招入长安，与杨君美、裴子法、邝大用等名士游，学日益进。中统元年（1260），署为陕西讲议，至元六年（1270），授京兆教授。至元十年为安西王府咨议。卒于至六十九年（1282），享年八十有四，谥"武毅。"

生平事迹见（元）王博文撰《故咨议李公墓碣铭》（《寓庵集》附录）；（明）宋濂撰《元史》卷一百六十二；李修生主编《全元文》卷五三；陈衍辑《元诗纪事》卷四；王叔磐、孙玉溱等选注《元代少数民族诗选》；唐圭璋主编《全金元词》等。

李庭著有《寓庵大全集》若干卷，原集今已佚。（明）杨士奇等编

《文渊阁书目》著录了《寓庵集》十卷，其卷九载"李显卿《寓庵文集》一部五册"，卷十载"《寓庵诗稿》一部一册，《寓庵先生集》一部一册"。

李庭沉潜性理之学，言无瑕玷，行不崖异。所交多魁才俊德，任学官首尾三十年，英胄贵彦、达官显仕多出其门。亦以文章名世，然不苟作，有人为献谀省官，欲其撰德政碑并许以丰厚润资，遭其拒绝。所咏以寄赠送别之作为多，皆能自出胸臆，不掩真情。陈衍辑《元诗纪事》卷四和王叔磐、孙玉溱等选注《元代少数民族诗选》收其《咸阳怀古》一首，诗云："连鸡势尽霸图新，兀兀宫墙压渭滨。指鹿只能欺二世，沐猴那解定三秦！倚天楼观余焦土，落日河山几战尘。今古悠悠同一辙，不须作赋吊前人。"《庶斋老学丛谈》评曰："安西府谘议寓庵李显卿庭《咸阳怀古》云云'语意格笔俱妙，有唐体。'"

唐圭璋主编《全金元词》收词《水调歌头·史侯生朝》、《满庭芳·冀德修生朝》、《水调歌头·张耀卿寿日》、《水龙吟·萧公弼生朝》、《望月婆罗门引·史尚书生朝》五首。

耶律铸

耶律铸（1221—1285），字成仲，号双溪（王万庆《双溪小稿跋》），晚年自号四痴子（耶律铸《四痴子赋》）。契丹人，燕京人，辽东丹王突欲九世孙。父耶律楚材，金中都破，应成吉思汗征召，随征西域。蒙古乃马真氏称制三年，终尚书右丞。母苏氏，北宋苏轼五世孙（宋子贞《耶律文正公神道碑》）。耶律铸生自西域，幼聪敏，善属文，尤工骑射。二十三岁嗣领中书省事。蒙哥登基（1252），溺杀海迷失，与三王之狱，铸几遭屠戮，忽必烈拯救之。宪宗七年（1258），扈驾征蜀，领侍卫骁果，屡出奇计，攻城克邑。翌年，宪宗崩，忽必烈即位，阿里不哥叛，铸别妻弃子，只身归世祖。至元元年（1264）加光禄大夫。奏定法令三十七章。二年，行山东省。四年制《大成》乐，改荣禄大夫，平章政事。五年复拜中书左丞相。七年罢相。世祖立尚书省，使阿合马平章尚书省事（《元史·世祖本纪》），铸赋闲，咏花颂史，宣泄不平。十年，授平章军国重事。十三年诏修国史。朝廷有大事，必咨访焉。十九年，复拜中书左丞相。二十年冬，获罪罢免，囚阿里莎，籍没家资之半，徙居山后。二十二年冬卒，年六十五。至顺元年（1330），赠推忠保德宣力佐治功臣、太师、开府仪同三司、上柱国、懿宁王，谥"文忠"。

生平事迹在（明）宋濂撰《元史》卷一百四十六，列传三十三；（清）钱熙彦编《元诗选·补遗》；陈衍辑《元诗纪事》卷三；李修生主编《全元文》卷一一七；唐圭璋主编《全金元词》；丁丙《善本书室藏书志》卷三三；柯劭忞《新元史》卷一二七；李军《论耶律铸和他的〈双溪醉隐集〉》（《民族文学研究》2004年第2期）中有载。

耶律铸从少年时代就享誉诗名，常与金末元初的大诗人元好问、吕鲲、李冶等酬唱应和。耶律铸在戎马倥偬、案头劳顿之时，仍创作了大量的诗文。耶律铸著作有《大成乐》、《双溪小稿》、《双溪醉隐集》。清初《千顷堂书目》卷二著录有《双溪醉隐乐府》十一册，卷二著录《双溪醉隐集》，则应未见是集传本，今仅存《双溪醉隐集》六卷，是四库馆臣从《永乐大典》中辑得。《双溪醉隐集》收诗八百三十二首，词四首，文二十八篇；今人栾贵明据现存残本作《永乐大典索引》补馆臣漏辑铸诗二十二首，词五首，文二篇，数量还是相当可观的。

耶律铸现存辞赋作品十六篇，是元代赋家中存赋较多的。十六篇赋作中，《天香台赋》、《天香亭赋》、《独醉园三台赋》、《独醉道者赋》、《独醉园赋》、《独醉亭赋》、《方湖别业赋》、《四痴子赋》以隐逸为题材的八篇作品可确定为至元七年至至元十年赋闲时所作，赋作中所透露出来的抑郁与不平与耶律铸此阶段的心境相仿。

（清）钱熙彦编《元诗选·补遗》收其《上云乐》、《大道曲》、《真游挟飞仙》等诗。陈衍辑《元诗纪事》卷三收录其诗《高城曲》、《日将出》、《带将来》、《拟回文》、《磨剑行》、《赠坐竿道士并序》、《水平桥》、《题蓝采和图》、《山市吟》、《松声行》、《雪后吟》、《立秋前一日》。

唐圭璋主编《全金元词》收其词八首。《鹊桥仙·阆州得稼轩乐府全集，有西江月而今何事最相宜，宜醉宜闲宜睡。或曰，不若道宜笑宜狂宜醉。请足成之》、《太常引·题李隐君文集》、《眼儿媚·醴泉和高斋，遇炀帝故宫》、《木兰花慢·丙戌岁，游永安故宫，遍览太液池、莲瀛桂窟殿、天香阁，同坐中诸客，感而赋此》、《忆秦娥·赠前朝宫人琵琶色兰兰》、《南乡子·送人北行入燕作》、《满庭芳·西园席间用人韵》、《六国朝令·家园席间作》。

（清）丁丙《善本书室藏书志》卷三三，评其曰："法令雅乐多为赞定，经济文章绰有父风。"赵虎岩为《双溪小稿后》作序评曰："成仲生长北溟，十三作歌诗，下笔便入唐人之间奥，每一篇出，识者叹服。读其诗，容雅而体闲，意深而情婉，气修而色粹，调逸而声谐。抑之则纡余委备，扬之则条达疏畅！"

耶律季天

耶律季天，契丹人，陈衍辑《元诗纪事》卷三收录其残句："梦蝶岂知真是蝶，骑牛何必更寻牛。""《双溪醉隐集》：李隐卿名谷，与青城刘翁同舟至兰溪，卿大夫修生者馆之。道侣赠李诗云：'李郎涉世似虚舟，片帆来度楚江秋。'又毗陵家弟季天和此篇云云。老夫亦慕道者，次韵和之。"

石抹咸得不

石抹咸得不，又作闲得卜、憨塔卜，契丹人。石抹明安之长子，袭父职为燕蓟留后长官，称"燕京等处行尚书省事"，人称"大哥行省"。

生平事迹见（明）宋濂撰《元史》卷一百五十，列传第三十七；李修生主编《全元文》卷二。

李修生主编《全元文》卷二收其文二篇：《请真人长春公住持天长观疏》、《请丘神仙久住天长观疏》。《请真人长春公主持天长观疏》曰："谨请真人长春公住持天长观者。窃以必有至人，而后可以启个中机；必有仙阙，而后可以待方外士。天长观者，人间紫府，主上福田。若非真神仙人，谁称此道场地。仰惟长春上人，识超群品，道悟长生。舌根有花木香，胸襟无尘土气。寔人天之眼目，乃世俗之津梁。向也乘青牛而西迈，不惮朝天；今焉奉紫诏而南回，正当传道。幸无多让，早赐光临。谨疏。癸未年八月。"按：此癸年为至元二十年（1283）。

奥敦周卿

奥敦周卿，女真人。姓奥敦（汉译又作奥屯），名希鲁，字周卿，号竹庵，生卒年不详。（元）钟嗣成《录鬼簿》"前辈名公"栏作"奥殷周侍御"，系"奥敦周卿"的脱误。世祖至元六年（1269）为怀孟路（今河南境内）总管府判官，后历官河北、河南道提刑按察司事，江西、江东宪使，澧州路总管，至侍御史。以正直廉洁称，与杨果、白朴为同时人。

生平事迹在徐征、张月中主编《全元曲》卷十；赵志辉、邓伟、马清福《满族文学史》第一卷；李修生主编《元曲大辞典》中有载。

著有《乐府集》一卷，已佚。徐征、张月中主编《全元曲》卷十收录其小令［双调·蟾宫曲·咏西湖］一首；套数［南吕·一枝花·远归］两部。

《太和正音谱》列入一百五十词林英杰之中。其当时曲作甚有名，俞德邻《佩韦斋集》卷十有《奥屯提刑乐府序》评其曲作。张之翰《西岩集》中有《赠奥敦金事周卿》评曰："共传笔正如心正，独爱诗声似政声。"

夹谷之奇

夹谷之奇（？—1289），字士常，号书隐，女真人。其先出女真加古部，后讹为夹谷。后徙家于滕州。少孤，舅杜氏携之至东平，因受业于康晔。初授济宁教授，辟中书省掾。大兵南伐，授行省左右司都事。时阿合马当权，与行省官有隙，遣使核其财用。之奇职文书，亦被按问。张宏范率其属，诣使者言："夹谷都事素公清，若少有侵渔，宏范当与连坐。事闻，适御史台立，乃擢之奇佥江南浙西道提刑按察司事。既而，移佥江北淮东。至元十九年，召为吏部郎中，立黜陟之法，着为令。岁大旱，之奇请省经费，辍土木之役，以召和气，弭灾变。时论韪之。"夹谷之奇病逝后，王恽有诗《夹谷尚书哀挽》："品汇流行万不同，铨量平允尽清通。恩非出已知谁怨，天不遗贤见道穷。三复苦辞归汶上，一官催老掩曹东。茫茫大块升沉里，重为清朝惜至公。"

生平事迹在（明）宋濂撰《元史》卷一百七十四，列传第六十一；李修生主编《全元文》卷三七六；王叔磐、孙玉溱等选注《元代少数民族诗选》中有载。

王叔磐、孙玉溱等选注《元代少数民族诗选》载其《题周孝侯庙》一首，诗云："长桥涨晴波，南山滴空翠。清风孝侯祠，六月薄炎炽。苍然拥乔木，廊宇深以邃。升堂拜遗像，凛凛增壮气。缅怀绝尘姿，跅弛几自弃。一念狂圣分，千秋仰高义。义兴阻湖山，从古劳抚治。况当离乱后，生理多不遂。连州虎为害，接浦蛟作祟。故国神所游，阴相得无意。我来按兹郡，强御宁汝畏。恐被蛟虎徒，匿隐知暂避。不埋张纲轮，徒揽范滂辔。澄清怅何时，留诗志余愧。"李修生主编《全元文》卷三七六、苏天爵《国朝文类》卷十七收其文《贺正旦笺》一篇。

（清）邵远平著《元史类编》评曰："为文简严有法，多传于世"。

张孔孙

张孙孔（1233—1307），字梦符，号寓轩，契丹人。祖先出辽之乌若部，为金人所并，乃迁居隆安。父之纯，为东平万户府参议。夜梦谒孔子庙，赐以嘉果，已而孔孙生，遂以孔孙名之。及长，以文学知名，为元世祖忽必烈所重，至元初授户部员外郎，历湖北、浙西两道按察副使，升燕南按察使，召拜集贤大学士，致仕归。大德十一年（1307）卒，年七十五。

生平事迹在（明）宋濂撰《元史》卷一百七十四；李修生主编《全元文》卷二八四；王叔磐、孙玉溱等选注《元代少数民族诗选》中有记载。

孔孙善琴，工画山水、竹石，尤精于骑射。其书画作品流传极少。墨迹有《跋苏轼洞庭春色中山松醪二赋卷》。《全元文》卷二八四录其文四篇：《重修安乐儒学记略》、《清丰县重修庙学记》、《修庙学记》、《重修束晳祠碑记》。王叔磐、孙玉溱等选注《元代少数民族诗选》收录其二首诗：《风雨回舟图》、《岳阳楼》。《风雨回舟图》："风雨来时拨棹回，济川心事有谁知。停舟且做江湖梦，浪静风恬未是迟。"《岳阳楼》："城上元龙百尺楼，楼前范蠡五湖舟。江吞巨野偏宜夏，月度晴霄便是秋。天下江山无此观，古来西北是神州。自怜身属官仓米，负我同盟万里鸥。"

耶律希亮

耶律希亮（1247—1327），又名秃思忽，字明甫。契丹人，耶律楚材之孙，铸子。幼就学于燕京，后辗转于西域各地。中统四年（1263），被世祖召入朝，命为宿卫。他出身名相之门，从小聪慧过人，又受业于名师，一生受到了世祖、成宗、武宗的重视。世祖初即位，阿里不哥亦称大汗。耶律希亮被阿里不哥的重要将领浑都海拘留，后转辗流徙多年，历尽苦难，饱尝艰险，终于在上都（今内蒙古正蓝旗东北）见到了元世祖。至元八年（1271），任命他为奉训大夫、符宝郎。至元十四年（1279），转嘉议大夫、礼部尚书，不久升任吏部尚书。至元十七年（1282），耶律希亮告病辞官归田，退居僰阳二十余年。至大二年（1309），元武宗访求先朝旧臣，耶律希亮复出，出任翰林学士承旨、资善大夫，后擢知制诰兼修国史。曾编集世祖言行以进，英宗取其书，置禁中。泰定四年（1327）

卒，年八十一。

生平事迹见（明）宋濂撰《元史·耶律希亮传》。

耶律希亮平生好书史，善诗文。所著诗文及从军纪行录三十卷，目之曰《愫轩集》，今佚。

耶律希逸

耶律希逸，号柳溪，又号梅轩，契丹人，《元史·耶律楚材传》记载楚材有二子，长子名铉，次子即耶律铸。耶律铸有子十一人。柳溪似为耶律铉之子，生平事迹不详。陈衍辑《元诗纪事》卷四载为耶律柳溪，名未详，楚材孙。

生平事迹见陈衍辑撰《元诗纪事》卷四；王叔磐、孙玉溱等选注《元代少数民族诗选》等。

耶律希逸有多首诗歌传世，其中以《庶斋老学丛谈》所收《剪子》诗流传最广，诗云："体出并州性自刚，箧中依约冷光芒。双环对曲蜂腰细，叠刃齐开燕尾张。惯爱分花沾雨露，偏憎裁锦破鸳鸯。可怜戍妇寒窗下，一剪边衣一断肠。"此诗被清帝选入《御选宋金元明四朝诗》卷四十五（《四库全书》本），又被陈衍收入《元诗纪事》卷四。《庶斋老学丛谈》还收有耶律希逸一首诗的残句："角端呈瑞移御营，挞亢问罪西域平。"

耶律楚材家族在金元时期，祖孙数代均以文学见长，耶律希逸也是其中较为突出的一位。刘敏中盛赞他"博学多能，尤长于诗"。盛如梓亦称："耶律文献公、子中书令湛然居士、孙丞相双溪、曾孙宣慰柳溪，四世皆有文集，共百卷行于世。"

李直夫

李直夫，本姓蒲察，人称"蒲察李五"。元初女真族剧作家。生卒年不详，约元世祖至元末前后在世。居德兴府（今河北怀来县）。大德末年，曾官湖南肃政廉访使。钟嗣成《录鬼簿》将李直夫列入"前辈已死名公才人，有所编传奇行于世者"之列。钟嗣成《录鬼簿》称其为"女真人。德兴府住。即蒲察李五"，籍贯为保安州（今之河北怀来）。"蒲察"为女真姓，改汉姓为李。"李五"者，排行第五的意思。

生平事迹在李修生主编《元曲大辞典》；（元）钟嗣成《录鬼簿》卷上；徐征、张月中等主编《全元曲·杂剧》；孙楷第《元曲家考略》；王季思主编《全元戏曲》；赵志辉、邓伟、马清福《满族文学史》第一卷；王季思主编《全元戏曲》中有记载。

（清）缪荃荪编《藕香零拾》收录的元明善《清河集》卷二中有赠李直夫诗二首。其一为《送湖南李直夫宪使》，其二为《寄直夫》。

李直夫的杂剧在（元）钟嗣成《录鬼簿》和（明）朱权《太和正音谱》均有著录。《录鬼簿》著录为十一种，其题目较繁；《太和正音谱》著录为十二种，多了一个《火烧祅庙》，且题目较简。这些杂剧只有《虎头牌》流传于世，余皆失传。《太和正音谱》著录的十二种为《孝谏郑庄公》、《念奴教乐》、《水浒蓝桥》、《虎头牌》、《伯道弃子》、《歹斗娘子劝丈夫》、《错立身》、《夕阳楼》、《风月郎君怕媳妇》、《火烧祅庙》、《坏尽风光》、《占断风光》。

《录鬼簿》中有贾仲明的补挽词，称赞李直夫"德兴秀气直夫"。而这种"秀气"，与李直夫善于熔方言、俗语、女真语和书面语常用语于一炉是分不开的（见高人雄《古代少数民族诗词曲家研究》）。

石抹思诚

石抹思诚，契丹人，延佑中官奉政大夫，保宁等处万户府万户（清光绪二十七年《山右石刻丛编》卷三一）。

生平事迹见李修生主编《全元文》卷一二四五。

李修生主编《全元文》卷一二四五收其文一篇：《晋祠诗刻跋》。

徒单公履

徒单公履，字云甫，号颙轩。辽海人，女真人，生卒年不详。徒单为复姓。《金史·国语解》："徒单，汉姓曰杜。"公履为其名。徒单公履官至侍读学士，性情纯厚孝顺，学问该贯，并愿诲人，善于持论。元世祖将南伐驿时，曾召公履等人讨论计策。公履之建议有理可行，为世祖所采纳，曾官侍读学士。

生平事迹在王恽《秋涧先生文集·碑阴先友集》；赵志辉《满族文学史》第一卷；王叔磐、孙玉溱等选注《元代少数民族诗选》；马清福《波涛卷起千重唱·辽河流域文艺源流》中有载。

今存诗《春日杂咏》一首，收入王叔磐、孙玉溱等选注《元代少数民族诗选》，诗曰："东风帘幕半尘埃，歌舞台空昼不开。试问双飞新燕子，今年社日为谁来？"

孛术鲁翀

孛术鲁翀（1279—1338），字子翚，始名思温，字伯和，号菊潭，女真人。其祖先隆安（今吉林农安）人，生于江西赣江舟中，自幼勤学，从学于名人萧克翁，其学问益宏以肆，后来被姚燧荐作翰林国史院编修官。至元四年卒，年六十。赠通奉大夫、陕西行省参知政事、护军，追封南阳郡公，谥"文靖"。为官清廉，敢于直谏。

生平事迹见（元）苏天爵撰《滋溪文稿》之《公谥文靖孛术鲁公神道碑铭》；（明）宋濂撰《元史》；（清）顾嗣立、席世臣编《元诗选·二集》；李修生主编《全元文》卷一零二九；（清）钱大昕撰《廿二史考异》；柯劭忞《新元史》；赵志辉《满族文学史》第一卷；朱绍侯主编《中原文化大典》；张彬编者《中国古今书画家年表》；宋德宣著《满族哲学思想研究》等。

李修生主编《全元文》卷一零二九至卷一零三一收《张文忠公归田类稿序》等文二十九篇。

著有《菊潭集》六十卷，惜早已散佚。（元）苏天爵撰《滋溪文稿》有《公谥文靖孛术鲁公神道碑铭》一文，《学古录》收元虞集撰《子翚盦院画像赞》，《宋元学案》、《宋元学案补遗》、《元儒考略》、《元史类编》、《辍耕录》等书均辑有诗人的逸闻史料。缪荃荪辑《菊潭集》，卷一为诗，计收孛术鲁翀的诗八首，即《范坟诗》、《御宿行》、《阅故唐宫》、《题周公益墨迹》、《题公益答孙鲁斋帖》和《晋祠游咏三首》（包括《唐叔虞汾东王祠》、《奉酬张金宪韵》和《圣母祠祷雨》三诗），其中怀古吊古之作《范坟诗》、《阅故唐宫》和《晋祠游咏三首》思想内容丰富，具有一定的艺术性。《晋祠游咏三首》包括《唐叔虞汾东王祠》、《奉酬张金宪韵》和《圣母祠祷雨》三诗。（清）顾嗣立、席世臣编《元诗选·二集》收其诗六首：《范墳诗并序》、《御宿行》、《阅故唐宫》、《题周公益墨迹》、《题公益答孙鲁齐贴》、《晋祠三首》。王叔磐、孙玉溱等选注《元代少数民族诗选》收其诗二首，《晋祠》、《阅故唐宫》。《晋祠》："天泓雪蕾荫麓寒松，圣母祠前可鉴容。水利万家丰稻晦，山灵千古壮桐封。司炎政虐连云稼，使宪情深望雨农。一洒甘霖遍寰宇，泉关嚩起抱珠龙。"《阅故唐宫》："锦帆走灭淮海波，虹鬐起操汤武戈。荡民疮痏六朝下，天开百二秦山河。我来彷徨旧宫土，细麦繁花忽谁主？终南王气三百年，仙李春风一千古。春风吹梦天茫茫，玉楼金殿春云香。开元舞马散冥寞，纥干冻雀含悲凉。世态苍黄几烟雾，秦汉英灵不知处。昆仑河脉自西来，湘浦雁行今北去。"

孛术鲁翀的散文之作，存于世者见缪荃荪辑《菊潭集》。《菊潭集》卷二收孛术鲁翀序三篇，即《大元通制序》、《韵会举要书考序》和《张文忠公〈归田类稿〉序》。三篇序文均写得简约严明，论理清晰，文字流畅。《菊潭集》卷三、卷四所收的孛术鲁翀所撰碑铭十五篇，即《平章政事致仕尚公神道碑》、《忽神公神道碑》、《大都路都总管姚公神道碑》、《参知政事王公神道碑》、《监末赤公神道碑铭》、《河南行中省护军封南阳郡公韩公神道碑铭》、《赠同知陕州飞骑尉追封洛阳县男杨君世庆碑铭》、《员走路宣圣庙碑》、《燕居尚铭》、《安氏尊经堂铭》、《知许州刘侯氏爱碑》、《镇平县尹刘侯遗爱之铭》、《增修公廨碑铭》、《奉元明道宫修建碑铭》和《重建麻衣子神宇铭》。苏天爵《国朝文类》卷十四收《安氏尊经堂铭》、《知许州刘侯氏爱碑》，卷十八收《驻跸公文》，卷十九收《真定路宣圣庙碑》，卷三十六收《大元通志序》，卷四十八手《大都乡试策问》，卷六十八收《平章政事致仕尚公神道碑》、《大都路都总管姚公神道碑》、《参知政事王公神道碑》共九篇文章。孛术鲁翀的碑铭之作记叙翔实，充分记述了死者的生平经历和功德政绩；有记有议，在纪实的基础上也介绍了时人对死者功德的评论，反映了死者在当时的影响。文章"简奥典雅深合古法"。孛术鲁翀的碑铭文遵循了"铭诔尚实"的要求，如其《大都路都总管姚公神道碑》就是一篇记叙翔实、有记有论的好文章。

《宋元学案补遗》评孛术鲁翀曰："公之为学务博而约，自六经、诸史、传注，下至天文、地理、声音、历律、水利、算术，皆考其说。"

述律杰

述律杰（？—1356），一名铎尔直（朵儿只），字存道（从道），号鹤野，契丹人。先祖本是辽东贵族，辽太宗赐姓萧。金朝灭辽，改述律为石抹（意为奴婢）以贱辱之。杰曾祖石抹氏居太原曲阳，从元太祖征战有功，受四川保宁万户，子孙世袭。杰袭职，数请于朝，得复述律之姓。至正十五年（1355）以陕西行省参知政事守御潼关。次年九月，汝颍红巾军攻陷潼关，述律杰战死。好文学，为政文雅雍容。

生平事迹见李修生主编《全元文》卷一四三八。

李修生主编《全元文》卷一四三八收其文五篇：《启间华亭山大元禅寺碑文》、《重修大胜寺碑铭》、《宝珠山能仁寺之碑》、《滇南华亭山圆觉寺元通禅师行实塔名》、《玉案祖师雪安塔铭》。

石抹宜孙

石抹宜孙（？—1359），字申之，契丹人。籍贯不详（康熙《绍兴府志》卷之二十五·职官志一，"统辖"作"柳州人"）。其先世为辽之迪烈糺人。父石抹继祖为沿海上副万户。他袭父职，官至江浙行省参知政事。乱起，战死于处州。谥号"忠愍"。

生平事迹见《元史》卷一百八十八，列传第七十五；陈衍辑《元诗纪事》卷十八。

陈衍辑《元诗纪事》收录其诗一首。《妙成观掀篷和何宗姚韵》："结构新亭似胜前，登临历历瞰晴川。放怀喜解防秋戍，乘兴还操下濑船。从此入林堪避地，何妨坐井亦观天。东风回首春城暮，桃李依然种日边。"《元诗癸集》："在处州时，用刘基、胡深、叶琛、章溢诸人居幕府，自引诸名士投壶赋诗。尝构掀篷于妙成观，何宗姚首唱，一时和者数十人。"

刘庭信

刘庭信（约1300—约1370），原名廷玉，又名廷信，女真散曲作家。彭城（治所在今江苏徐州市）人居武昌（今属湖北省）。为刘国杰之后裔，元末南台御史刘廷幹之族弟，辈行第五，身高而黑，故俗呼"黑刘五"。先世为女真乌古伦氏，后改姓刘。善填词，出口成章。工散曲，题材多为怨别、相思。

生平事迹见（明）朱权《太和正音谱》卷上；徐征、张月中主编《全元曲》卷十一中有载。

刘庭信的词善道街市俚近之谈，变用新奇，能道人所不能道者，在元曲中别具一格。刘庭信的作品，现存小令三十九首，套数七套。其中 [双调·新水令·春恨]、[南吕·一枝花·秋景怨别]、[南吕·一枝花·春日送别] 三套曲盛传一时。

《全元曲》收录其小令 [正宫·塞鸿秋·悔悟]、[正宫·醉太平·忆旧]、[正宫·醉太平·走苏卿]、[中吕·朝天子·赴约]、[越调·寨儿令·戒嫖荡]、[双调·折桂令·忆别]、[双调·折桂令·隐居]、[双调·折桂令·题情]、[双调·水仙子·相思]、[双调·雁儿落过得胜令]十首。套数[正宫·端正好·金钱问卜]、[南吕·一枝花·秋景怨别]、[南吕·一枝花·咏别]、[南吕·一枝花·春日送别]、[中吕·粉蝶儿·美色]、[双调·新水令·春恨]、[双调·夜行船·青楼咏妓]七种。

《录鬼簿续编》谓其"有'枕头痕一线印香腮'[双调]，和者甚众，莫能出其右。又有'丝丝杨柳风'、'金风送晚凉'[南吕]等作，语极俊丽，举世歌之"。（元）杨维桢于《东维子集》卷十一《沈生乐府序》评刘庭信散曲曰："元乐府自疏斋、酸斋以后，小山局于方，黑刘纵于圆。局于方，拘才之过；纵于圆，恣情之过。"将其与著名散曲家张小山并提，称之为"一方一圆"，"一拘才一恣情"，各有优长。（明）《太和正音谱》卷上"古今群英乐府格势，元一百八十七人"中称"刘庭信之词，如摩云老鹘"。

石抹允

石抹允，契丹人，延佑间官云梦县尹，至正间任衡山知州（清乾隆二十二年《湖南通志》卷六十四）。

生平事迹见李修生主编《全元文》卷一一六零；清乾隆二十二年《湖南通志》卷六十四中有记载。

李修生主编《全元文》卷一一六零收其文一篇：《重修孔子庙记》。

蒲察景道

蒲察景道，女真人，生卒年不详。

生平见（乾隆）《蒲州志》；赵志辉著《满族文学史》第一卷；王叔磐、孙玉溱等选注《元代少数民族诗选》等。

蒲察景道今存诗《题德风新亭》一首，见（乾隆）《蒲州志》。诗云："雄构危亭跨古堉，翚飞轮奂接苍空。高明地位神仙府，豁达轩窗刺史胸。翠户晓开晴嶂碧，朱帘暮卷落霞红。吹嘘不啻封疆内，会听台章达九重。"用词新巧，对仗工整。

纥石烈希元

（清）邵远平《元史类编》认为"纥石烈希元，本辽巨族"。这里的

"辽"是指辽代契丹族，还是指辽地，未能指明。但《金史·国语解》中，女真姓氏确有"纥石烈"，"纥石烈曰高"。可见，纥石烈希元当为女真族。纥石烈希元是元代著名学者兼文学家。邵远平《元史类编》说他"隐居成都，笃志穷经，于《易象》、《春秋》二书，精考密察，深得先儒不传之秘。一生安贫乐道，不务虚名。所作诗文甚富，未尝出以问世，每闭门考击，殊有志于三代礼乐，谓百年可兴大德"。这大概就是今天见不到他诗文作品的原因。《宋元学案补遗》说他考察《易》和《春秋》"不背先儒训释之旨，自得圣人制作之微"。

生平事迹在（清）邵远平《元史类编》；（明）黄宗羲《宋元学案》；赵志辉《满族文学史》第一卷；马清福著《波涛卷起千重唱·辽河流域文艺源流》中有载。

著有《周易集传》一书，袁清容为之作序。

蒲察善长

蒲察善长，生平事迹无考。蒲察为女真族姓，由此知其为女真人。

生平事迹在徐征、张月中主编《全元曲》卷十；赵志辉、邓伟、马清福《满族文学史》第一卷；李修生主编《元曲大辞典》中有载。（元）杨朝英选编《乐府新编阳春白雪》、（明）郭勋选编《雍熙乐府》作"堵察善长"。

蒲察善长流传下来的作品并不多，今仅存有套数〔双调·新水令〕，包括《驻马听》、《乔牌儿》、《雁儿落》、《得胜令》、《川拔棹》、《七弟兄》、《梅花酒》、《收江南》、《尾》九支曲，徐征、张月中主编《全元曲》卷十有著录。其中《得胜令》曲云："担不得翠弯眉黛远山青，红馥馥桃脸褪朱唇。细袅袅杨柳腰肢瘦，齐臻臻青丝鬓绾云。天生下精神，更那堪十指纤纤嫩。描不就丹青，比天仙少个净瓶。"

（明）朱权《太和正音谱》将其列于"词林英杰"一百五十人之中。

兀颜思忠

兀颜思忠（一作师中），字子中，女真人，生卒年不详。邓绍基、杨镰编纂《中国文学家大辞典·辽金元卷》按："兀颜思忠，《草堂雅集》卷三误'兀颜'为'完颜'；《元诗选·癸集》误作兀颜师中。"其先为金之猛安（辖三千户以上）。师中于顺帝至正元年（1341）曾任南台御史，后历官总管。至正十二年与失海牙同复宝庆路，官至淮西廉访副使、湖南佥宪。在吴中，曾与玉山草堂觞咏之会，与王逢、朱德润交往密切。诗文均有时名，所作流传不多。

生平事迹见《御选元诗》；（清）顾嗣立、席世臣编《元诗选·癸集》；赵志辉著《满族文学史》第一卷；庄星华《历代少数民族诗词曲选》；王叔磐、孙玉溱等选注《元代少数民族诗选》中有载。

现存诗二首。（清）顾嗣立、席世臣编《元诗选·癸集》收其诗《双清秋月》二首，其一："古庙英灵在，神光射九州。乱山排万叠，一石砥中流。野水云边寺，夕阳烟外楼。倚栏时一笑，不见故人舟。"其二："高城木落见清秋，亭馆丹青在上头。落日远邀孤鸟没，苍山长夹两江流。东西舟楫通荆楚，咫尺栏干近斗牛。天地茫茫一杯酒，登临莫问古今愁。"

唐圭璋主编《全金元词》收其词《水调歌头·偕宪掾分司尉邑，偶得友人招隐之章，率尔次韵》一首："白云渺何许，目断楚江天。悲风大河南北，跋涉几山川。手线征衫尘暗，雁足帛书天阔，恨入短长篇。青镜晓慵看，华发早盈颠。叹流光，真逝水，自堪怜。明年屈指半百，勋业愧前贤。霄汉骖鸾无梦，桑梓归耕有计，醉且付高眠。寄谢鹿门老，待我共谈元。"

完颜东皋

完颜东皋，完颜氏人，女真人，生卒年不详。"完颜"原为女真部落名，完颜部建立金国以后，部落里的人民均以其部落名为姓。《金史·国语解》："完颜，汉氏曰王。"据此可以推断，完颜东皋为女真人。（清）顾嗣立、席世臣编《元诗选·癸集》称其曾做过"湖南廉访"。

生平事迹见（清）顾嗣立、席世臣编《元诗选·癸集》；赵志辉《满族文学史》第一卷；王叔磐、孙玉溱等选注《元代少数民族诗选》有载。

（清）顾嗣立、席世臣编《元诗选·癸集》和王叔磐、孙玉溱等选注《元代少数民族诗选》收录其诗《苏山》、《郴江》两首，《苏山》诗云："图画天开马岭山，仙家白鹿洞中看。泠泠瑞露春生树，冉冉香云昼绕坛。橘井有泉通玉液，桃源无路问金丹。他年拟卜烟霞计，只恐幽人矢解鞍。"《郴江》诗云："荆楚东南地，郴阳据上游。万山攒剑戟，一水注襟喉。邈矣昌黎庙，伤哉义帝丘。我来廉问俗，烟雨涨中洲。"

兀颜思敬

兀颜思敬，字子敬，兀颜师中之弟，女真人，生卒年不详。寓居东平（今山东东平），自称齐东野老。善书法，精于赏鉴。（雍正）《山东通志》称其为色目人，《元诗选·癸集》考其族属"兀颜"当为女真人。

生平事迹在《佩文斋画谱》；（雍正）《山东通志》；赵志辉《满族文学史》第一卷；车吉心、梁自洁、任孚先编《齐鲁文化大辞典》；李国钧主编《中华书法篆刻大辞典》中有载。

今存诗《题卢贤母卷》、《题李伯时三马图卷》两首。《题卢贤母卷》诗云："兵尘十年余，世道苦浇横。开卷觌斯文，起为贤母敬。夫君昔盛年，宦仕屡秉政。内助得恭人，清修名愈称。慈抚前遗孤，视与己儿并。邻媪将自残，拾财生彼命。蔼然仁义心，天锡有余庆。薄葬西山云，风木助悲兴。嗣子处士君，文行践欧孟。高风凛千载，列史著嘉行。"《题李伯时三马图卷》诗云："古人画马形与骨，今人画马色与肉。唐有韩幹笔意高，宋有龙眠可相续。今朝偶见西马图，眼如悬铃膝团曲。短骏两耳双竹批，风入四蹄如铁蹜。宗伯老苏亦闲雅，赞以诗文过金玉。呜呼安得九方皋，见此应须少回瞩。"

乌古孙良桢

乌古孙良桢，字幹卿，自号约斋，女真人，生卒年不详。其祖先为女真乌古部，后"乌古"变为姓氏。乌古孙良桢世居临潢，后转徙大名。其父乌古孙泽，历官广南西道、宣慰副使，寻转海南北道廉访使，所至多惠政。艰于嗣，年五十余，夫人杜氏始生子，曰良桢。良桢自幼凝重好学，好读书，资质绝人。至治二年，荫补江阴州判官，调婺州武义县尹，改章州路推官。为官清廉，"狱有疑者，悉平反之"。后转延平判官，拜陕西行台监察御史。后来，良桢曾因言不尽行而解职。顺帝元统初年，复起为监察御史。至正四年，召为刑部员外郎，转御史台都事。五年，改中书左司都事，出为江东道肃政廉访司副使。上官一日，辞归。九年召参议中书省事，再迁参知政事，历左丞兼大司农卿。至正十四年后，良桢转辗各地为官。晚年病瘠遂卒。

生平事迹在（明）宋濂撰《元史》卷一百八十七；（清）邵远平撰《元史类编》；赵志辉《满族文学史》第一卷；李修生主编《全元文》卷

一七零一；马清福著《波涛卷起千重唱·辽河流域文艺源流》中有记载。

李修生主编《全元文》卷一七零一收其文二篇：《求贤自辅疏》、《请国从礼制疏》。《元史》称："有诗文奏议若干卷，藏于家"，惜未见传世。

赤盏希曾

赤盏希曾，字希曾，生卒年不详。元代女真画家兼诗人，其祖为肃慎贵族。张以宁（翠屏先生）《翠屏集·历代画史汇传》作"赤盏·布"。《中国画家人名大辞典》认为是误写。赤盏希曾为张作画，张赋诗以赠，诗前小序介绍了赤盏希曾的生活和诗艺造就："赤盏为肃慎贵族，于今为清门。希曾，其字者。读书，为诗、善鼓琴且工墨菊，有新意。为予作四幅，留其二。征诗，为赋此云"。

生平事迹见赵志辉《满族文学史》第一卷；邱树森、穆鸿利《辽宋夏金元史》；潘天寿《中国绘画史》等。

赤盏希曾是一位多才多艺的诗书画俱佳的文人，其常与张以宁互赠诗画，说明两个人的友谊是很深的。张以宁的诗高度赞扬了赤盏希曾的绘画成就："昔人画梅如相马，此意其在郦黄者。希曾墨菊乃似之，是何奇趣幽且雅。松窗无人高卧起，池水尽黑临书罢。玄霜玉碗捣秋风，露湿吴纨净潇洒。金钱失却汉宫秋，蛱蝶飞来怨清夜。曩予步屧东篱下，采采黄花不盈把。即今却似雾中看，老眼摩挲忽惊诧。熟视经营惨淡余，希曾岂是寻常画。坡翁墨花诗更奇，我今材薄况衰谢。醉来墨沈倒淋漓，自拭乌丝为君写。"可惜的是赤盏希曾的画和诗均不见流传于今日。

温迪罕氏

据《宋文宪公全集》卷十六《寄和右温迪罕诗卷序》可知，元代女真诗人中尚有温迪罕氏的生平事迹，生卒年不详。温迪罕氏生于元末明初。家于汴梁，资秉素美，久游淮海，尝从恕斋班先生学作词章，元末入西域，明时官居右辖。

生平事迹在赵志辉《满族文学史》第一卷中有载，其诗不见传世。

参考文献

[1]（明）宋濂撰：《元史》，中华书局1976年版。

[2]（清）王士禛：《池北偶谈》，中华书局1982年版。
[3]（清）顾嗣立、席世臣编：《元诗选》，中华书局1987年版。
[4]（清）屠寄撰：《蒙兀儿史记》，中国书店1984年版。
[5] 雒竹筠遗稿、李新乾编补：《元史艺文志辑本》，北京燕山出版社1999年版。
[6] 柯劭忞：《新元史》，开明书店1935年版。
[7] 隋树森：《全元散曲》，中华书局1989年版。
[8] 荣苏赫、赵永铣主编：《蒙古族文学史》，内蒙古人民出版社2000年版。
[9] 鲜于煌选注：《中国历代少数民族汉文诗选》，民族出版社1988年版。
[10] 李修生主编：《全元文》，江苏古籍出版社1998年版。
[11] 谢启晃等编：《中国少数民族历史人物志》，民族出版社1983年版。
[12] 解玉峰编注：《元曲三百首》，中华书局2009年版。
[13] 云峰著：《蒙汉文学关系史》，新疆人民出版社1997年版。
[14] 陈衍辑撰：《元诗纪事》，上海古籍出版社1987年版。
[15] 赵相璧：《历代蒙古族著作家述略》，内蒙古人民出版社1990年版。
[16] 郑传寅主编：《元曲鉴赏》，长江文艺出版社2009年版。
[17] 蔡铁鹰著：《〈西游记〉的诞生》，中华书局2007年版。
[18] 田同旭著：《元杂剧通论》，山西教育出版社2007年版。
[19] 何锐选注：《元曲三百首》，巴蜀书社2008年版。
[20] 史仲文主编：《中国艺术史》戏曲卷，河北人民出版社2006年版。
[21] 林干主编：《塞北文化》，内蒙古教育出版社2006年版。
[22] 郎樱、扎拉嘎主编：《中国各民族文学关系研究·元明清卷》，贵州人民出版社2005年版。
[23] 李陶著：《中国少数民族古代近代文学概论》，辽宁民族出版社2001年版。
[24] 朱一玄、刘毓忱编：《西游记资料汇编》，南开大学出版社2002年版。
[25] 郭卿友主编：《中国历代少数民族英才传》，甘肃人民出版社2000年版。
[26] 乌兰杰著：《蒙古族音乐史》，内蒙古人民出版社1998年版。
[27] 慎独居人选注：《元曲三百首（精选善本）》，四川文艺出版社2001年版。
[28] 张月中主编：《元曲通融》，山西古籍出版社1999年版。
[29] 中国蒙古史学会编：《中国蒙古史学会论文选集》（1981），内蒙古人民出版社1986年版。
[30] 高文德编著，蔡志纯等撰稿：《中国少数民族史大辞典》，吉林教育出版社1995年版。
[31] 郭卿友：《中国历代少数民族英才传》，甘肃人民出版社2000年版。
[32] 王叔磐等选注：《元代少数民族诗选》，内蒙古人民出版社1981年版。
[33] 毛星主编：《中国少数民族文学》，湖南人民出版社1983年版。
[34] 铁木尔·达瓦买提编：《中国少数民族文化大辞典》西北地区卷，民族出版

社1999年版。

[35] 高文德主编:《中国民族史人物辞典》,中国社会科学出版社1990年版。
[36] 孙楷第:《元曲家考略》,上海古籍出版社1981年版。
[37] 张景星等选编:《元诗别裁集》,上海古籍出版社1997年版。
[38] 张迎胜著:《元代回族文学家》,人民出版社2004年版。
[39] 王文才编著:《元曲纪事》,人民文学出版社1985年版。
[40] 李森译注:《元曲三百首译析》,吉林文史出版社2005年版。
[41] 邓元煊选注:《元曲三百首》,巴蜀书社2008年版。
[42] 马冀编集校注:《杨景贤作品校注》,内蒙古大学出版社2001年版。
[43] 齐森华等主编:《中国曲学大辞典》,浙江教育出版社1997年版。
[44] 任讷、卢前编选:《元曲三百首》,三晋出版社2008年版。
[45] 王叔磐、孙玉溱:《古代蒙古族汉文诗选》,内蒙古人民出版社1984年版。
[46] 任中敏编,李之亮译注:《白话元曲三百首》,岳麓书社2003年版。
[47] 李汉秋、朱世滋主编:《元曲四百首注释赏析》,中国工人出版社1997年版。
[48] 朱世滋等主编:《历代名曲千首》,北京燕山出版社2000年版。
[49] 张月中主编:《元曲研究资料索引》,河北大学出版社1992年版。
[50] 庄星华选注:《历代少数民族诗词曲选》,内蒙古人民出版社1986年版。
[51] 傅德岷、卢晋著:《品元曲》,上海科学技术文献出版社2010年版。
[52] 郑传寅主编:《元曲鉴赏》,长江文艺出版社2009年版。
[53] 赵义山选注:《元典选》,上海古籍出版社2008年版。
[54] 杨义主编,邓绍基、王菊艳选注译评:《元曲选评》,岳麓书社2006年版。
[55] 陈辰编译:《元曲精品赏析》,中国戏剧出版社2006年版。
[56] 云峰:《元代蒙汉文学关系研究》,民族出版社2005年版。
[57] 徐征、张月中等主编:《全元曲》,河北教育出版社1998年版。

下 编

明代少数民族汉语文创作诗文叙录

凡 例

一、本叙录明代卷收录明代自洪武元年（1368）至崇祯十七年（1644）间从事汉语文创作的少数民族人士八十三人。

二、本叙录所指汉语文创作主要指诗词曲与散文创作，散文包括古文与骈文。

三、作家的排列先以族属为序，先后为回族、蒙古族、壮族、土家族、纳西族、彝族、白族、苗族等八个民族；各个民族又按作家的出生年排列，生年相同者，则按卒年先后依次排列；生卒年不确者，则依据史料所载其活动年代或与其交游人物的生活年代，插入适当位置。

四、叙录内容主要包括作家简介，包括生卒年、字号、族属情况、籍贯、科第、仕履、亲友、师承、学术渊源；创作基本情况即文学活动，别集及作品流布情况，着重关注版本流传情况；最后为作品及其文学成就的评价问题，评价原则上引述前人有代表性的话，评价或褒或贬，或兼褒贬者，均予以引述。

五、作家生平资料，主要依据正史、笔记及金石资料以及大陆及台湾出版的各类工具书、史志目录、地方志、年谱、别集、家乘，以及各省区民委古籍办所藏孤本资料。

六、坚持实事求是的原则，在考证的基础上，客观准确地著录作品及著者生平事迹，不溢美，不隐恶，不穿凿附会。有分歧者，则必作考证，或采择一说，或存疑待考。

七、对于跨越元明或明与清的作家，主要文学活动在元代或清代的，不予著录；主要文学活动在明代，但其作品著于元或清代者，也不著录。

八、基于明代少数民族汉语文作家人数少，参考文献统一置于本编之后。

回　族

丁鹤年

丁鹤年（1335—1424），字永庚，号友鹤山人，西域人。曾祖阿老丁为巨商，以其资归元世祖，世为显官。父职马禄丁，以世荫主临川县簿，后升迁为武昌县达鲁花赤，有惠政，解官后便留居武昌。鹤年自以家世仕元，不忘故国，顺帝北遁后，饮泣赋诗，情词凄恻，晚学浮屠法，庐居父墓，明永乐间卒。丁鹤年年十八，值兵乱，仓促逢母走镇江。母殁，后为逃避战乱，辗转流离，以教书、卖药为生。诗人好学洽闻，精诗律，楚昭、庄二王咸礼敬之，正统中，宪王刻其遗文行世。丁鹤年出身于一个由商入宦、四代仕元的家庭，丁鹤年有兄四人，从小就受儒家教育，熟读儒家经书，有三人进士及第。丁鹤年一生辗转，先后于镇江、奉化、浙东一带避难。明初政局稍定，在定海"海潮"定居。于洪武十二年回武昌为父母迁葬，之后游遍蜀、湘、赣等地的大好河山，晚年屏绝酒肉，于杭州父墓旁结庐终老。

生平事迹见（明）钱谦益《列朝诗集小传》甲前集《丁高士鹤年》；（明）戴良《九灵山房集》（《四部丛刊》本）卷十九《高士传》；（明）乌斯道《春草斋集》（1915年张氏约园刊《四明丛书》本）卷七《丁孝子传》；（清）顾嗣立、席世臣编《元诗选·初集》下三之辛集；（清）张廷玉《明史·文苑一》卷二百零五《丁鹤年本传》；（清）徐逢吉《清波小志》卷上《丁鹤年》；（清）梁绍壬《两般秋雨盦随笔》卷六《丁鹤年》；（清）曾廉《元书·隐逸传下》；（嘉庆）《重修一统志》卷三百三十七《丁鹤年小传》。（雍正）《浙江通志》亦有记载；（清）柯劭忞《新元史·文苑下》；陈垣《元西域人华化考》；吴建伟《回回旧事类记》；答振益编著《湖北回族古籍资料辑要》对古籍记载之丁鹤年的生平资料加以梳理整理；丁生俊《丁鹤年》记载其生平较为详尽；白寿彝的《中国回回民族史》（下）；张迎胜、丁生俊主编《回族古代文学史》；杨镰《元西域诗人群体研究》；朱昌平、吴建伟的《中国回族文学史》；周绍祖主编《西域文化名人志》；海正忠的《古今回族名人》；穆德全《略谈元末回回诗人丁鹤年》；导夫著《丁鹤年诗歌研究》；丁生俊《丁鹤年》及著作《丁鹤年诗辑注》；导夫《丁鹤年诗集主要版本叙录》等。

丁鹤年著有《丁鹤年集》传世，另有诗评一则。定居海巢期间，曾编辑两部诗集，一部为《海巢集》，另一部为《皇元风雅》。今存鹤年集通行者有两本：《艺海珠尘》本三卷，题曰《丁孝子诗集》；《琳琅秘室丛书》本四卷，题曰《丁鹤年集》。（明）管时敏《蚓窍集》所作的评语，诗集刊印时，也将丁鹤年的评语刻了进去。《〈蚓窍集〉跋》记载"此集亦出鹤年评骘"。买买提·祖农、王戈丁主编的《中国历代少数民族文论选》收录丁鹤年的诗评一则，选自明永乐刻本《蚓窍集》。吴建伟主编的《回回古文观止》亦收录丁鹤年的《蚓窍集评语》一篇，丁鹤年收集和编选元代著名诗人作品的两本诗集，皆请其好友戴良作序，序文分别保存在戴良《九灵山房集》卷二十一和卷二十九中。另有《鹤年诗集》三卷，《海巢集》、《哀思集》、《方外集》、《方外续集》各一卷，留诗三百多首，被后人编入《丁鹤年集》和《丁孝子集》。该诗集正文前有序，后有跋，共分三卷，卷一为五言古诗，卷二为七言古诗，卷三为四言铭。丁鹤年精于诗律，创作内容广博，有感怀、赠送、咏物、题画、登临、怀古等各种内容，风格独特。他把自己对祖国命运的担忧，对久别故乡的怀念，以及对坎坷生活道路的余悸，全都倾注在自己的创作中，这类感时忧国的诗篇在其作品中占有很大的比重。他还善于描写大自然，写有不少山水诗、田园诗，通过写景来抒发感情。此外，书中还有个别与僧侣的唱酬之作。有清手钞本，收入清文渊阁《钦定四库全书》集部。收入《回族典藏全书》第154册的清手钞本，为线装，楷体，墨书。保存完好。《回族典藏全书总目提要·艺文类》收录此集。

（清）顾嗣立、席世臣编《元诗选·初集》下三之辛集录其诗《采莲曲》、《题天柱山图》、《画蝉》、《题江亭柳色图》、《次先兄太守题柱韵》、《长江万里图二首》、《题落花芳草白头翁》、《汨汨》、《送四兄往杭后寄》、《逃禅室卧病简诸禅侣》、《登北固山多景楼》、《幽期》、《春日海村三首》、《寓慈湖僧舍次龙子高提举韵》、《武昌南湖度夏》、《客怀》、《病衰》、

《题画》、《岁晏百忧集二首》、《悼亡》、《逃禅室述怀十六韵》、《送铁佛寺盟长老还襄阳》、《赠相者姜奉先》、《题余姚叶敬常州判海隄卷》、《寄武昌南山白云老人》、《兀兀》、《劳劳》、《脱太师》、《靳公子》、《故宫人》、《雪后泛东湖》、《题凤浦方氏梧竹轩》、《暮春感怀二首》、《奉寄王宣尉兼呈九灵先生》、《奉寄九灵先生二首》、《寄定海故将军邵公辅》、《逃禅室与苏伊举话旧有感》、《寄余姚滑伯仁先生》、《题太守兄遗稿后》、《兵后还武昌二首》、《苦阵亡仲兄烈瞻万户》、《题昌国普陀寺二首》、《樊口隐居》、《戏赠刘云翁》、《长江万里图》、《钱唐怀古》、《戏赠应修吉》、《重到西湖》、《夜宿染上人溪舍》、《观太守兄昌国劝农》、《寄西湖林一贞先生》、《送人归故园》、《寄胡敬文县尹》、《海巢》、《渡郢江后寄陆时敏陈可立》、《元夕》、《迁葬后还四明途中寄武昌亲友》、《九日登定海虎蹲山》、《避地》、《异乡清明》、《寓奉化寺寄菩提寺住》、《奉寄恕中韫禅师》、《题东湖青山寺古鼎铭长老钟秀阁》、《悼湖心寺壁东文上人》、《山居诗二首呈诸道侣》、《自咏五首》、《上明州太守荼子俊》、《过安庆追悼余文贞公》、《读应奉兄登科记怆然伤怀因成八韵》、《题建昌王子中桥亭八景》、《敬书宸翰后》、《题弗郎天马图》、《暮春》、《题画》、《题万岁山玩月图》、《题画葡萄》、《梧桐》、《闻箫》、《闻雁》、《题梅花扇面寄五十金宪》、《题族兄马子英进士梅花》、《赠表兄赛景初》、《题雁》、《红梅》、《水仙花二首》、《竹枝词二首》、《题定海乐节妇刘氏沿江泣寻夫尸卷》、《题唐申王三骏图》、《戏题明皇照夜白图》、《武昌南湖度夏》、《赠李仙姑》、《次小孤山》、《题风雨归舟图》、《寄张左瞽》等诗。

陈衍辑撰《元诗纪事》卷二十六录其诗《过九江追悼李子威太守》、《昏瞆一首》、《题猫》、《竹枝词》、《咏蝉》、《采莲曲》、《长江万里图》、《题凤浦方氏梧竹轩》、《逃禅室与苏伊举话旧有感》九首。

张景星、姚培谦等编选《元诗别裁集》卷四，录其诗《武昌南湖度夏》一首，诗云："南浦幽栖地，当门庵画开。青山入云去，白雨渡湖来。石润生龙气，川光媚蚌胎。芙蕖三百顷，何处著炎埃？"

（明）戴良《鹤年吟稿序》称："（鹤年）古体歌行皆清丽可喜。而注意之深用功之至，尤在于五七言律。其措辞命意，多出杜子美，而音节格调，则又兼得我朝诸阁老之所长。其入人之深，感人之妙，有非他诗人所可及。"

（明）乌斯道作《春草斋文集·丁孝子传》中说："（丁鹤年）穷经博

史,尤工于诗。"戴叔能作《高士传》,以申屠蟠拟之。序其诗"注意之深,用工之至,尤在于五七言近体"。澹居老人题《海巢集》亦云:"忠义慷慨,有《骚》、《雅》之遗意。鹤年家世仕元,诸兄之登进士第者三人,遭时兵乱,不忘故国,尝有句云'行踪不逐枭东徙,心事惟随雁北飞',亦可悲也。"

虎伯恭

虎伯恭,字不详,西域人,居钱塘。生卒年均不详,约元末明初间前后在世。据天一阁本《录鬼簿续编》,"虎伯恭,西域人,与弟伯俭、伯让以孝义相友爱。日以考经行史为事,发明性理之学。与余(贾仲明)为忘年交,不时买舟载酒,作湖山之游。当时钱塘风流人物,咸以君之昆仲为首指云"。

其生平事迹在钟嗣成、贾仲明著、浦汉明校《新校录鬼簿正续编》;白寿彝主编《回族人物志》;周绍祖主编《西域文化名人志》;白寿彝总主编《中国通史·中古时代》第九卷;高文德主编《中国民族史人物辞典》中均有记载。

虎伯恭常与友人"作湖山之游,当时钱塘风流人物,咸以君之昆仲为首指云。"惜其诗曲未有留传。虎伯恭才学横溢,《录鬼簿续编》评其:"诗学韦柳,字法献羲。至于乐府、隐语,靡不究意。"

沐 昂

沐昂(1379—1445),字景高(又作景颙),原籍安徽定远,明朝初期西平侯沐英第三子。明成祖时,其二兄黔国公沐晟领兵镇守云南,朱棣遂越级提拔沐昂为都指挥同知,让他随军锻炼。初为厢军左卫指挥佥事。成祖将使晟南讨,乃擢昂都指挥同知,领云南都司,累迁至右都督。正统四年佩将印,讨麓川,抵金齿,畏贼盛迁延者久之。参将张荣前驱至艺部败,昂不救,引还,贬秩二级。思任废入寇,击却之,又捕斩师宇反者。六年,兵部尚书王骥定西伯蒋贵将大军讨思任废,昂主馈运,贼破,复昂职,欲督军捕思任废,不能得。战功卓著,不久升为右都督。正统四年,西南少数民族地方首领思任叛乱,沐昂随沐晟出征。在军中,沐晟因病暴亡,沐昂受命代镇云南。正统十年,沐昂死于云南,卒,赠定边伯,谥"武襄"。沐昂喜好诗文,常与文士交往。

生平事迹见（清）张廷玉等编《明史》卷一二六《沐昂本传》；（清）陈田辑撰《明诗纪事·乙籖目》卷十五；李建军《明代云南沐氏家族研究》；朱彝尊著，郭绍虞主编，姚祖恩编，黄君坦校点《静志居诗话》；朱昌平，吴建伟主编《中国回族文学史》；袁嘉谷《滇绎·沧海明珠》；李春龙、刘景毛《正续云南备征志精选点校》；诸葛元声《滇史》；高文德主编《中国民族史人物辞典》；白寿彝主编《回族人物志》；马学良主编《中国少数民族文学史》等。

著有《素轩集》十二卷，《沧海遗珠》四卷。刘文征撰、古永继点校《滇志》卷二十七《艺文志》第十一之十录沐昂《海源寺》诗歌一首；卷二十七《艺文志》第十一之十一录沐昂《曲江》诗歌一首。《沧海遗珠》于宣德末年编成，正统初年刊行于世，清代收入《四库全书》集部。关于《遗珠》所载篇目，杨士奇《序》说有三百余篇，袁嘉谷说实有二百七十篇。以文渊阁《四库全书》本计，包括一题下有多首者，《沧海遗珠》收诗二百七十五首。

《素轩集》共十二卷，卷一至卷十为诗，卷十一为序，卷十二为记、跋，共收诗九百余首，文二十一篇。此书初刻于天顺年间，嘉靖时因"旧板脱裂，乃辑所未备再梓"。今仅见钞本，前有"耶和道人丁立中"题记，称"光绪乙未（1895）春日得此书于汪氏"。

其诗风格清新，情感丰盈，充分表达了作者对友情的珍视、对自然的热爱以及人生的抱负。初刻于明天顺年间，后世多有刻本和钞本。南京图书馆等有收藏。钞本曾收入《云南丛书初编》。

《沧海遗珠》四卷，为沐昂所编诗选。该诗选共编选了明朝初年贬居云南的朱经、方行等二十人的诗作计三百余首。每人姓名之下各注其字号里居，所选作品多是流连风景和题画之作，其风格也多平和婉丽，清新畅达。所收录之作者大多是江浙人，或元末明初长期在江浙生活过的，被远谪云南，对家乡的思念是其诗歌的重要主题，在许多流连风景和题画诗中多蕴含有无奈和悲哀。书中所收二十人皆无专集传世，其诗作赖此集以传。名曰"遗珠"，取义为明初诸诗选如《雅颂正音》等所遗漏。收入文渊阁《四库全书》。各大图书馆多有收藏。

（清）朱彝尊《静志居诗话》评价其《素轩集》曰："定边平麓川之寇，威著西南，而能以余暇，留情文咏，辑明初名下士官于滇及谪戍者，自郏仲经以下二十一家，诗凡二百五十首，目曰沧海遗珠。杨东里序之，谓当时选录诸家，刘仔肩过略，王俌虽精且详，犹未免有遗。惟沐公所择，和平婉丽，可玩可传。其赏识如此。"《沧海遗珠》具有很高的文献价值。在文渊阁《四库全书》本《遗珠》目录之后，四库馆馆臣按云："其去取颇为精审，在明初总卷之中犹可称善本，非万历以后诸选声气标榜，珠砾混淆，徒灾梨枣者比也。"杨慎的《溪渔诗集序》亦极言《遗珠》之珍贵，说"其诗与《鸣盛集》及《选粹编》埒工媲美"。《四库全书总目提要》则称："以其为刘仔肩、王俌诸家诗选所不及，故名曰《遗珠》。……此编去取颇精审，所录多斐然可观。自古以来武人能诗者代代有之，以武人司选录，而其书不愧善本者，惟此一集而已，是固不可不传也。"《四库全书》该书提要中杨士奇序称该书"其诗大抵清楚，则和平婉丽，极其趣韵，莹然夜光明月之珍，可爱可玩而可传也。"

（清）陈田辑撰《明诗纪事·乙籖目》卷十五，录其《和逯先生闻砧韵》一首，并评价《沧海遗珠》曰："此编去取精审，所录多斐然可观。自古以来，武人能诗者，代代有之，以武人司选录，而其书不愧善本者，惟此一集而已。"

韩　雍

韩雍（1422—1478），字永熙，长洲（今江苏吴县）人。正统七年（1442）进士。授御史衔。负气果敢，以才略称。巡按江西，镇压叶宗留、邓茂七起义。景泰中擢右佥都御史，巡抚江西，劾宁王得罪，勒致仕。天顺间复官，历官大理少卿、兵部右侍郎。宪宗成化初以右佥都御史镇压广西大藤峡瑶、壮各族起义军，俘杀首领侯大苟，截断江上大藤，改地名为断藤峡。迁左副都御史，提督两广军务。后请分设广东、广西两巡抚，朝命从其请，仍使以总督专理军事。成化九年，韩雍遭广西镇守宦官黄沁诬陷，以"贪欲纵酒，滥赏妄费"去职还乡。家居五年后，于成化十四年（1478）逝世。正德间，赐谥"襄毅"，著有《襄毅文集》十五卷。

生平事迹见（清）张廷玉等著《明史》卷一七八；许焕玉等主编《中国历史人物大辞典》；朱昌平，吴建伟主编《中国回族文学史》；吴文治主编《明诗话全编》。

《襄毅文集》十五卷，其中诗八卷、文七卷。卷一为五百首古诗，卷二为七言古诗，卷三为五言律诗，卷四至卷七为七言律诗，卷八为七言绝句，卷九为记，卷十和卷十一为序，卷十二为跋，卷十三为行状，卷十四为墓志铭，卷十五为祭文。

马文升

马文升（1426—1510），字负图，别号约斋，晚年先后更号友松道人、三峰居士，世居钧州（今河南禹州）。自幼"性颖敏，七岁读书，即通大义"。正统十二年（1447）中举人，景泰二年（1451）中进士。历任山西、湖广巡按，福建按察使。成化初，巡抚陕西，与总督项忠平定满四起事。成化十二年（1476），以兵部右侍郎整饬辽东军务。成化二十年（1484），巡抚辽东。次年任漕运总督。弘治中历任兵部、吏部尚书。正德二年（1510）权阉刘瑾乱政，被罢官。归钧州后，于正德五年（1510）辞世。帝赠特进光禄大夫、太傅，谥"端肃"。马文升是经历景泰、天顺、成化、弘治、正德五朝的元老重臣和明代中叶最杰出的回族政治家。马文升做官五六十年，出将入相，为明王朝呕心沥血，史家评他"有文武才，长于应变，朝端大议，往往待之而决，功在边镇，外国皆闻其名"，称其为"一代伟人"。

生平事迹见（清）张廷玉《明史》卷一八二载《马文升传》；《马端肃公奏议》卷首《马公行略》及《马公墓志铭》；朱昌平、吴建伟主编《中国回族文学史》；海正忠主编《古今回族名人》；白寿彝主编《中国回回民族史》（下）；李翰文编著《话说明代帝王》；丁国勇著《回族史话》；军事科学院战争理论与战略研究部编《中国将帅名录·五代至清代卷》；朱孟阳编著《细说明代十六朝》（下）；王和平主编《禹州历史名人胜迹》；李国祥编《明实录类纂·人物传记卷》；王毓铨编《中国通史》卷九；马建民《〈马端肃公诗集〉刊刻、流传及价值初考》。

著有《马端肃公诗集》和《马端肃奏议》行世。文史籍载，文升"能以功名全其始终"，"好学读书，春秋虽高，手不释卷，凡子史及性理诸书皆能熟记，为文尚理趣，诗亦典重，有《约斋集》及《奏议》、《三事记》若干卷行于世"。《约斋集》已佚，《奏议》今有《马端肃公奏稿》十六卷本、《马端肃公奏议》四库全书十二卷本。另外，马文升还有《西征石城记》、《抚安东夷记》、《兴复哈密记》三篇记述自己经历的散文，合称《马端肃公三记》，流传于世，有多种版本。诗人诗歌分为写景纪游、时政民生、酬唱赠答、谪居述怀、咏物咏史等几大类。马文升一生驻防西北，巡抚辽东，安定南疆，足迹踏遍祖国山山水水，常至一地，见景生情，有感而发，留下许多内容深厚、境界高远的佳作。如《赴关中巡抚成子秋晓度函关》、《睹古长城因述一律》等。诗人常以政治家的眼光来观察、分析边塞的现状,把战争与国家的安危、人民的苦乐联系起来考虑。如《自渔阳至卢龙道中有作》等。

《马端肃公诗集》又名《约斋诗集》,该诗集付梓于明万历庚寅年(1590),共收有马端肃公诗词作品三百四十五首,即七言律诗二百六十四首,七言绝句诗三十首,六言绝句诗一首,五言律诗二十九首,五言绝句诗二首,七言古风三篇,五言古风十篇,词一阕。正文前有毛在《太师马端肃公诗集序》,评价说:"大都揽山川夷险之形胜,酬荐绅交游之赠答,怀君父生成之大德,感古今兴替之异宜"。"其言深厚和平,沉郁典雅,讽乎有先民遗风,凿凿乎有布帛菽粟之味。至于运筹帷幄,克敌制胜则又以慷慨激烈之辞,发摅其忧国筹边之志。"此书对回族文学及回族人物研究均有参考价值。有明落思刊本,文瑞楼吴潢川藏板。

(明)李逊学在《太师马公行略》中评价说:"为文不事雕琢,若大羹玄酒,自有喜味。声诗无媟嫚语,皆自忠爱中流出。海内之士,得其篇章者乐诵之。"

锁懋坚

锁懋坚,杭州人,生卒年不详。有诗名,惜其无诗留存。

生平事迹见白寿彝《回族人物志》(上)。

今存其《沉醉东风》和《菩萨蛮·送春》各一阕。《菩萨蛮·送春》见(清)王昶辑《明词宗》卷一二,中华书局(民国)《四部备要》本。

《沉醉东风》曰:"风过处,香生院宇。雨收时翠湿琴书。移来小朵峰,幻出天然趣。倚阑干,尽日披图。谩说蓬莱恐是虚,只此是神仙洞府。"

这首词是诗人在成化年间游苕城(今浙江吴兴)时所作。时人对锁懋坚敏捷的才思和清丽的文笔,十分赞赏,一时传为佳话。

丁 仪

丁仪(1472—1521),字文范,号汾溪,丁炜同族。福建晋江(今泉州)人,学者称其为汾溪先生。明弘治十八年(1505)进士,先后任海宁知县、杭州知州、四川按察佥事等职,颇有政声,卒后诗稿散佚。

生平事迹见(道光)《晋江县志·人物志·理学》卷之四十八;朱昌

平，吴建伟主编《中国回族文学史》；马建钊，张菽晖主编《中国南方回族古籍资料选编补遗》；丁自申《汾溪先生归囊遗稿序》。

丁仪诗稿大多散佚。其孙丁衍夏多方搜集，得诗若干首，汇辑为《归囊遗稿》一卷，丁自申为此作序，刊印行世。《归囊遗稿》有清木刻本。

《归囊遗稿》，不分卷，全一册。诗集中的诗歌作品本性情而重视音律格调，令人有卓然名家之感。卷末附有丁仪的门生史科给事中史于光撰写的《温陵丁汾溪先生行状》，对丁仪的生平爵里、文章德行言之甚详，评价丁仪的诗云："至于为诗，则其言韵，骎骎于大历、元和之间。与方君棠陵、顾君东桥、郑君少谷、董君磺溪相与唱和，人咸比建安七子云。"该诗集初刻于明庆隆年间（1567—1572），到清光绪二十二年（1896）时刻本已绝少传世。这一情况在丁仪族孙《重刊归囊遗稿叙》中有记载："《归囊遗稿》一编，于今版既无存，诗亦于吾家仅见手钞。抚坠绪之茫茫，帐遗编之杳杳，谁之责欤⋯⋯因俞其（丁宝森）重校，召匠急携。"当前传世的是丁廷兰、丁宝森父子的重刻本，福建泉州陈埭丁氏祠堂有收藏。

（道光）《晋江县志·人物志·理学》卷四十八载其："仪为诗本性情而谐音律，卓然名家"。

金大车

金大车（1491—1536），字子有，号方山，祖籍默伽（今沙特阿拉伯境内），明初归义，明太祖赐姓金，迁居江宁（今南京市），遂为上元人。明嘉靖四年（1525）乡试中举，但在以后的会试中却屡次受挫。陈凤《金子有传》中说金大车"方弱龄，学举子业，已能作奇语，为京师诸名辈所赏异"。后学诗于，在同学中最为顾氏爱重。他又与陈凤、谢少南等修文会，其诗"词义双美，每一篇成，同社咸敛衽推焉"，深受好友的推崇。但仕途坎坷，四次应试而未第，《怀陈汝芳》中说他"懒向权门试曳裾"，故终生未得一官半职。他的家境日渐贫困，不得不依其妻族。

生平事迹见陈凤《金子有传》；（清）陈田辑撰《明诗纪事·戊签目》；周绍祖《西域文化名人志》；朱昌平、吴建伟《中国回族文学史》；葛寅亮《金陵梵刹志》（上册）；彭书麟、于乃昌、冯育柱《中国少数民族文艺理论集成》；白寿彝《回族人物志》（上册）；买买提·祖农、王弋丁《中国历代少数民族文论选》；白崇人《短咏长歌匹群玉——明代杰出的回族诗人金大车、金大舆》(《回族文学》1980年第3期)等。

金大车著述颇多，诗歌、散文约在千篇以上，但十之八九散佚流失。著有诗集《金子有集》，今见只有八十五首诗、一篇散文，收入《金陵丛书》丙集之七，名曰《金子有集》。据朱彝尊《明诗综》称，金大车尚有《方山遗稿》，今佚。

《金子有集》不分卷，全一册，是金大车生前作品的辑录。其诗作众体兼长，不限于一代一家，尤擅长五言古诗，五言、七言律诗。反映民间疾苦、百姓悲惨境遇的诗作是他创作的主要内容之一，另一部分内容则表现了他生不逢时、怀才不遇的苦闷和无奈，它们的音调大都低沉愤懑，充分反映出诗人抑郁惆怅的心情和贫困痛苦的生活。由于常年奔波在外，金大车还有一些诗作记述旅途生活，描写自然风光。这些诗能在严谨的格律中写得朴实自然、生动真切，充分表达了诗人对大自然的热爱和对美好生活的追求，是了解明代回族文学的参考资料，曾收入《金陵丛书》蒋氏校印本。

《金陵琐事》羽伯陈公评其诗云："金孝廉子有则兼总诸长，词义双美"。钱谦益《列朝诗集》收录其诗《漂母祠》、《幽居》、《经废寺有作》、《祝禧寺访马承道》四首，并评曰："子有从游于顾华玉，华玉极爱重之，子有诗法襄阳、随州，援笔立就。"

金大舆

金大舆（约1493—1559），字子坤，号平湖，祖籍默伽（今沙特阿拉伯境内），迁居江宁（今南京市）。少负才华，除精心研读儒家经典外，还与其兄大车一起跟随顾璘学诗，具有较深厚的文学修养。金大舆欲走仕途，但考举人未中，晚年游徙于江浙地区。金大舆酷爱诗歌"有耽诗之癖"，"不以壮暮而废吟"，"不以泰约而辍咏"，记于黄姬水《金子坤集序》。他与其父金贤、其兄金大车俱以文学著称，被誉为"彬彬文学"之家。当时文人追随金大舆者甚众，他曾与金大车、陈鹤、谢应午等人结为诗社，群英毕集，皆推金大舆为社长，并誉之为"金文学"。

生平事迹见（明）黄姬水《金子坤集序》；（清）钱谦益编《列朝诗集》丁集第七；（清）陈田辑撰《明诗纪事·戊籤目》；周绍祖《西域文化名人志》；朱昌平、吴建伟《中国回族文学史》；白寿彝《回族人物志》（上册）；白崇人《短咏长歌匹群玉——明代杰出的回族诗人金大车、金大舆》(《回族文学》1980年第3期);王毓铨《中国通史·中古时代·明时期》(下册)第九卷;张迎胜《回族古代文学史》;铁木尔·达瓦买提《中国少数民族文化大辞典》(西北地区卷)。

著有诗集《金子坤集》,诗人的文学成就主要是诗歌创作,时人称其"有耽诗之癖……不以壮暮而废吟,不以泰约而辍咏。其所得于诗者深矣"(黄姬水《金子坤集序》)。据陈作霖《金陵通稿》称金大舆"著有诗文诸稿",但因位卑身微,无力结集刊行,大多散佚。直到其去世以后,其至友郭第将家藏汉鼎变卖四十金,把金大舆的作品辑为《金子坤集》刊行于世,存诗一百八十九首、赋二篇,后收入《金陵丛书》丙集。

周绍祖《西域文化名人志》中说金大舆的诗歌大致分为山水诗和咏怀诗两大类,前者如《白下游春曲八首》、《江上别朱二》、《春日闲居》、《游三山宿听江楼二首》等,后者如《秋日登高咏怀》、《春日雨中访许刑曹子夏二首》、《赋得张心甫清懒窝》等。这些诗作格调昂扬,典雅清新,具有较高的艺术性。朱昌平、吴建伟《中国回族文学史》中说用诗歌表达对民众的关怀,抒写自己的人生感慨成为金大舆诗作的主要内容。《哀吴中》即是代表作。(清)陈田辑撰《明诗纪事·戊籤目》录《与文源朱二过溧阳道上》、《移居》、《江上送陈元甫还江西》三首。

《金子坤集》不分卷,全一册。该书集中了金子坤的主要诗歌作品,收录诗一百八十多首,赋二篇,主要抒写作者的人生感慨,但也有对政治的不满与对国家的忧虑,还有许多是通过对自己隐居生活和山川游览的描写,抒发自己有志难酬和愤世嫉俗的感慨。此外,还有不少山水田园诗,这些诗大都清新明快,尤其一些短小的绝句,更显得情景交融,恬静活泼。时人评其诗"其气弘以畅,其词赡以靡,其调和以雅,其音遗以玄,铸自精心,可称高手"。有一定文学参考价值。曾被收录于《金陵丛书》蒋氏校印本。收入《回族典藏全书》第165册的为民国铅印本,书中另有序、遗文、跋各一篇。

朱绪曾《金陵诗征》收录其诗《与文源朱二过溧阳道士》、《移居》、《江上送陈元甫还江西》三首,并评其曰:"平湖高才,困于诸生,旷达豪迈,不问家产,名日起而贫日甚。有诗五百余首,生时贫不能梓,卒后郭次甫囊中有一汉鼎,售四十金,遂刻其集。黄淳甫序谓'大都清新婉丽,迥逼钱、刘'。"

黄姬水在《〈金子坤集〉序》中说其诗"古体非建安、元康不涉于目,近体非贞观、开元不著于胸",然而又不入于窠臼,诗风"清新秀朗"、"其气弘以畅,其词赡以靡,其调和以雅,其音貌以玄,铸自精心,可称高手"。

马从谦

马从谦(1495—1552),字益之,号竹湖。江苏溧阳人。嘉靖十年(1531)顺天乡试举人,十四年中进士,授工部主事,因治理河患积功,转礼部主客司主事。后任尚宝司丞、光禄寺少卿、翰林院五经博士等职。因对提督太监杜泰侵吞巨额银两不满,并上疏弹劾奸相严嵩、劝谏明世宗易黄老之术,遭廷杖毙命。万历年间得以昭雪,追赠为太常少卿。

生平事迹见(清)李景峄、陈鸿寿纂修(光绪)《溧阳县志·人物志·官绩》卷十二;朱昌平、吴建伟主编《中国回族文学史》;高文德主编《中国少数民族史大辞典》;张迎胜主编《回族古代文学史》;杨惠云主编《中国回族大辞典》等。

马从谦一生勤学,能文善诗,他的文章以议论为主,诗继承汉魏传统,人称"雅健古"。他著述颇丰,有《四子书心得》、《礼记同兰集》、《尚书毛诗日记》以及《丝纶集》四卷、《应制稿》三卷、《诗文集》十八卷,可惜大多散佚。其子马有骅曾辑其遗稿为《竹湖遗稿》,现仅存部分。《溧阳县志》中存有马从谦诗五首,具有较高的艺术性和思想性。

其诗"雅健入古",运用通俗语言和夸张手法,描绘祖国壮丽山河,寄托天下安宁、人民乐业。马世俊在《漠寏第诗序》中称:"余曾大父竹湖公与伯祖孟河公相唱于湖山间,而马氏诗学自此始。"马孟河就是马一龙,号孟河,是马世俊的伯祖,亦能诗。加上马世俊、马世杰,马氏家族吟诗作文的传统和才华得以代代相传,经久不衰。

孙继鲁

孙继鲁(1498—1547),字道甫,号松山,云南右卫人。明嘉靖二年癸未进士,二甲第八名。嘉靖年间著名的政治家、诗人。由于为官清廉,主持公道,深受百姓敬重,被世人称为"孙青天"。孙继鲁祖先原是阿拉伯人,后辗转来到中国,定居在富庶繁华、商业发达的江南,由于勤奋劳作,励精图治,孙氏家族逐渐发达起来,成为江南世族。后孙氏家族随平西侯沐英进入云南,镇守边关,并定居在鄀益州的松韶关。明代初年,又移居昆明右卫。明穆宗继位,赠兵部侍郎,赐祭葬。荫一子,谥"清愍"。

生平事迹见(康熙)《云南府志》卷十《历朝进士》;(光绪)《沾益州志》卷四《人物乡贤》;(清)师范《滇系》八之五《巡抚山西右副都御史孙继鲁传》;(清)张廷玉等撰《明史·孙继鲁传》卷二百四;《滇南碑传集》卷二四《清泗水令南村孙公家传》;白寿彝《滇南丛话》,《回族人物志·明代卷》卷二十六;周绍祖主编《西域文化名人志》;马旷源编《西游记考证》;朱昌平、吴建伟主编《中国回族文学史》;吴建伟主编《回回旧事类记》;黄泽主编《中国各民族英杰》卷三;黄成俊主编《回族杰出人物》等。

孙继鲁一生命运坎坷,可悲可叹。但视其文学才能,又足令人高山仰止。因其学博才高,一生著述甚丰,有诗集《破碗集》和《松山文集》,由于历经兵燹,均已散佚。

孙继鲁著文集《昆明孙清愍公集》,不分卷,全一册。该书是《明滇南五名臣遗集》之一,卷首有孙清愍传,对孙清愍的政治生活有较为中肯的述评。虽谓之为文集,但所选作者文章并不多,只有一篇《习杜祠堂记》和一首《温泉偶浴》文中有其孙(孙鹏)小注,称"学博才高,作为诗古文词,雄古遒劲,迥绝远路"。是研究古代回族文学的参考资料。收入《回族典藏全书》第164册的为清木刻本。

《明史·本传》收录其绝句《狱中酬杨御史爵》一首,诗云:"忧国忧民意自深,谏章一上泪沾襟。男儿至死心无愧,留取芳名照古今。"(清)袁文典、袁文揆辑《滇南诗略》卷四,收录其诗《温泉偶浴》一首,诗云:"指点渊源碧溜清,火珠谁教付波臣。始分灵窍三冬暖,常住离精一脉真。冷面宁趋岩罅热,冰心独解玉壶春。何当共说骊山好,今古溶溶不染尘。"何兴庚主编《五华园林史话》收录其诗《春日登螺峰》一首,诗云:"乱石嶙峋异,寻深曲径通。藏蛟阴吐气,蹲虎昼吟风。人自半空下,峰由百转中。星罗千万户,俯瞰夕阳红。"《滇南文录》等书中,收有孙继鲁的六篇文章。虽然这只是孙继鲁全部散文创作的一小部分,但也可以从中看出孙继鲁的文风和创作态度。

《滇中琐记》评论说:"观其诗与文,大都雄古遒劲,适肖其为人。"

马自强

马自强(1513—1578),字体乾,号乾庵,陕西同州(今大荔县)人。

明朝初年，为躲避战乱，其先祖举家迁到同州城南八里的马坊头，传五代至马自强。马自强自幼刻苦好学，嘉靖十九年（1540）陕西乡试第一名，高中解元。嘉靖三十二年（1553）中进士，入翰林院，后改庶吉士，又授检讨。隆庆年间（1567—1572），曾先后任洗马、国子监祭酒、詹事府少詹事兼侍读学士、掌翰林院等职。神宗为皇太子时，马自强经常为其讲读，且"敷陈明切"，受到了神宗的青睐。神宗即位（1573）后，先后擢升为詹事、教习庶吉士、礼部右侍郎兼日讲官、礼部左侍郎等职。万历三年（1575），升礼部尚书，加封太子少保知贡举。万历六年（1578），又加封太子太保兼文渊阁大学士。明史称"关中人入阁者，自自强始"。万历六年十月十三日病逝，享年六十六岁。死后，明廷赠少保，谥"文庄"。

生平事迹见（清）刘于义等修、沈青崖等纂（雍正）《陕西通志》卷五五；（清）张廷玉《明史》卷二百十九；白寿彝主编《回族人物志》（上册）；朱昌平、吴建伟主编《中国回族文学史》；吕绍纲、吕美泉编著《中国历代宰相志》；朱绍侯主编《中国历代宰相传略》；邱树森《中国历代人名辞典》（增订本）等。

马自强著有《马文庄公集》二十卷。清代道光年间，其第九代和第十代子孙重新整理存稿，编撰了《重刻马文庄公集选》十五卷。马自强的作品，受时代和他本人身份的影响，多是应用类、应酬类的文章，纯文学作品所占比例较少。马自强的诗歌作品主要反映了官场的生活内容，所以应制、唱和之作数量非常之多，这正是台阁体内容方面的突出特点。诗人十分推崇李杜，更认同李东阳的"近代之诗，李、杜为极"，而不是台阁体所推崇的北宋欧阳修和曾巩。不过他溯流唐诗，推崇李杜，首先是从音律声调方面着眼，然后才是注意到要"天真兴致"，提出诗歌要表达真实的情感，如《入栈有感太白蜀道难之作》。《马文庄公集》收记四篇，分别是《潼关兵备道题名记》、《固原改建总督诸公祠记》、《巩昌府两学记》、《固原镇新修外城记》，内容多是纪实，彰显功绩。

《重刻马文庄公集选》十五卷中，卷一、二共二十三篇序，卷三共四篇记，卷四共一篇经筵讲章，卷五共六篇表，卷六共八篇奏疏，卷七共十篇志铭，卷八共五篇行状、墓碑、传，卷九共十一篇祭文，卷十共二十五篇书，卷十一共五篇议、论、策，卷十二共六首五言古诗、七言古诗，卷十三共七十六首五言律诗，卷十四共七十首七言律诗，卷十五共十一首五言排律、七言绝句。在所著文章中，序多数是为乡试、府试以及"贺"、

"送"而写；八篇奏疏中五篇是为谢恩；而表则全是贺表。而从属于文学范畴的诗文，就题材内容看也多是应酬、宴游和歌颂，仅以送别诗为例，在七十六首五言律诗中，有二十六首；在七十首七言律诗中有三十四首。

海 瑞

海瑞（1514—1587），字汝贤、国开，号刚峰，广东琼山（今海南）人，明代著名政治家。举乡试，入都，即伏阙，上《平黎策》，欲开道置县，以靖乡土，识者壮之，生平为学，以刚为主，因自号刚峰，天下称刚峰先生，尝言"欲天下治安，必行井田，不得已而限田，又不得已而均税，尚可存古人遗意"。故自为县以至巡抚，所至力行清丈，颁一条鞭法。意主于利民，而行事不能为偏云。嘉靖二十八年（1550）中举。初任福建南平教谕，后升浙江淳安和江西兴国知县，隆庆三年（1569）海瑞调升右佥都御史，遂有"海青天"之誉。后被排挤，革职闲居十六年。万历十三年（1585），重被起用，先后任南京吏部右侍郎、南京右佥都御史，力主严惩贪官污吏，禁止徇私受贿，海瑞及闻潘湖黄光升卒，悲伤至极，带病前来晋江奔丧。后病死于南京。

生平事迹见（清）张廷玉《明史·海瑞传》；李轩、溪石编著《国论历代治国谏书精选》；彭书麟、于乃昌、冯育柱著《中国少数民族文艺理论集成》；买买提·祖农、王弋丁著《中国历代少数民族文论选》；陈宪猷著《海瑞》；蒋星煜著《海瑞》等。

著有文集《海刚峰集》、《备忘集》（《四库全书》收）及多种版本《海瑞文集》行世，其政治上名望很高，掩盖了他在文学艺术上的成就。中华书局1962年出版的《海瑞集》收集海瑞的著作最全，除有三百多篇文章外，还有诗歌近三十首。

《海刚峰集》系《海瑞集》版本之一，全书共收录海瑞所撰的各类文章七十一篇。其中上卷有"奏疏"三篇、"序"二十一篇、"参评"十一篇，下卷有"书"三十一篇、"杂说"五篇。此外，卷尾另有"附刻"一篇，即梁云龙所撰《资善大夫南京都察院右都御史赠太子少保谥忠介刚峰海公行状》。内容涉及广泛，是研究海瑞思想、政见、政绩的重要文献。有明万历二十二年（1594）刻本，清康熙年间、光绪年间刻本，中华书局1981年、1985年刊本等，上海等地图书馆有收藏。今人陈义钟以明刻本为基础，编撰了新的《海瑞文集》。邱树森主编《中国回族大词典》对

《海瑞集》的两种版本均作介绍。收入《回族典藏全书》第165册为清光绪十三年（1887）正谊堂续刊木刻本。正文目录前有张伯行所书《海刚峰先生文集序》，上下卷的卷尾均注明校对者、刊本及"光绪十三年十月福州正谊书馆采编续刊"字样清晰。

明代著名的思想家李贽对海瑞的评价"先生如万年青草，可以傲霜雪而不可充栋梁"，入骨三分。

马继龙

马继龙，字云卿，号梅樵，云南永昌（今云南省保山县）人。嘉靖二十五年丙午（1546）举人，曾任职四川一带，官至南京兵部车驾司员外郎。善诗，有《梅樵集》，今已佚。

生平事迹见（明）刘文征主编《滇志》；（清）得天居士（张照）《滇南人物志》；（清）陈田辑撰《明诗纪事》；（清）刘毓珂纂修（光绪）《永昌府志·人物志·官绩》卷四十五；刘景毛、文明元、王珏主编的（民国）《新纂云南通志》卷五；朱昌平、吴建伟主编的《中国回族文学史》；白寿彝《回族人物志》（上册）；王毓铨主编《中国通史中古时代·明时期》（下册）第九卷；杜贵晨主编《明诗选》；张文勋主编《云南历代诗词选》；潘德衡主编《宋金元明诗评选》等。

著有《梅樵集》，今已佚。《滇南诗略》共收录马继龙的诗作六十八首，如《入蜀》、《雪中述怀次前韵》、《妾薄命》、《古意》、《益门道中》、《闻笛》、《秋兴》、《雨中漫述》、《再答张玉洲》、《晓发重庆》、《茅屋》、《帝京四首》、《访隐者不遇》、《寄刘鼎石山人》、《夏日喜晴》、《用韵自述》等这些诗歌作品题材丰富，情感真挚，笔调流畅，反映出其深厚的文学修养和诗歌成就。《滇南诗略》卷八收录此六十八首诗，民国木刻本。版口有"滇南诗略"字样，并注明卷次和页码，保存完好。《明诗纪事·己籤目》卷八录其诗十一首分别是：《入蜀》、《昭烈祠》、《草堂漫兴》、《澜沧江怀古》、《雨中忆峨》、《怀兄弟》、《次韵答梁大峨》、《雨中漫述》、《再寄邵缨泉用玉洲韵》、《用韵自述》、《夏日喜晴》。马继龙写了不少感怀叹世的诗歌，如《妾薄命》。抒写官场失意的作品很多，较有代表性的有《入蜀》。怀友之作，《雨中忆峨》二首。客居思亲的诗作，如《怀诸兄弟》。他还有一首悼亡诗《蜀中悼亡》。（清）刘毓珂纂修《永昌府志》录其诗《沧江怀古》一首。

梅樵诗流传仅有钞本，五七言近体，声调流美，有弹丸脱手之妙。（清）袁文典、袁文揆辑《滇南诗略》："六诏诗流赖之以传，云卿其一也。"（光绪）《永昌府志·人物志·官绩》（卷四十五）载："郡人中嘉靖丙午乡贤，总南京兵部车驾司员外，部人咸称其盛德芬然，已树高标于往日。清风穆名，更流芳誉于来蕴。所著有《梅樵集》。"

（清）袁文典、袁文揆辑《滇南诗略》中载常熟儒生李书吉对马继龙的诗作评价："诗以言志，梅樵妙能达情，其实原本杜陵，而秀过随州（刘长卿），直当抗衡边、徐，归愚（沈德潜）宗伯谓：李（梦阳）、何（景明）有时声消响寂，边、徐不可磨灭。予于梅樵亦云然。"又评："梅樵五律清稳，七律风流跌宕，一往情深。"（清）张履程《滇南诗选序》评价其诗说："清奇朗润，跌宕风流。"（清）得天居士（张照）在《滇南人物志》中对继龙的评价颇高："金齿明诗，禺山后惟梅樵一人而已。"

李 贽

李贽（1527—1602），名贽，号卓吾，又称笃吾、宏甫，别号温陵居士，晋江（今福建泉州）人。嘉靖举人，明末思想家。万历中尝官姚安知府。曾任南京刑部员外郎、云南姚安知府等职，多有与上官抵触，终至辞官，著书讲学。公开以"异端"自居，激烈抨击程朱理学。痛斥道学家"阳为道学，阴为富贵，被服儒雅，行若狗彘"（《续焚书·三教归儒说》）。终以"敢倡乱道，惑世诬民"的罪名逮捕，自杀于狱中。

生平事迹见（清）张廷玉等编《明史》；谢伯阳编《全明散曲》；白寿彝《回族人物志》（上册）；邱树森主编《中国回族大词典》，邱树森主编《中国回族史》。另有论文王建光《从王阳明的"良知"到李贽的"童心"——论儒家方向的自我修正》；徐芳维《简析李贽对人的认识及其意义》；左东岭、杨雷《禅宗思想与李贽的童心说》；徐孝先《李贽和他的"童心说"》；马兴东《李贽史论评析》及《〈藏书〉和李贽的史识》；董宏卫《试析李贽的史学思想》；任冠文《李贽的史学思想》，吴远《不以孔子的是非为是非》；陈蔚松《李贽反传统思想的成因及其特色》；高建立《李贽对理学的批判及其特点》；黄高宪《试论李贽晚年三教归儒的哲学理想》；纪华传《李贽佛学思想初探》；左东岭《顺性、自适与真诚——论李贽对心学理论的改造与超越》；蔡锺翔《论李贽的"以自然之为美"》等。

《焚书》又名《李氏焚书》，六卷，全一册。万历十八年（1590）刊于麻城。该书共收录诗文近二百五十篇,其中卷一、卷二为"书答",分别收录书答作品二十六篇、四十一篇;卷三、卷四为"杂述",分别收录杂录性作品三十七篇、三十五篇;卷五为"读史"收录作品四十八篇;卷六收录各类诗歌作品六十篇。卷末有跋和增补书答类作品多篇。书中作品多反映了作者的政治、哲学及其社会思想,其将著作命为《焚书》及对儒家和程朱理学的大胆批判所表现出来的叛逆精神,启迪与鼓舞了后世许多学者,对人们解放思想、摆脱封建传统思想的束缚也产生了极大的影响,因此虽明清两代多遭焚烧,但却屡焚屡刻,在民间广为流传。此书是了解李贽思想学说的基本资料,曾被收入《李温陵集》。版本较多,有万历年间苏州刻本、李氏全书四卷本、中国文学珍本丛书本、国粹丛书本及中华书局标点本等。书中《茶夹铭》等十三篇作品被吴建伟主编《回回古文观止》(宁夏人民出版社 2000 年版)摘录并注释。收入《回族典藏全书》第 160 册的是宁夏少数民族古籍整理出版规划领导小组办公室重新制作的仿古铅印本,精装,宋体。每页十六行,每行四十五字。书口有书题、卷号、卷题及页码。封面有楷体书名;卷首有作者《自序》、《李氏焚书序》及《李温陵传》;正文有标点句读,涉及的作品名、地名多以右曲线标示。

《续焚书》五卷。由其门人汪本轲辑录李贽遗文而成,性质上与《焚书》同,分"书汇"、"序汇"、"论汇"、"读史汇"、"杂著汇"、"诗汇"几部分,包括《李氏续焚书序》、《读卓吾老子书序》、《续刻李氏书序》等。其意义虽不如《焚书》重要,但也有许多精彩的议论,其中《题孔子像于芝佛院》十分有名。书中收录了李贽生前所写的部分作品,包括书信、杂著、史评、诗文、读史短文等,内容虽繁杂,但理论性比较集中,主要在两个方面引起反响:一是对儒家经典的批判和对假道学的抨击;二是力倡"以自然之为美"和"发于情性,由乎自然"的明确主张。实际上这是战斗性很强的杂文集,充分反映了李贽的社会、哲学、史学和文学批评思想,是李贽的代表作之一。文章公开以"异端"出现,语言尖辛泼辣,瞄准要害对封建传统思想加以抨击,书中对儒家和程朱理学的大胆批判所表现的反传统、反权威、反教条精神,启迪与鼓舞了当时及后来的进步学者,对人们解放思想、摆脱封建传统思想的束缚,产生了极大的影响,五四时期进步思想家曾把李贽当作反孔先驱。《续修四库全书》将此书收入集部别集类。版本较多,有万历四十六年(1618)新安汪氏红玉斋刊本、中华书局 1974 年《续焚书》(全两册)大字线装本、1990 年岳麓书社《焚书·续焚书》合订本等，南京等各大图书馆均有收藏。国内学者夏剑钦对此书作点校，《续焚书》校点本列入岳麓书社1990年出版的《古典名著及文库丛书》。此外，书中《题孔子像于芝佛院》和《与友人论文》两篇文章被收入吴建伟主编《回回古文观止》（宁夏人民出版社2000年版）并作了注释。收入《回族典藏全书》第161册的是明木刻本。正文前有《续刻李氏书序》和华亭佃初张鼐撰《读卓吾老子书序》，张序后有私人方形印章及全书目录，保存完好。

《藏书》六十八卷，万历二十七年（1599）刊于南京。《续藏书》二十七卷，也是他逝后刊印的。《焚书》、《续焚书》是理论性的著作，反映了李贽的哲学思想、社会思想、史学思想及文学批评，是李贽的代表作。《藏书》和《续藏书》都是历史人物传记，前者是明以前的传记，后者是明以后的传记。这两部书主要是材料的汇集，也反映他的历史观点。

《初潭集》三十卷，正文前有"序"、"又叙"各一篇。卷一至卷五为"夫妇"，卷六至卷八为"父子"，卷九至卷十为"兄弟"，卷十一至卷二十为"师友"，卷二十一至卷三十为"君臣"。该文集一定程度地反映了李贽的理论思想和文学造诣，有参考价值。有明万历年间刊本，北京大学图书馆等地收藏。收入《回族典藏全书》第157—159册的为明木刻本。

《山中一夕话》十四卷，全一册。该文集卷首有落款为"三台山人"所撰的序，正文分上下集，上集共七卷，其中卷一收有《麻子赋》、《左丘明赋》、《歪头赋》、《瞎子赋》等赋文十五篇；卷二收有《惧内经》、《风月机关》、《金陵六院市语》、《闺怨歌》等十六篇（首）；卷三收有《山人词》、《村学先生自叙》、《长恨赋》、《徽师赋》等十七篇（首）；卷四收有《孔方生传》、《倾国生传》、《醒迷论》、《辞美人赋》等十四篇（首）；卷五收有《巾帽相詈文》、《别头市文》、《山跃慨》、《募绵衣疏》等九篇（首）；卷六收有《秋蝉吟》、《憎蚊记》、《美女月夜游园记》等十五篇（首）；卷七收有《田家乐赋》、《渔角胜》、《呵呵令》等十篇（首）。下集分七卷，共收作品三百七十五篇（首），其中卷一收六十六篇，卷二收六十一篇，卷三收五十篇，卷四收五十篇，卷五收四十九篇，卷六收五十一篇，卷七收四十九篇。收入的作品中有诗、词、赋、文章、题词、疏、论，体裁丰富，内容广泛，尤以休闲娱乐作品居多，有一定的文学欣赏价值。被收入《续修四库全书》子部、杂家类，1996年由上海古籍出版社出版。收入《回族典藏全书》第162—164册的是明木刻本。

《雅笑》三卷，全一册。该文集是一部李贽在闲暇之际所撰述作品的综合汇编。卷首有天水姜肇昌撰序，正文分三卷，卷题分别冠以"快、谐、核"，共收入各类短文一百九十四篇，其中卷一包含《牛僧孺》、《张相遇盗》、《兄弟两易》等三十八篇；卷二包含《偷狗赋》、《方相》、《四畏堂》等九十六篇；卷三包含《行李》、《鼻权》、《岳丈》等六十篇。书中文章短小精悍，取材广泛，体裁灵活，在言简意赅的描述中作者不仅表现了"青山览胜，白日谈奇"时的闲暇心情，而且也一定程度上表达出自己的基本思想理念，是研究李贽思想的参考资料，也有一定的文学欣赏价值。有明刻本及其影印本。曾被收入《续修四库全书》子部、说家类，1996年由上海古籍出版社出版。收入《回族典藏全书》第164册的为明木刻本。

《易因》二卷，《王龙溪先生文录钞》九卷，均生前所刊；还有《九正易因》二卷，《李氏文集》二十卷，《李氏丛书》十二本，《李氏六书》六卷，《卓吾老子三教妙述》四集，《阳明先生道学钞》八卷附《阳明先生年谱》二卷，均过世后所刊，其中也包含他生前所刊的单行本。相传他还有《四书评》、《读升庵集》二十卷，《枕中十书》六卷、《世说新语补》二十卷、《坡仙集》十六卷、《评选三异人集》二十四卷，其他评《水浒》、《西厢》、《幽闺》、《浣纱》等小说戏曲，其中可能有他人依托之作，尚待考订。其诗作研究见黄书光主编《中国领导教育的历史探究》；白寿彝主编《中国回回民族史》（下）；于民主编《中国美学史资料选编》；熊坤新、李建军主编《新疆诸民族伦理思想研究》；罗安宪主编《中国孔学史》；立早《〈李贽全集注〉评价》（《北京科技大学学报》2010年第4期）；贾文胜《李贽"童心说"对〈庄子〉"法天贵真"思想的借鉴》等。《全明散曲》录其套数一。

李贽的文艺思想亦有独到之处，并通过文艺评论表现了他的历史进步观点。文学观点集中在他的《童心说》一文，说："夫童心者，真心也。若以童心为不可，是以真心为不可也。夫童心者，绝假纯真，最初一念之本心也。若失却童心，便失却真心；失却真心，便失却真人。人而非真，全不复有初矣。"又说："天下之至文，未有不出于童心焉者也。"李贽的意思是写真实，发真情实感，才能写出好文章，这不仅是李贽的重要文艺思想，亦可视为他在文学领域对道学虚伪的批判。

马湘兰

马湘兰（1548—1604），名守真，小字玄儿，又字月娇，号湘兰子、湘兰。马湘兰隶籍南京旧院，居旧院南苑，在孔雀庵左，今迥光寺与鹫峰禅寺附近。逝后葬于碧峰寺后竹林中。湘兰高义、俊才，名列"秦淮四美"、"秦淮八艳"，王穉登（百谷）称其"高情逸韵，濯濯如春柳早莺，吐辞流盼，巧伺人意。"（见王穉登《马湘兰传》、《金陵丽人纪·附马姬传》；《明清善本小说丛刊（初编）》）工诗书，善兰竹，精歌舞，度曲作剧，"风流绝代"。

生平事迹见（明）潘之恒的《亘史钞·马姬传》；（明）王穉登《马湘兰传》；（清）钱谦益《列朝诗集小传·闰集》；（清）朱彝尊著《静志居诗话》；（嘉庆）《惠安县志》卷三十；王百谷《湘兰子集·序》；（清）苔逸史编《品花笺》（明末飨秀阁刊本）；秦淮寓客编《绿窗女史》卷十二《青楼部（上）·才名》；胡文楷《历代妇女著作考》；赵庆桢辑《青楼小名录》；张景祈撰，叶衍兰绘《秦淮八艳图咏》；鲁俊辑著《宋元以来画人姓氏录》；吴建伟主编《回回旧事类记》；沈新林主编《明代南京学术人物传》；苏州市文化局、《苏州戏曲志》编辑委员会编《苏州戏曲志》；赵景深、张增元编《方志著录元明清曲家传略》；刘坡《秦淮马湘兰考略》等。

《平康马湘兰诗》二卷，见于周履靖编《香奁诗》，明万历间梅墟周氏刊巾箱本；周序署年"万历乙未"（1595）。文二篇（《寄王百谷书》、《红线传奇小引》），见赵世杰选辑、江之淮等参订《古今女史》卷八，明崇祯戊辰（1626）问奇阁刊本；徐树敏、钱岳选《众香词》收其词九首。王端淑辑《名媛诗纬（初编）》卷三十八，收其散曲《脯正宫锦缠道·闺思》一套与小令一首。胡文焕编《群音类选》第二册，卷十八，收传奇《三生传》二出（《学习歌舞》、《玉簪赠别》），收入《学习歌舞》一套，亦见于凌虚子等编《月露音》卷四。《善本戏曲丛刊》。除此之外，马湘兰有诗一卷，收入冒愈昌辑《秦淮四美人诗》四集。撰有诗文集《湘兰子集》二卷和《三生传》剧本。今存《辑本湘兰子集》不分卷，全一册。该辑本是由宁夏少数民族古籍整理出版规划领导小组办公室从多种文献资料中将马湘兰诗文作品重新辑录而成，与《湘兰子集》搭配本部分内容相同，主要收录有分别辑自《众香词》、《宋代闺秀诗余》及《历代尺牍小品》的马守贞词作十首。散文一篇，有文学欣赏价值。收入《回族典藏全书》第181册。

《湘兰子集》不分卷，全一册。是集对马湘兰的诗、词、散文作品重新辑录，共收录三十一首（篇），其中词作十首，分别是《如梦令》、《菩萨蛮·芙蓉和饶荆壁》、《壶天晓》、《鹊桥仙·七夕》、《踏莎行·游丝》、《蝶恋花·天香馆寄陈湖山》、《青玉案·集延秀阁同钱景伯雷奇生》、《绪罗香·绣袜》、《归朝欢·小春寄张幼于》、《菩萨蛮·别意》，散文《致王百谷书》一篇，诗歌有《赋得自君之出矣》、《怆别》、《鹦鹉》等二十首。作品感情细腻，文笔优美。

马湘兰的诗词创作多用女性细腻、真挚的笔触，去描写内心的情绪，感怀身世，如《踏莎行·游丝》、《鹦鹉》等。除了自叹身世的哀怨，马湘兰的诗词中还有一部分是与士人唱和的作品，尽显湘兰之文雅风流，如《延秀阁和顾太湖韵》、《青玉案·集延秀阁同钱景伯雷奇生》等。

胡文楷《历代妇女著作考》评其："湘兰工笔札通文辞，擘笺题素，裁答如流……诗如花影点水，烟霏着树，非无非有。"钱谦益《列朝诗集小传》称其："姿首如常人，而神情开涤，濯濯如春柳早莺，吐辞流盼，巧伺人意，见之者无不人人自失也。"

冯从吾

冯从吾（1556—1627），字仲好，号少墟，长安人（今西安）。著名教育家，生而纯悫。及长，有志濂、洛之学，受业于许孚远，以耿直著称。万历乙丑进士，选庶吉士，改御史，削籍归。起尚宝卿，进太仆少卿，均未赴。改大理，擢左金都御史，进左副都御史，乞归。起南右都御史，未上，召拜工部尚书，寻致仕。以忤阉党削籍。崇祯初复官。卒，赠太子太保，谥"恭定"。学者称少墟先生。

生平事迹于（明）冯从吾《少墟集》（文渊阁《四库全书》，集部二三三）；（明）冯从吾撰，陈俊民、徐兴海点校《关学编》；（清）张廷玉《明史》卷二百三十四；（清）陈田辑撰《明诗纪事·庚籤目》；朱昌平、吴建伟主编《中国回族文学史》；西安市地方志编纂委员会编《西安市志·社会·人物》第七卷中有载。

著有《冯少墟集》二十二卷，又有《元儒考略》、《冯子节要》及《古文辑选》。冯从吾的著作被编为《冯恭定公全书》，此外，还有两篇冯从吾关于伊斯兰教的碑文,一为《拓建敕修清修寺》(位于西安城内化觉巷),一为《敕赐清真寺碑记》(位于西安城内大学习巷)。

《少墟集》二十二卷,刻于万历壬子(1612)。此本乃其次子嘉年益以癸丑(1613)以后至天启辛酉(1621)作,类序重刻。卷一至卷一二为语录,卷一三至卷一七为义,卷一七后半为诗,卷一八为奏疏,卷一九、卷二十为族谱家乘,卷二十一至卷二十二为关学编,盖生平著作汇于此集。第十七卷中有他的各体诗五十五首,主要是五言、七言律诗和绝句,也写有两首六言诗。朱昌平、吴建伟《中国回族文学史》指出,就题材来说,可分为三类:一、表现他治学态度严谨的诗。二、表达他获得天然真乐的性理思想的诗。三、表现了冯从吾厌倦官场,不愿与之同流合污。(清)陈田辑撰《明诗纪事·庚籤目》录其诗《泾野吕先生》一首。张廷玉《明史·艺文志三》(卷九十八)录冯从吾存目《元儒考略》四卷,《语录》六卷。《元儒考略》有文渊阁"四库全书"本。

(清)永瑢、纪昀主编,周仁等整理《四库全书总目提要》(卷一九三集部四六,总集类存目三)录《古文辑选》,六卷,内附藏本。"是编所录古文,自春秋、秦、汉以迄宋、元,仅百余篇,自谓皆至精者,然其大旨以近讲学者为主,不尽文章之变也。"

时人评其曰:"出则真御史,直声震天下;退则名大儒,书怀一瓣香。"

(清)永瑢、纪昀主编,周仁等整理《四库全书总目提要》(卷九六子部六儒家类存目二)录《冯子节要》存目,十四卷,安徽巡抚采进本。并评其曰:"从吾以风节著,而亦喜讲学,无锡高攀龙,高邑赵南星皆称之,时官京师,会讲郡城,至环听者院宇不能容,终亦以此招谤,是编即其各地会讲之语也。"

詹 沂

詹沂,字浴之,号鲁泉,安徽宣城人。隆庆五年(1571)中进士。授新建县知县。有惠政,征拜给事中。因事得罪张居正,被调往山东任副使。后来朝廷议裁冗员,詹沂在被裁减之列,回归故里。后被起用奉化知县,转祠部员外郎,又迁光禄丞,历任南尚宝、太常、太仆卿,曾代理应天府尹事。不久,詹沂调升都察院任左副都御使。这时,发生了勘平"妖书狱",他极力反对株连。咸宁县令满朝荐因做事不慎,得罪了宦官,被逮入狱。詹沂据理说情，得以释放。有一年的除夕，皇上对左右侍臣说："此时廷臣受外觊官书贴，开宴打闹。惟侍郎杨时乔、李廷机、副都詹沂三人清寂可念。"于是数次召三人答对，并赐给羊酒锭币。后来，詹沂数次上书要求辞职归乡，朝廷不许。詹沂便解下绶带，把印信送至朝中，等候御旨。皇上觉得詹沂心诚，便准许他辞职归乡，于是有"洁身忘义"之旨。明代大臣还没有挂冠求罢的朝官，詹沂是第一人。詹沂归里后，以"洁身"名其堂，把自己的俸禄分给族人。年八十三岁卒。朝廷封赠左都御使。

生平事迹见（光绪）《宣城县志》卷一五《名臣》及卷三二《艺文》；（光绪）《奉化县志·名宦》卷九；白寿彝主编《回族人物志》（上册）；白寿彝著《中国伊斯兰史纲要参考资料》；（清）陈田辑撰《明诗纪事》。

著有《洁身堂稿》。《洁身堂稿》中，存诗《元妙观》、《游琅琊寺》两首。（清）章绶纂修《宣城县志》卷三二（光绪十四年刻本）收录其《元妙观》一首。潘德衡编《宋金元明诗评选》收录《游琅琊寺》一首。（清）《明诗纪事·庚籤目》卷十录《施肖华谒徐选部不遇诗以慰之》一首。

《元妙观》诗云："城南绀宇是仙都，为问仙踪事已徂。古殿荒凉龙去否，苍松偃蹇鹤来无？真人玉简空函箧，老子青牛祇画图。未审刘郎曾几度，桃花开落自荣枯。"《游琅琊寺》诗云："滁山深秀说琅琊，殿阁参差竹树遮。野鹤窥人疑听法，山僧款客旋烹茶。尊开十月余寒菊，坐近诸天坠雨花。延眺不知归路晚，翩翩襟袖满烟霞。"

明清时期宣城詹氏家族也是文学世家。詹氏世居宣城（今属安徽）。明中期有詹友相，"自幼倜傥不群，习举子业，贯诸史百家言"（支大伦《詹封君传》）。有子五，浙、滚、洛、沂、泮，以詹沂最贵，沂有子三，应鹏、应凤、应鹤，皆有文才。应鹏子希颢，有《清寂遗居文集》；孙宇，字在周，号谷轩，《宣城县志》录有《澄江楼别宴》诗，詹宇为康熙年间进士，家贫。子天挺亦善诗，《宣城县志》有《江楼写生》一首。詹氏各支亦多有诗人，应鹏堂兄应鼎有子三，希诚、希舒、希恂，合著《一家言》。又有族人同怀、作辑、作梅、暹、淇澳、代、圣春等，皆能诗，詹暹有《存一诗稿》、《向隅草》等。

闪继迪

闪继迪（？—1637），字允修，明永昌（今云南省保山县）人。万历十三年举人，授吏部司务。闪继迪曾携季子仲侗游历吴越等地，游览唱和之诗甚多，晚年居故乡，吟咏不废，以诗文著称于世。

生平事迹见（清）刘毓珂纂修（光绪）《永昌府志》；（清）陈田辑撰《明诗纪事》；朱昌平、吴建伟主编《中国回族文学史》；白寿彝《回族人物志》（上册）；张迎胜主编《回族古代文学史》；王毓铨主编《中国通史·中古时代·明时期》（下册）第九卷；铁木尔·达瓦买提主编《中国少数民族文化大辞典·西北地区卷》；吴建伟主编的《回回古文观止》；张文勋主编《云南历代诗词选》等。

著有《羽岑园秋兴》（一作《雨岑园秋兴》）、《吴越吟草》、《广山先生集》等，多散佚。目前传世作品有六十余首。《闪继迪诗集》不分卷，全一册。该诗集收录闪继迪撰《焦山》、《东龚定海》、《霹雳石》、《寄王泰符侍御》、《望瓜步》、《望湖亭》、《定海演武场怀李于鳞先生》等五言、七言诗歌作品二十八首，主题多样，内容丰富，既有对大自然美景的描写，又有借人、物、事的抒怀，表达出作者嫉恶如仇、刚直不阿的性格以及对自身怀才不遇，游历于山水自然之间的感慨。诗作大多格调高远，气势雄浑，想象力极强。该书反映了作者深厚的文学功底，有一定文学欣赏价值，是研究明代回族文学的第一手资料。曾收入民国年间出版的《滇南诗略》。收入《回族典藏全书》第181册的为民国木刻本。正文间有双行小字注解，右侧有圈点，页眉处多见双行小字批注，保存完好。（清）陈田辑撰《明诗纪事·庚籤目》卷十四录其诗《山阴道中》一首。

（清）袁文典、袁文揆辑《滇南诗略》存诗六十余首，同见《诗源》（姚佺删定）、《滇南诗选》、（清）刘毓珂纂修（光绪）《永昌府志》等书。闪继迪还留存散文《龙泉寺常往田碑记》、《刻弘山先生存稿语录序》、《创建十一城碑记》三篇，《创建十一城碑记》载于《安顺府志·艺文志（四）》卷之四十七；《次新郑寄怀登封令傅元鼎》载于《嵩岳文献丛刊·嵩岳志》（第一册）。其文文笔平实、章法谨严、起伏有致。

闪继迪虽有才华，但一生未受重用，其诗多怀才不遇之慨。如"有酒芳辰共潦倒，裁诗深夜破牢骚"（《寄王泰符侍御》）；"少壮身违俗，江湖晚弄桡。牢骚贫贱骨，潦倒圣明朝。隐士门前鹿，浮生叶底蜩。即看昏嫁毕，五岳任逍遥"(《仙政楼独坐》)。后一首诗描写了诗人平生行迹，感慨时光易逝，浮生若梦，自当习静向道，游心于山水自然之间。但如《定海演武场怀李于鳞先生》，通过怀念与颂扬隆庆、万历时期的强盛，流露出对明朝后期的国势日衰、文风日颓的忧虑。诗人刚直不阿，对历史上有功于人民的英雄人物给予高度赞扬。他在《忠肃公庙》一诗中对爱国正直的于谦表示了深切的怀念，对祸国殃民的佞臣给予无情的鞭挞。

（清）陈田辑撰《明诗纪事·庚籤目》卷十四载："……历翰林院孔目，迁史部司务。有《两岑园》、《秋兴》、《吴越游草》。"

丁启浚

丁启浚，字享（亨）文，号哲初，又号蓼（廖）初，晋江人，丁日造之子。万历十六年中举，万历壬辰进士。历任宝庆府推官、杭州推官、户部主事。后转吏部文选司主，升任翰林院四夷馆提督，掌管译书之事。后辞官，至崇祯初年，再次被召为南京太常寺少卿，后升为太仆正卿，掌管牧马之政令。不久，进阶为刑部右侍郎，迁左侍郎，兼理都京院。为官清正廉洁，深受当地百姓的爱戴。他一生爱好读书，可谓手不释卷，创作颇丰。享年六十八岁，卒于家，赠刑部尚书。

其生平事迹于泉州市地方志编纂委员会编《泉州市志》中有载。

著有《哲初诗集》、《平圃诗文集》，《泉州市志·著述》卷四十一著录此集。

（清）钱谦益《列朝诗集小传》："哲初初不以诗名，林茂之语：亦知哲初有'古驿一灯深'之句乎？相与徘徊吟咀，求得其全什，附于崇相知后。'枫落吴江冷'古人以五字传不朽，亦可以酬哲初于九京矣。"

丁启汴

丁启汴，字享中，号东畤。不肯出仕，对五经传注多有研究，曾有志于重新作注，对于性理之学也颇有兴趣。

其生平事迹于泉州市地方志编纂委员会编《泉州市志》中有载。

著有《香雨堂诗文集》，《泉州市志·著述》卷四十一著录此集。

丁启溥

丁启溥，又名丁作浦，字衷瑾。与丁启浚、丁启汴属于丁氏家族同一行辈，万历间曾官任广东合浦县知县。

其生平事迹于《回族典藏全书·艺文类》中有载。

著有《山水音诗集》、《蕊编集》。《山水音诗集》不分卷，全一册，今存清光绪丙申年重刻本传世，此集为汾江求是堂藏版，《回族典藏全书》著录此集。《山水音诗集》共录其诗《舟中偶兴》、《白莲花》、《亭步驿》、《病起》、《新晴》、《赋得鸡声茅店月》、《睡起》、《菊》、《舟中即事》、《滕王阁》、《七夕》等计十九首。

马之骏

马之骏（1578—1617），字九达，一字仲良，化龙之次子。明万历三十八年（1610）中进士，殿试中二甲第五十一名，以翰林入乡贤，除户部主事，历员外郎中，降广德州同知，升应天府通判，调顺天，寻复官户部主事，终员外。在任疏请赈济边民，博洽典籍，善诗文，与王稚登之子留造作新声，务以新譬鲜异相唱和。

生平事迹见（清）朱彝尊著，郭绍虞主编，姚祖恩编，黄君坦校点《静志居诗话》；《中国文学家大辞典》；杨运鹏《马之骏和他的〈妙远堂集〉》（《回族研究》2000年第4期）。

著有《妙远堂集》四十卷。《四库全书总目提要》云其"有《妙远堂集》四十卷，是集凡诗十四卷，文二十六卷"。今上海图书馆存有《妙远堂集》全集，为明代天启七年刻本。

《妙远堂集》，四十卷，八册。彭始博在《妙远堂集·序》中称："纵览全集，知妙远二字，是其真谛。写难状之景，描无穷之变，一经拈出，如荷叶珠，如松针露，如曳云无定姿也。"书中的诗多为五言、七绝，写得清新自然，独具特色，读之使人可得艺术美的享受，也使人可窥见诗人忧国忧民的胸怀。其诗大气充盈、内涵深广，洋洋乎接传统之源，浩浩乎涌时代之情，别具风格，有较高的文学艺术价值，是研究明代社会及回族文学的重要参考资料。有清庚午年冬十月陶然斋木板雕印本（一套上下册，四十卷）、《四库全书》存目丛书本，上海图书馆藏。

钱谦益《列朝诗集》评价其："持论欲极其才情之所之，悠其意匠之所经营，情景笔墨之所称惬，远救铺陈叫嚣之病，近离凄清寒苦之习，不屑寄伯敬篱下。伯敬以其非同调也，亦推而远之。"

詹应鹏

詹应鹏，字翀南，副都御史詹沂之长子。万历四十四年（1616）进士。曾出任嘉兴知府，后升为嘉湖兵备道，又调任两浙右参政，崇祯四年（1631）辞官还乡，享年八十一岁。詹应鹏生于回族仕宦之家，有深厚的汉文化修养，同时对伊斯兰教的研究也颇有造诣。

生平事迹见白寿彝著《回族人物志》（上）。

著有《巢云阁集》、《理学》，辑《群书汇辑释疑》等，《群书汇辑释疑》一书辑录了当时能见的有关伊斯兰教的汉文记载、汉文译著等方面的资料，可惜全书已佚。今存此集跋文于刘智《天方至圣实录》卷二十。这篇跋文反映了明代回族的秀才对伊斯兰教的认识。跋文用儒家理论解释伊斯兰教，把程朱理学与伊斯兰教义作了调和，是伊斯兰教中国化的开创。白寿彝《回族人物志》（上），对此进行了记载。

闪仲俨

闪仲俨（1597—1642），字人望，一说字中畏，云南永昌（今保山）人。闪继迪长子。天启五年（1625）进士，三甲第十五名。历官少詹事、礼部右侍郎兼翰林院侍读学士。为人刚直不阿，曾因忤阉臣魏忠贤，削籍为民。崇祯帝召为撰修日讲官，两典文衡，未竟其用而卒，弟仲侗，善诗，诗集已佚。

生平事迹见（清）刘毓珂纂修（光绪）《永昌府志·人物志·乡贤》卷四十二；朱昌平、吴建伟主编《中国回族文学史》；白寿彝主编《回族人物志》（上册）；江燕、文明元、王珏主编（民国）《新纂云南通志》卷八；吴建伟主编《回回旧事类记》等。

闪仲俨著有诗集，已佚。现仅存诗一首《寄答萧五云孝廉》，丁文庆主编《回回古诗三百首》；王毓铨主编《中国通史·中古时代·明时期》（下册）第九卷。诗云："骏马燕市如屯云，流星飞电谁逸群？逞材海内罗国宝，得子天南张吾军。愁病别来但支骨，风烟隔远疏论文。荒园伏枕寂无事，空谷蛩然何处闻？"

徐霞客游滇西时，闪仲俨以长诗赠徐，徐评曰："其歌甚畅，而字画遒劲有法。"

张 忻

张忻（？—1658），字静之，山东掖县人。天启五年（1625）进士，三甲第一百一十八名。曾任河南夏邑知县升为吏部主事，崇祯时官至刑部尚书，入清后任兵部侍郎兼天津巡抚。顺治十五年卒于家中。

生平及事迹见（雍正）《山东通志·艺文志》卷二八之四；（清）张廷玉《明史》卷二五四《乔允升传》；（清）赵尔巽《清史稿》卷二三八《党崇雅传》；（乾隆）《掖县志》卷四《政治》；中华书局编《清史列传》卷七九《张忻传》；白寿彝《回族人物志》（上）；《明末两回教史家——詹应鹏与张忻》等。

（雍正）《山东通志·艺文志》卷二八之四载：张忻著有诗集《三芸馆诗草》，惜已散佚。还著有《归围日记》，有清初刻本传世。（清）刘智《天方至圣实录》卷二十，收录其《清真教考序》一文，作于崇祯七年（1634），文笔遒劲。

闪仲侗

闪仲侗，字士觉，号知愿，闪继迪季子。天启七年（1627）举人，有诗才，曾随父漫游吴越，到处唱和。

生平事迹见朱昌平、吴建伟主编《中国回族文学史》；白寿彝主编《回族人物志》（上册）；吴建伟主编《回回旧事类记》；高文德主编《中国民族史人物辞典》；祝注先主编《中国少数民族诗歌史》等。

著有《鹤和篇》三卷。见王毓铨主编《中国通史·中古时代·明时期》第九卷。

《四库全书存目提要》云："是集一卷为杂文，一卷为诗，一卷为制义。"

蒙 古 族

李 贤

　　李贤，号丑驴，蒙古人。元惠宗时，曾任工部尚书。元顺帝北定草原后，一度徘徊。洪武二十年（1388）归服明朝。明太祖敕改今名，并授燕府纪善。后又晋升为都指挥同知。明仁宗即位（1425），念有旧劳，晋后军都督监金事，再晋右都督。寻病卒。

　　生平事迹见刘文源编《文天祥研究资料集》；赵相璧《历代蒙古族著作家述略》，高文德《中国民族史人物辞典》。

　　李贤有文采，善文藻，精通蒙、汉文。当时凡塞外表奏均令其译之。绘画亦为时人赏识。今存《文氏统谱》卷十三《祠庙志》所载李贤《宋文信国公祠堂记》一篇。记曰："三代而下，豪杰之士任世道之责者无几，而所遇有安危之异焉。不幸而遇时之危，必尽其责，而不负焉，斯无愧于天下后世者矣。自汉以来，能任世道之责，而遇时之危者，未有甚于文信公也。呜呼！公于是时，其志愈坚，其气愈固，濒于万死，而不死者，非贪生也；痛宋祚之倾，而兴复之志必欲酬之，而不回也。惟公之心，即诸葛孔明之心，光明俊伟，如青天白日。况公之才，足以有为。奈何天不祚宋，公竟就死。千载忠臣义士，读公之传，未尝不抚卷而流涕也。说者诩公收宋三百年养士之功。若公之心，惟知忠臣之义重，初不计其养之何如也。孔子曰：'志士仁人，有杀身以成仁。'盖志士不以死为惧，仁人则明死生之理。程子曰：'古人有捐躯陨命者。'若不实见得恶，能如此泊？公自赞：'孔曰成仁，孟云取义，惟其义尽，所以仁至。'由是观之，则公之就死，岂无所见而然哉，盖深有得于圣贤之学者也。公于世道之责，于是乎为不负焉，岂但无愧于天下后世，其有功于名教大矣。公族孙日克纶，家于永新之钱市，读书尚义，尝出粟助官赈之。朝廷赐敕褒之，旌为义民。乃能景仰前烈，作祠堂于所居之南，揭公遗像以祀之。其子庭佩，克承先志，增新祠堂。适蒙朝廷赐谥'忠烈'，将改题神主，求文勒石，以示久远；且俾子孙世守，而不废。寅友学士刘先生主静，公之乡人也，属予为记，以发挥之。予谓公之大名，光重宇宙。前辈文学巨公，形容赞美，殆无余蕴。而不斐之，文不赘可也。辞光弗获，姑述其概以贻之。"

哈　铭

　　哈铭，汉名杨铭，蒙古人，明朝通事。正统（1436—1449）中，随吴良出使瓦剌，被羁留。正统十四年（1449），明英宗征瓦剌兵败被俘，遂为英宗和也先作蒙汉语通事，侍从英宗左右。因祖护英宗，为也先所忌，屡欲杀之。景泰元年（1450），从英宗返京师（今北京），赐汉姓，授锦衣卫指挥使，数奉使至蒙为通事。成化十七年（1487），孝宗即位，大减传奉官员，时哈铭以塞外侍卫英宗有功独留如故。

　　生平事迹见（明）查继佐《罪惟录》；（清）张廷玉《明史》；（清）谷应泰《明史纪事本末》；高文德主编《中国民族史人物辞典》；黄惠贤主编《二十五史人名大辞典》；赵相璧《历代蒙古族著作家述略》；蒙智扉编著《趣诗妙对奇观》等。

　　著有《正统临戎录》一卷。《四库全书总目》称："《正统临戎录》一卷，不著撰人名氏，记明英宗北狩始末。考《明史·艺文志》，有杨铭《正统临戎录》一卷。此书末专叙铭官职升迁之事，当即铭所述也。铭，本名哈铭，蒙古人。"

　　《明史艺文志》收录杨铭《正统临戎录》一卷。顾廷龙主编《续修四库全书》（第四三三册，史部·杂史类）收录此书；阳海清编撰《中国丛书广录》（上册）国朝典故目录中载其著有《正统临戎录》一卷。

鲁　鉴

　　鲁鉴，蒙古人，祖父三代驻守庄浪卫，有《条陈边务四事》著称于时。据《明史·鲁鉴传》所载，其先人原为西大通人，祖父阿失都巩卜失加，于明初率所部归明，明太祖授以百夫协命率所部居庄浪（今甘肃平番县）。至共父杏失加，累官至庄浪卫指挥同知。明英宗正统末年，鲁鉴继任庄浪卫指挥同知。后又提为署都指挥佥事。明宪化四年（1468）晋署都都同知，寻又充左参将，守分庄浪。十七年（1481）充左付总兵，协守甘肃。未久，又充总兵官，镇守还绥。明孝宗元年（1488）鲁鉴因病辞官。鉴为人忠良、智勇双全。勇遇敌辄冒矢石，数被伤不为沮，放能积功至大将。弘治年间，帝以士军非鉴不能治，特起治之，且命有司建坊旌其世绩。弘治十五年（1502），因旧病复发而卒。

生平事迹见（清）张廷玉《明史·鲁鉴传》；（清）钟赓起著《甘州府志校注》；米海萍、乔生华辑《甘肃人物辞典》；罗康泰著《甘肃人物辞典》；永登县地方史志编纂委员会编《永登县志》；李国祥主编《明实录类纂》人物传记卷；李荣棠等编《兰州人物选编》；赵相璧《历代蒙古族著作家述略》；马明达、王继光《〈明史·鲁鉴传〉笺注》；朱永邦《元明清以来蒙古族汉文著作家简介》；赵相璧《历代蒙古族著作家述略》；张梅秀辑录《明实录山西史料汇编》等。

（清）张廷玉《明史·鲁鉴传》载其："著有《条陈边务四事》，多义行。"

苏　祐

苏祐，字允吉，一字舜泽，苏恩之子，苏克明玄孙。濮州（今河南范县）人。明正德八年（1513）癸酉科举人，嘉靖五年（1526）丙戌科进士。除吴县知县，曾以金都御史抚保定，以副都御史抚山西，历官至兵部尚书。坐不请兵饷失事削籍，寻复职，终于官。据当时北元与大明对峙的局势，诗人唯恐蒙古后裔难于在官场显达，遂重修了一部家谱，称远祖为高阳氏，自己是汉人。然当地苏氏家族并未认同，官修《曹州府志》也予以否定。《元史》记载了苏祐的家族，见《元史·宽彻普化传》。山东濮州有苏氏家族，乾隆朝纂修的《曹州府志》云："濮州苏氏，其先本元蒙古之后。至兵部侍郎祐始以进士起家，官总制，以诗文名海内。其祠堂藏有始祖某所用铁槊重百斤，今尚存。"苏氏始祖，即《元史·宽彻普化传》中所谓"不知所之"的义王和尚。其远祖于大都将破之际，逃往山东，改姓为苏，名克明，以苏克明的名字落籍濮州。诗人博览群籍，游心千古，于文学创作尤见功力，文誉播于海内，被明代诸儒目为名家。

生平事迹见（明）宋濂《元史·宽彻普化传》、《苏公墓志铭》；（明）陈子龙《皇明诗选》；（明）吴中行《赐余堂集》卷十二；（明）雷礼《国朝列卿记》卷九十四；（明）于慎行《谷城山馆文集》卷二十八《资政大夫兵部尚书兼都察院右都御使谷原苏公祐行状》；（乾隆）《曹州府志》；

（清）蒋廷锡等纂（嘉庆）《大清一统志·曹州府》卷一百一十一；（清）朱彝尊辑《明诗综》；（清）钱谦益《列朝诗集小传》；（清）陈田《明诗纪事》；（清）张豫章敕编《御选宋金元明四朝诗》；李克和主编《历代名诗一万首·宋元明清》第三册；薄音胡、王雄编辑点校《明代蒙古汉籍史料汇编》第一辑；《宁武名胜诗文选》；黄瑞云《明诗选注》等。

著有《孙子集解》、《三关纪要》、《法家剖集》、《奏疏》、《建旐琯官》、《云中纪要》等书。留传后世。乾隆二十一年（1756）序刻的《曹州府志》艺文志著录苏祐诗文、杂著共八种，其中文学创作有："《三巡集》八卷，《谷原诗集》八卷，《谷原文草》十卷。"事实上，苏祐的创作远不止于此，且艺文志著录的卷数亦有与现存原集不符之处。艺文志所言《三巡集》现藏北京图书馆，原书题为《三巡集稿》，凡一卷，明嘉靖刻本卷首有自序一篇，撰于嘉靖十七年（1538）。此集所收诗以任职地点次第排序，作于宣大者七十八首，江北者九十八首，山西者109首，共计285首诗。检读当时书目，唯见此集，为一卷，（乾隆）《曹州府志》著录为八卷，误矣。

诗人为官三十年余，各阶段都有诗文合订本刊刻行世。集有《三巡集》、《江西集》、《畿内集》、《山西集》、《塞下集》等。苏祐平生稿有其心腹幕僚龚秉德收藏。万历年间，龚秉德为襄阳副使时，将祐平生诗文稿件分门别类，刊板印刷，定名为《谷原诗文集》，计文章近百篇，诗五百余首，现存一部，是为孤本。（明）陈子龙《皇明诗选》；（清）朱彝尊辑《明诗综》；（清）钱谦益《列朝诗集小传》；（清）陈田《明诗纪事》等都曾选录其诗，兼事品评。清康熙年间，张豫章奉敕编《御选宋金元明四朝诗》，收其诗达二十九首之多。除诗歌词赋外，苏祐还撰有《云中事记》一卷，《三关纪要》一卷，《逌游琐言》、《孙吴子集解》、《法家哀集》、《桑春春秋微意》等著作。《宁武名胜诗文选》选录苏祐《宁武关》三首，《阳方口堡》一首。《中国古代军旅诗选讲》选取评《塞下曲》一首。《走进诗歌的部落》选评《塞下曲》，黄瑞云著《明诗选注》录其《塞下曲》一首。《塞下曲》诗云"将军营外月轮高，猎猎西风吹战袍。蹙栗无声河汉转，露华霜气满弓刀。"

《谷原诗集》八卷，为明刻本，凡四册，以诗歌体裁分卷。卷一为乐府；卷二为四言；卷三分上下，为五律；卷四亦分上下，为七律；卷五为五言排律；卷六为歌行体；卷七为五绝；卷八为七绝，收诗凡九百一十首。其中任宣大总督期间的诗作对塞外风情颇多吟咏，沉雄雅练，不愧横槊。其《塞上杂歌》云："弓落旄头满月开，旗翻豹尾拥云来。寻常休羡胡尘远，十万横行瀚海边。"《塞下曲》又云："男子生来弧矢悬，袖中常拂遥朝鞭，天骄驻牧交河北，白草黄云暗九边。"这类边塞之篇，自是唐代边塞诗的发展。《谷原诗草续集》，一函一册，无序、跋文。明隆庆年间刻本。是集于（乾隆）《曹州府志》及其他艺文目录中不见著录。书藏北京图书馆，收诗二百一十七首。另据崔铣所撰《苏氏诗序》，苏祐尚有《昆吾集》，府志亦失载。《苏督抚集》一卷，由无锡俞宪据苏祐舍弟所贻诗人的全集删辑而成，收诗一百数十首，于隆庆四年（1570）刻入《盛明百家诗》。

《苏督抚集》一卷，嘉靖隆庆间刻本；《昆吾集》，明代文献著录；《三关纪要》一卷，明代文献著录；《谷原文草》十卷，方志著录；《云中事记》一卷，明刻本；《谷原诗草续集》一卷，一册，明隆庆间刻本；《三巡集稿》一卷，一册，明嘉靖刻本。

明代崔铣撰《苏氏诗序》，称："夫其识典礼，怀羁旅，标宇治，敦友情，正官常，达民意，若是者，诗之实也，苏子可言诗矣。诗者，文之精。本情发志，贵正而和；假物中肯，贵切而远；托讽寓谏，贵婉而明；陈器叙事，贵要而统。若是者，诗之则也，苏子咸中焉。"于无垢认为，其诗"遒丽典雅，卓然名家"。舒章又云："舜泽如姚度漠，深入敢战，惟七言古少而不称。其余至处虽四大家不避也。"

苏　濂

苏濂，字子川，号鸿石，濮州（今河南范县）人，尚书苏祐之子。以荫授鸿胪署丞，官至巩昌通判。科场失意，归而著述，凡十余种。

其生平事迹见（清）钱谦益《列朝诗集小传》；（清）陈田《明诗纪事·己籖目》卷七；白·特木尔巴根著《古代蒙古作家汉文创作考》；刘毓庆、贾培俊著《历代诗经著述考（明代）》等。

苏濂工诗，有诗文集《伯子集》，另有文学评论《诗说解颐》一部。钱谦益《列朝诗集》丁集，收其《游大明湖》等五首诗。（乾隆）《曹州府志》卷十九，收其《吊陈思之赋》。《明史·艺文志》录其《柏子集》十三卷；（乾隆）《曹州府志》著录《苏濂文集》；（明）谢榛原著《谢榛全集校笺》（上册）有《送苏子川之云中》；范县地方史志办公室校注

《濮州志校注》收录《郡人苏濂陈台吊陈思王赋》一篇；周方林主编《鄄城文史资料》第十二辑，收录其散文《吾昆台记》、《绝句》、《夜过天津》三篇；张振和、黄爱菊《曹州历代诗词选注》收录其《闺怨》、《下第》、《夜过天津》、《绝句二首》；杨树茂著《泰山美韵》收录其《登泰山》一首；（清）陈田辑撰《明诗纪事·己籤目》卷七，收录其《杂诗》一首；彭镇华、江泽慧著《绿竹神气》收录其《绝句》一首。

据《千顷堂书目》载，苏濂另著有《石渠意补遗》、《四书通考补遗》、《伯子集》。《诗说解颐》四卷，书成于嘉靖癸亥（1563），有作者是年自序；崇祯戊寅（1638）刊板梓行，有作者仲孙苏曙是年跋语。全书分元、亨、利、贞四卷，系"掇拾旧闻，并附己意"（自序）而成；广涉诗评、辨体、诗法、考辨、逸闻、掌故，诗句源流等，自刘勰《文心雕龙》、钟嵘《诗品》、皎然《诗式》以下，至宋人诗话、诗论，采撷甚多。皆不注出处，排列亦随意。今存明红格钞本，北京大学图书馆藏。

苏　濬

苏濬，字子冲，明濮州（今河南范县）人，苏祐之仲子，苏濂之弟。嘉靖二十八年（1549）乙酉科举人。自幼爱好文学，六七岁，随其父宦吴渡江，能赋二联；登虎丘，能为诗四句。明人谓其青出于蓝胜于蓝，且大过之。

生平事迹见（清）钱谦益《列朝诗集小传》；（清）张廷玉《明史·艺文志》；（清）朱彝尊《明诗综》；（清）陈田《明诗纪事·己籤目》卷七；白·特木尔巴根著《古代蒙古作家汉文创作考》；郑州大学中文系资料室《元明清中州艺文简目》等。

苏濬著有《仲子集》（《列朝诗集小传》及《明诗综》作《苏仲子集》，此依《明诗纪事》）。《明史·艺文志》录其《仲子集》。《列朝诗集》丁集收其《暮秋夜宿紫荆关》、《弘慈寺别沈元戎》、《暮春雨中集惟时西园》、《三月晦日病中戏成》、《清明日偶述》、《夏日园居》、《暮东园独酌》、《暮秋夜宿紫荆关》、《疑有出入二首》、《庄上闲居》、《早求泛舟》、《清明日偶题》诗十一首。《明诗综》卷四十五收其诗二首。《明诗纪事·己籤目》卷七收其《背面美人》一首。《列朝诗集》丁集收其《暮秋夜宿紫荆关》等十一首诗。（明）谢榛著《谢榛全集校笺》（上册）收录临别赠诗《送苏子冲之云中》一篇。范县地方史志办公室校注《濮州志校注》收录《郡人苏澹〈为李户部序使金陵稿〉》一文。张振和、黄爱菊《曹州历代诗词选注》收录其《庄上闲居》、《早求泛舟》、《清明日偶题》三首。刘秀池主编《泰山大全》收录其《登岱》二首。朱传东主编《趵突流长古代诗文全编》(下册)收录其《济南谷丈卜居泉上》一首。潘德衡编《宋金元明诗评选》收录其《背面美人》二首。

苏 潢

苏潢，生卒年不详。字杏石，濮州(今河南范县)人。苏祐之子，苏濂之季弟。官王府审理，河南布政司都事。《谢山人全集跋》(苏潢)载："潢故习山人。山人同东郡也，以邺下故建安才子之地，遂乐而侨居焉。先康主固大雅，馆谷山人甚殷，不啻邺下之曹、刘云。嘉靖庚戌，临漳李给谏东冈公，爱山人才而促入长安，复寓书于先大司马，而山人誉闻勃勃乎缙绅口吻矣。若潢乡李于鳞、李伯承、吴下王元美诸名公，悉为结社。先大司马时过之。执中原牛耳，迭唱互吟，翩翩壮也。"

生平事迹见(明)谢榛撰《四溟山人全集》之《谢山人全集跋》；(清)宣统元年《濮州志》四；吕友仁主编《中州文献总录》。

著有《元夕倡和集》、《千顷堂书目》二四著录，今未见。《荣差倡和集》，《千顷堂书目》二四著录，今未见。《游梁诗草》，张豫章《御选宋金元明四朝诗》，朱彝尊《明诗综》收有其诗。《明诗综》五十，收其《闻雁》诗一首。《文渊阁四库全书补遗·集部·明代卷》第10册收录苏潢的《写兰寄王湘云》。今人编辑的《泰山文献集成·第二卷》收录苏潢诗《瞻岱二首》。其一："挂杖来天上，下看云气浮。乘风谒泰岱，观日渺沧洲。采药迷仙路，寻经断水流。夕曛挂林杪，逸兴不堪留。"其二："来拾金光草，旋登玉女池。逢僧谈古迹，穿径探幽奇。断碣抠秦字，摩崖读汉诗。凭轩以一望，双观郁参差。"

壮　族

韦　昭

韦昭，宜山人，明永乐进士。由翰林做到大理寺丞。后来回家，仍然披蓑衣，戴斗篷，在田间长期和农民一块儿劳作。有同僚由外省来到他家访问，家属从田里唤他回来，泥污满身，换衣见客，神色自若，宜山人传为美谈，写入乡贤志。

生平事迹见刘介著《广西僮族文人文学史概要》，惜其诗作未传世。

方　矩

方矩，上林人，永乐九年（1411）举人，曾官交趾文掖县丞。

其生平事迹见刘介著《广西僮族文人文学史概要》；祝注先主编《中国少数民族诗歌史》。

祝注先主编《中国少数民族诗歌史》录其七律《布雍泉》一首，诗云："汩汩流泉号布雍，等闲平地起蛟龙。石窍尚藏云雨气，江心犹映甲鳞踪。波光石翠惊飞鸟，水冷泉深阻钓翁。回首舒眸斜照里，碧崖丹雾一般同。"

王桐乡

王桐乡（1420—1505），名佐，字汝学，号桐乡，海南省临高县蚕村（今透滩村）人。自幼勤奋好学，正统丁卯年（1447）以礼经魁乡荐游太学，但屡试不第，在科场不得意。成化初，任高州同知，后改任临江同知。成化甲午（1474）改福建邵武同知。九年后，改任江西临江同知。晚年归隐海南省，一生节操清廉，受人敬重。与丘浚、海瑞、张岳崧并称"海南四大才子"。

其生平事迹见（清）樊庶编《临高县志·人物志》卷九；临高县志编委会编《临高县志·人物志》第七编；黄佽等选注《黄鹤楼诗词曲选（详注）》诗后作者小传；李富伦主编《长江古诗精选》；陈书龙主编《中国古代少数民族诗词曲评注》；鲜于煌等著《中国历代少数民族汉文诗选》等。

王桐乡的主要著作有《鸡肋集》、《经籍目略》、《琼台外纪》、《庚申录》、《原教篇》、《金川玉屑集》、《珠崖表录》等。《鸡肋集》和《琼台外纪》是其代表作。

《鸡肋集》有诗三百零二首，杂文八十二篇，是著作中的精华。他的学生唐胄在嘉靖四年提学广西学政之余，把《鸡肋集》的旧稿加以整理补充，但所选已经不完备，名为《摘稿》。清末王国宪在《重刻鸡肋集序》中说，唐胄"提学广西时，梓《鸡肋集》以训多士，俾广流传，可谓不负师传矣。乃为时不久，其版漶漫；易代之后，无一存者。清初樊庶来宰临高，访求遗书，未获原刻。采取其残本，广为搜罗，重加补辑，编成十卷，镌刻羊城。未久，而又散佚"。按王国宪之说，《鸡肋集》首刻于嘉靖四年唐胄提学广西时，二刻于康熙五十一年。樊庶为二刻本作序时说："此书得之村落民舍，则剥蚀漶漫，已失其初"。经他补正编辑成十卷，任用王佐之命名《鸡肋集》。

《琼台外纪》是一部地方志书，记录了海南的风土人情，地理掌故。正德六年，王佐奉郡守王子成之命，与唐胄等聚集东岳祠编修《府志》。

《王桐乡诗三百首》，分为五卷，今人韩林元编，任仿秋作序。卷之一辑古乐府二十四首；卷之二辑五古二十五首、七古八首；卷之三辑五律十五首、七律一百零五首；卷之四辑五绝三十三首、七绝一百零六首；回文诗一首；卷之五辑词四首、赋一篇、歌谣二首。

鲜于煌选注《中国历代少数民族汉文诗选》中录其诗《咏刺桐》、《咏荔枝》、《漫兴》、《苦大风雨》四首。《漫兴》诗云："徘徊复徘徊，几度孤城暮。不见远人来，望断南桥路"。

韦　广

韦广，宜山人，明宣德进士。曾做御史和巡按使。回家后，一贫如洗。有外省贵宾来到宜山，约期和他会面。他无力招待，去江边钓鱼做菜，款待这位客人。韦广清廉一生，宜山劳动人民很爱戴他，把他写入乡贤志。

其生平事迹见刘介著《广西僮族文人文学史概要》；（清）汪森《编粤西丛载校注（上）》。其诗文作品未传世。

岑 方

岑方，崇善（今广西崇左县）人，明英宗天顺三年（1459）举人，曾作过知县。

其生平事迹见刘德仁等编《中国少数民族名人辞典（古代）》；曾庆全选注《历代壮族文人诗选》。

梁章钜辑《三管英灵集》存其诗《南津晚渡》一首，诗云："南津官渡回，天晚起苍烟，负担客争路，立沙人待船。风度天定日，衣食足何年？借问营营者，准谋早济川？"

李 璧

李璧，字白夫，号琢斋，武缘（今武鸣）人。弘治八年（1495）举人。正德（1506—1521）间举进士。曾在金陵（南京）讲学，颇负声望，时人誉为"今之胡瑗"。历任浙江仁和、兰溪教谕及剑州知州等。嘉靖四年（1525）调任南京户部员外郎，病逝于赴京途中。

生平事迹见（清）梁章钜辑《三管英灵集》；广西大百科全书委员会编《广西大百科全书·历史（上）》；罗世敏、谢寿球主编《神奇大明山》；南宁市政协文史学习委员会编《南宁八名》；郭卿友主编《中国历代少数民族英才传》；黄德俊主编《桂西文史录》；黄泽主编《中国各民族英杰》第六卷；铁木尔·达瓦买提主编《中国少数民族文化大辞典》中南、东南地区卷；政协武鸣县文史资料委员会《武鸣文史资料》第二辑；何宝民主编《中国诗词曲赋辞典》；莫文军主编《广西少数民族人物志》；谢启晃编著《中国少数民族历史人物志》；中国人民政治协商会议广西壮族自治区委员会广西地方史志研究组编的《广西历史资料广西历史人物传》卷三。

著有《剑门新志》、《名儒录》、《琼敌录》、《皇明乐谱》、《剑阁集》等，今存诗仅二十多首。

梁章钜《三管英灵集》录其诗《旅怀》、《琢玉亭书怀》二首。《广西壮族文人诗文选》存其诗三首《旅怀》、《琢玉亭书怀》、《重阳亭次巡按卢雍韵》。《历代壮族文人诗文选》存其诗五首《道出下涉》、《亏容江》、《宿白山人岩》、《旅怀》、《琢玉亭书怀》。《琢玉亭书怀》诗云："亭子小如笠，湖山割此幽。潮声高枕夜，月色西池秋。竹暗流萤度，花寒梦蝶留。乾坤吾欲老，何日问归舟？"

章懋曾为李壁的《李氏族谱》写了序言，其中称赞李壁"好学能文，换行谦谨，士林皆爱重之"。

黄 佐

黄佐（1490—1566），字才伯，号希斋，晚号泰泉，广东香山（今中山）人。正德十五年辛巳进士，廷试选庶吉士。嘉靖初由庶吉士授翰林院编修，修《广州志》。以翰林外调，历江西按察佥事、广西学政。因母病辞官归家。嘉靖十五年以翰林编修兼左春坊司谏。不久，晋侍读掌南京翰林院，擢南京国子监祭酒，穆宗诏赠礼部右侍郎。累擢少詹事，与大学士夏言所论不和，弃官归养，筑室于禺山之阳，潜心研习孔孟之道。学宗程朱，是岭南著名学者，时人称泰泉先生。曾与王守仁辩难知行合一之旨。为学重博约，博通典、礼、乐、律、词、章。谥"文裕"。

生平事迹见（清）张廷玉《明史》；（清）黄宗羲《明史学案·诸儒学案》；（清）陈田辑撰《明诗纪事》；陈泽泓编著《广东历史名人传略》；甘伟珊，周文涛主编《寓桂历史人物》；广西大百科全书委员会编《广西大百科全书历史》上卷等。

黄佐著述颇丰，现存著述有（嘉靖）《广东通志》七十卷、（嘉靖）《广西通志》六十卷、《革除遗事》六卷、《广州人物传》二十四卷、《翰林记》二十卷、《乐典》三十六卷、《南雍志》二十四卷、《泰泉集》六十卷、《泰泉乡礼》七卷、《小学古训》一卷、《庸言》十二卷、《粤会赋》二卷、《两京赋》二卷、《六艺流别》二十卷。《明史》本传称黄佐"平生撰述二百六十余卷"。

（清）王夫之评选、李金善点校《明诗评选》（河北大学出版社，2008年）选录黄佐《晓发卢沟望京城有感》一首；（清）陈田辑撰《明诗纪事·戊籤目》卷七录其诗《都门逢美人行姚倅奎席上赋送陈参政探韵得高举二字》、《暮春郊外》、《次韵赠张子》、《秋日游迎祥寺至玉泉分韵》、《赠别韦评事归靖江》、《控海楼有怀怀徐可大》、《粤台怀古》、《草堂夜坐》、《全节庙》、《桂江秋怀借养斋方伯韵奉寄》、《罗浮青霞谷赠甘泉》、

《补送孙学士之留别》、《彭家怀古》、《闻雁》、《厓山怀古》、《读见素救李空同奏疏偶成》、《潞河阻冻戏赠文衡山》、《南归途中》、《西清词三首》二十一首；杜贵晨选注《明诗选》选黄佐《南征词》（六选一）、《彭城怀古》两首；《王夫之品诗三种·明诗评选》（陈新校占，文化艺术出版社，1997）选诗四首《咏志三首》、《学古一首赠胡承之归关中》。现存黄佐近体诗共六百五十六首，包括五律一百六十四首，七律三百零三首，五言长律十六首，七言长律四首，五绝二十九首，六绝五首，七绝一百四十首。

《明文·本传》载其："学以程朱为宗，惟理气之说独持一论。"（明）王世贞《艺苑卮言》评其："黄才伯诗如紫英石，大似棘轮。才伯亦有佳语，如'青山知我吏情澹，明月照人归梦长'，'长空赠我以明月，海内知心惟酒杯'，'门前马跃箫鼓动，栅上鸡啼天地开'"。（明）李攀龙、陈子龙《明诗选》评曰："才伯亦窥见格律。"《钦定四库全书总目》卷一百七十二载："佐少以奇隽之名，及官翰林，明习掌故，博综今古。生平著述至二百六十余卷，在明人之中学问最有根柢。文章衔华佩实，亦足以雄视一时。岭南自南园五子以后，风雅中坠，至佐始力为提倡，如梁有誉、黎民表等，皆其弟子。广中文学复盛，论者谓佐有功焉。其诗吐属冲和，颇见研练。于时茶陵之焰将燼，北地之锋方锐，独能力存古格，可谓不失雅音。"《国雅》："黄詹事才伯，性尚冲和，韵含芳润，玄览鳌洲，藏珍琼海，为一代名家。其诗譬之龙跃悬河，凤鸣阿阁，辉映高绝。"（清）屈大均撰《广东新语》欧贞伯云："泰泉先生崛出南海，持汉家三尺以号令魏、晋、六朝，而指挥开元、大历，变椎结为章甫，辟荒秽于炎徼，功不再陆贾，终军下。"（清）钱谦益编《列朝诗集》："才伯髫龀，以奇隽名。及入翰苑，博综今古，修辞掞藻，争雄艺苑。"《静志居诗话》评曰："文裕撰体颇正，而取材太陈，故格虽耸高，而气少奔逸。"

张　烜

张烜，宜州人，嘉靖八年进士。官漕督、右副都御史，巡抚南岭、河南。为官四十多年，才华政治，名动当时。

其生平事迹见刘介著《广西僮族文人文学史概要》；莫文军主编《广西少数民族人物志》；宜州市地方志编纂委员会编《宜州市志》等。

著有《吉山集》四卷，未见传本。《宜州市志》存张烜摩崖诗刻三首，在宜山几处风景胜地留有诗文石刻，《北山吟》是明嘉靖年间刻于百龙洞外左侧崖壁上，笔力奔放雄劲，诗云："倚空壁立不知秋，碧水岚烟翠欲流。飞舄直登巅上望，白云玄鹤两悠悠"。《天柱吟》是嘉靖年间刻于北山雪花洞洞口崖壁上的，诗云："直上层霄上，真为第一山。古今青未了，钟秀在人间"。《白龙洞题壁》是明嘉靖三十六年（1557）刻于白龙洞口出口外的崖壁上的，诗云："归来双屐在，乘兴此登临。鸟道藤萝细，玄龙云雾深。纵观今古迹，不着是非心。徙倚风尘外，羲皇何处寻。"

李文凤

李文凤，字廷仪，自称月山子。广西宜州人，明嘉靖乙酉（1525）乡试第一，壬辰（1532）进士。初任大理寺评事，升广东兵备佥事，改云南按察司佥事。后因病退归，潜心治学，勤于咨访。

生平事迹见（清）永瑢等撰《四库全书总目》之《越峤书》；（清）汪森辑《粤西文载·人物小传（下）》卷七十；（清）谢启昆修《广西通志·列传（三）》卷二百五十八；覃祖烈修（民国）《宜山县志》；宜州市地方志编纂委员会编《宜州市志》；潘荣胜编《明清进士录》；广西统计局编《古今广西人名鉴》；广西大百科全书委员会编《广西大百科全书》；高文德编著、蔡志纯编《中国少数民族史大辞典》；高文德主编《中国民族史人物辞典》等。

著有《越峤书》二十卷、《月山丛谈》四卷等书。汪森辑《粤西文载》、谢启昆（民国）《广西通志》都仅记载有《月山丛谈》一种；而明代祁承（火業）《澹生堂藏书目》、清代黄虞稷《千顷堂书目》、张廷玉《明史·艺文志》记载有《月山丛谈》、《越峤书》两种；（民国）《宜山县志》记有《月山丛谈》、《越峤方域志》、《越峤书》三种。在覃红双所作论文《明代宜山李文凤生平及其著作考》（《河池学院学报》2009 年 6 月第 3 期）中考证得出《越峤方域志》并非李文凤所著。

《越峤书》二十卷，主要是将明太祖洪武至明世宗嘉靖初（1368—1540 年）历朝有关交趾、安南材料搜集整理，分十六类编纂。内容有山川、郡邑、风俗、制度、物产以及诏敕、文奏之类，类似地方志，该书是在元代安南人黎崱《安南志略》的基础上编成的，书前有作者自序，交代了编撰的背景。其书论要分明，世谓"为外史邦国之志最善者"。《越峤书》二十卷（卷一卷二配清钞本），北京大学图书馆藏明蓝格钞本，附《四库全书总目·越峤书二十卷》提要。广西桂林图书馆藏新中国成立后油印本，采用线装形式，全套共六册。

《月山丛谈》是李文凤晚年归乡后根据平生收集到的奇闻轶事杂谈编订成书的，张明凤为其作序。《澹生堂藏书目》载："李文凤《月山丛谈》一卷，见《余苑》"。《明史·艺文志·小说家类》著录"李文凤《月山丛谈》十卷"；《千顷堂书目·别史类》载"李文凤《月山丛谈》四卷"；《粤西文载》、《广西通志》、《宜山县志》等"李文凤"条下也载有《月山丛谈》。（明）严从简《殊域周咨录》卷九；（清）王士禛《池北偶谈》卷七、卷九、卷二十二；（清）赵翼《簷曝杂记》卷六；（清）惠栋《九曜斋笔记》卷三都有对《月山丛谈》内容的引用。《月山丛谈》内容博杂，滑稽怪诞，笔调轻松，诙谐幽默，颇类笔记小说集，惜乎今已亡佚。

邓 矿

邓矿，字克柔，宣化（今广西南宁市）人，明世宗嘉靖年间隐居半村，人称半村先生。早孤，以母多病，遂精医术，不应举，吟咏自适。

生平事迹见梁章钜辑《三管英灵集》；潘其旭、覃乃昌主编《壮族百科辞典》；曾庆全选注《历代壮族文人诗选》；祝注先主编《中国少数民族诗歌史》；梁庭望、张公瑾主编《中国少数民族文学概论》。

著有《半村诗集》，已佚。梁章钜《三管英灵集》存其诗《答人劝应举》一首，诗云："野人耽得野人趣，老大何曾解读书。酌酒吟诗缘底事？耕田凿井更何如！未因紫气腾霄汉，自有春风到草庐。圣代于今又尧舜，脚根随处可樵渔。"

岑绍勋

岑绍勋，字伯尧，明世宗嘉靖时袭为泗城（今广西凌云县境）土知州。性疏宕，笃于文学，酷嗜词章。曾应调征讨广西八寨的壮、瑶人民起事，后随田州瓦氏夫人至江浙抗击倭寇。后岑绍勋随军回乡，不久便告老乞休，徜徉山水，日事钓游，吟咏自适。

生平事迹见曾庆全选注《历代壮族文人诗选》；刘德仁等编《中国少数民族名人辞典（古代）》；韦湘秋著《广西百代诗踪》；刘德仁等编《中国少数民族名人辞典（古代）》；胡仁、陈世盛编《绥阳县志·绥阳志》；刘亚虎著《中华民族文学关系史（南方卷）》等。

著有《半村诗集》，不见传。王彭年纂（民国）《凌云县志》录其诗

《归去诗》一首，诗云："归去来兮今已归，紫袍不换绿蓑衣。百年但有青山在，两鬓何妨白雪飞。晓梦不惊晨吏报，寒家正喜鳜鱼肥。多情最是潭心月，夜夜邀人上钓矶。"

梁大烈

梁大烈，号梅泉，武缘（今广西武鸣县）人。明神宗万历年间贡生，长于诗词，著名当地。

其生平事迹见世纶、余思诏纂（民国）《武缘县志》；曾庆全选注《历代壮族文人诗选》；欧阳若修、周作秋、黄绍清等编著《壮族文学史》；郎樱、扎拉嘎主编《中国各民族文学关系研究·元明清卷》；黄绍清主编《壮族文学古籍举要》等。

（民国）《武缘县图经》存其诗《游独秀山》一首。（民国）《武缘县志·艺文志》卷十存其《新建西江元帝祠碑记》、《重修东街元帝宫碑记》两篇。

《游独秀山》诗云："山色青青水色光，山青水色巧相当。山抽玉笋千寻直，水画蛾眉一曲长。漫水游鱼山上过，夕山宿鸟水中藏。两般山水佳无限，地设天成付靖江。"

石梦麟

石梦麟，字振性，生卒年不详，上林县人，拔贡生，隐居不仕。生活在明末清初时期。

生平事迹见（清）梁章钜辑《三管英灵集》；梁庭望、农学冠编著《壮族文学概要》；陈书龙主编《中国古代少数民族诗词曲评注》；刘德仁等编《中国少数民族名人辞典（古代）》；曾庆全选注《历代壮族文人诗选》；范宏贵等著《壮族历史与文化》；欧阳若修、周作秋、黄绍清、曾庆全编《壮族文学史》；覃乃昌主编《壮族百科辞典》。

梁章钜辑《三管英灵集》存其诗《弃田》一首诗云："前人忧无田，买田贻子孙。谁料子孙时，田多非可喜。丁粮米一石，征役逾倍蓰。昔输十余金，今输百不止。又况饷夫征，按粮复按里。又况驿马赋，驽驹亦绝市。悍吏日捉人，骚动无宁晷。有田不及耕，有苗不能耔。弃田去逃生，有邻幸托彼。邻亦何能为？输纳暂料理。岁入不供出，抛荒等迁徙。入山两载余，兵氛犹未已。登高望故乡，盈畴草靡靡。"

土 家 族

冉天章

冉天章（1465—1487），名云，号静轩，承继父祖，尝为四川酉阳第十五世土司。

其生平事迹见沿河土家族自治政协编《诗诗吟乌江〈历代乌江诗词选〉》；彭勃等辑录、祝先注编著《历代土家族文人诗选》；彭英明主编《土家族文化通志新编》；贵州旅游事业局主编《贵阳旅游诗联选》；赵以仁等《贵州历代诗选（明清）》；彭继宽、姚纪彭主编《土家族文学史》等。

据《冉氏家谱》称冉天章"幼好文翰，娴吟哦"，著有诗集，惜已散佚。（清）袁文典、袁文揆编《滇南诗略》存其七律《题仙人洞》一首，诗云："洞里神仙渺莫猜，海风幸不引船回。四周苍藓雕虫篆，一脉灵泉撒蚌胎。花自无拘开又落，云如有约去还来。谁能静习长生术，向此烧丹扫绿苔？"

冉舜臣

冉舜臣，字良弼，号西坡，别号寻乐子，冉天章次子。明孝宗弘治元年（1488）袭职，是为酉阳第十六世土司。弘治七年（1494），因征贵州苗人功进阶明威将军。

其生平事迹见（清）冉崇文编、张秉堃修（同治）《增修酉阳直隶州总志·土官志一·酉阳司》卷十四（同治三年刻本）；张延玉撰《明史·酉阳宣抚司》卷三百十二；彭勃辑录、祝先注编著《历代土家族文人诗选》；彭继宽、姚纪彭主编《土家族文学史》等。

其诗文集已佚，《冉氏家谱·艺文录》存其文《飞来山记》一篇，存诗《题大酉洞》一首。（同治）《增修酉阳直隶州总志·艺文志三·诗二》卷二十二（同治三年刻本）中录其诗《题大酉洞》一首，诗云："鬼斧何年为劈开？洞天风景足徘徊。泉锵佩玉冷丹壑，竹泛莎香上石苔。姑射千年留胜迹，华阳六月净尘埃。莫因仕宦迟吟兴，取次清游览胜来。"

冉 仪

冉仪，宁公表，号松坡，冉舜臣长子，明武宗正德二年（1507）袭职，是为十七世四川酉阳土司。曾奉调从征，卓著勋劳，敕加赐三品服色。性好道术，黄冠羽客，盈于宾馆，且被道流推为"铁鹤海阳真人"。冉仪尝于僻处谈玄览胜、烧丹炼汞，信奉虔诚。

生平事迹见（清）冉崇文编、张秉堃修（同治）《增修酉阳直隶州总志·土官志一·酉阳司》卷十四（同治三年刻本）；张玉林编著《走进黔江〈诗词曲联选〉》；彭继宽、姚纪彭主编《土家族文学史》；彭勃等辑录、祝先注编著《历代土家族文人诗选》。

诗集已佚，（同治）《增修酉阳直隶州总志·艺文志三·诗二》（同治三年刻本）卷二十二录其诗《题大酉洞》、《桃涧》两首，《题大酉洞》诗云："混沌谁为凿？灵区别一天。洞深风浩浩，泉细水涓涓。树古宜栖鹤，亭虚可迓仙。赏心无限意，瑶草何芊芊。"《桃涧》诗云："浓烟带雨淡蒸霞，几树无言自着花。流出山来缘底事？赚他刘阮不还家！"

冉 元

冉元，字宗易，号月坡，冉仪长子。明嘉靖年间袭职，是为十八世四川酉阳土司。幼英敏，志意不凡，通经义，能文章，习骑射，鸣镝走马，气雄万夫。曾两次进献大木获赏，封昭毅将军、通义大夫。冉元好道，继承父祖，终至弃职远遁。

生平事迹见（清）冉崇文编、张秉堃修（同治）《增修酉阳直隶州总志·土官志一·酉阳司》卷十四（清同治三年刻本）；张玉林编著《走进黔江〈诗词曲联选〉》；彭继宽、姚纪彭主编《土家族文学史》；彭勃等辑录、祝先注编著《历代土家族文人诗选》等。

今仅存诗一首，《增修酉阳直隶州总志·艺文志三·诗二》卷二十二（清同治三年刻本）中收录其《题大酉洞》、《题沙门石》两首残诗，其中《题大酉洞》诗云："一自逃秦别有天，洞门关锁白云边。春来鼓曳桃花水，莫道渔郎尽是仙。"

冉御龙

冉御龙，字中乾，明万历二十四年（1596）袭父职，是为第二十世酉阳土司。

其生平事迹见（清）冉崇文编、张秉堃修（同治）《增修酉阳直隶州总志·土官志一·酉阳司》卷十四；（谢华辑撰）《湘西土司辑略》；彭继宽、姚纪彭主编《土家族文学史》；彭勃等辑录、祝先注编著《历代土家族文人诗选》。

冉御龙曾收集先人诰敕付梓，名《敕诰恩荣录》。《增修酉阳直隶州总志·艺文志三·诗二》卷二十二（清同治三年刻本）收录其诗《玉盘仙迹》一首，诗云："石盘谁琢向山阴？此似洼尊岁月深。寄语世人如学道，满斟玉液洗凡心！"

田九龄

田九龄，字子寿，湖北容美土司田世爵第六子，生卒年不详，弟兄八人均业儒，惟子寿从华容（今湖北监利）孙太史学。明万历年间（1573—1620）补长阳县庠博士、弟子员。田舜年在《紫芝亭诗集》的"小叙"中说："子寿乃从华容孙太史学，性耽书史，喜交游，所交与唱和者多当时名士"。其诗冲融大雅，声调谐和，田九龄为田氏诗人鼻祖。

生平事迹见（同治）《宜昌府志》卷十三；陈湘锋、赵平略评注《〈田氏一家言〉诗评注》；祝光强、向国平著《容美土司概观》；彭继宽、姚纪彭主编《土家族文学史》；彭勃等辑录、祝先注编著《历代土家族文人诗选》。

著有《紫芝亭诗集》二十卷，明代名士吴国伦为其作序，称其诗"冲融大雅，声调谐和"。田九龄的作品编次成卷以后未曾付诸梨枣，直至康熙二十八年（1689），其五世孙容美土司田舜年为汇集刊刻先祖田玄、父田甘霖的遗作，搜求及于上世，才发现田九龄的作品仅余第七、第八卷各半，今存诗一百一十三首，即七言律诗五十八首、七言绝句四十七首、五言绝句八首，收入《容美土司史料汇编》。《土家族文化通志新编》收录其诗《吊明妃》、《昭君辞》、《茶墅》、《秋兴》四首，并录其《容美竹枝词》一首。（清）张旋均编《湖北先贤诗佩》便于其中选录了三首，其

《茶墅》诗云："年时落拓苦飘零,渝茗闲翻陆羽经。霞外独尝忘世味,丛中深构避喧亭。旗枪布处枝枝翠,雀舌含时叶叶青。万事逡巡谁得料,但逢侑酒莫言醒。"

南明太史严首升评价《紫芝亭诗集》曰:"先生诗风骨内含,韵度外朗,居然大雅元音。虽间落时蹊,未去陈言,而造诣深厚之力,不可诬也。诸绝尤有朱弦洞越,一唱三叹之致。惜乎未睹其全集,令人想象不已!"(同治)《宜昌府志》卷十三称:"容美司以诗名家,自子寿始。"

田宗文

田宗文,字国华,容美宣抚使田九龙子,田九龄侄。生卒年不详。

其生平事迹于彭英明主编《土家族文化通志新编》;陈湘锋、赵平略评注《〈田氏一家言〉诗评注》中有载。

(清)张旋均在《湖北先贤诗佩》中说他"遗诗二百首,华容友人孙羽侯序之"。其诗作以书斋命名《楚骚馆诗集》,刊刻于明天启壬戌年间(1622),由田舜年编入《田氏一家言》,《湖北先贤诗佩》在集中选录四首。现仅从《田氏一家言》编入的《楚骚馆诗集》中得诗八十五首,孙序无存。诗集中多为赠答感怀之作。《〈田氏一家言〉诗评注》存其诗八十四首;《土家族文化通志新编》录其诗《携家澧浦诸昆季饯行志别》一首,诗云:"山川迢递草菲菲,送别关头客依渐稀。世事久摒庄叟梦,去年难辨塞翁机。萧条马色凌风远,历乱鸿声带雨飞。惆怅有谁同吊古,屈原祠畔泪沾衣。"

田　玄

田玄(1590—1646),字太初,号墨(又作顿),明天启五年(1625)承袭湖北容美土司。明末,以派遣子弟领兵镇压农民起义军有功,晋升宣慰使。清顺治三年,即南明隆武二年,居职二十二年的田玄见南明节节败退,忧愤而卒,享年五十六岁,葬于容美中府附近的"官坟园"。南明赐赠太子太保、后军都督正一品职衔,康熙二十七年(1688)清王朝追赠田玄为骠骑将军。据严首升《田武靖公父子合传》载,田玄"博览强记,不辍寒暑"。

其生平事迹见光强、向国平著《容美土司概观》;彭继宽、姚纪彭主编《土家族文学史》;彭勃等辑录、祝先注编著《历代土家族文人诗选》。

所著《金潭吟》、《意笔草》和《秀碧堂诗集》均曾刊刻行世，今存诗集残稿三十二首，有古体诗、五言长律、七律和绝句。其诗作想象丰富，潇洒浪漫，构思奇特，摇曳多姿，达到了较高的艺术水平和思想深度。《秀碧堂诗集》由田舜年编入《田氏一家言》，诗集有诗三十九首，现存十三题二十三首，其内容可分为三大类：一为诗友唱和赠答之作，二为即景之作，三为寓言诗。《历代土家族文人诗选》收录其诗《竹下芙蓉》二首、《秋兴》、《春游作歌招欧阳子》、《寄怀文铁庵先生》、《送伍趾薛往添平》、《百舌鸟误为弋者中伤哀鸣酸楚为此惜之并诘》、《又代弋者答》。《土家族文化通志新编》录其诗《春游作歌招欧阳子》一首。

南明相国文安之在《秀碧堂诗集序》中称其："歌紫芝以寄傲，奚啻商颜畸人；咏白雪以自怡，何殊华阳仙隐？耕烟种瑶草，自得世外芳香；就涧饭胡麻，已非人间烟火。况复凤将九子，咸有律吕之和；龙导五驹，各具风云之概。摅义愤于彩笔，已见击碎唾壶；出芳句于锦囊，尝闻响绝铜钵。即使廷陵倾耳，必且羡其遗风；倘逢殷璠搜罗，又应目为间气。此田氏秀碧堂之诗，所谓有其可传、无容自隐者也。"文安之在《秀碧堂诗集序》中称田玄为"中流砥柱"，称其诗为"仙山瑶草，世外芳香"。

冉天育

冉天育，字大生，四川酉阳二十世土司冉御龙庶子；幼业儒，精文翰，曾补司学选贡。崇祯十四年三月，冉天育族袭父职为二十一世酉阳土司。

生平事迹见（清）冉崇文编、张秉堃修（同治）《增修酉阳直隶州总志》卷十五；政协沿河土家族自治县委员会编《诗诗吟乌江〈历代乌江诗词选〉》；张玉林编著《走进黔江——诗词曲联选》；彭英明主编《土家族文化通志新编》；彭继宽、姚纪彭主编《土家族文学史》；彭勃等辑录、祝先注编著《历代土家族文人诗选》等。

著有《詹詹言集》，诗集经滕之伦、谢国鞭校订，谢并为之作序，后付梓行世，今存诗三十一首，词八首。（同治）《增修酉阳直隶州总志·艺文志三·诗二》（同治三年刻本）卷二十二中收录其《漫题答周子安甫》、《酬蓟州陈梅泉指挥来韵曩曾共事辽左》、《冬日同周子安甫饯武陵王文学》、《次息宁姑闻诵曾祖月坡公诗感怀》四首。《土家族文化通志新编》收录其诗《从征辽左经阵亡处举酒酹之》、《出山海关二首》。

（明）谢国鞭在其所撰《詹詹言集序》中说："诗全集凡若干首，近体为多。读之，知本名诸生投笔从戎，远体辽左。其后还师，泛东海观涛于广陵，溯大江而上。盖矛头盾鼻之艰危，马背船唇之况瘁，托事怀人之感慨，伤今吊古之凄凉，不知凡几，而一一发之于诗，故其诗有雄杰之气，有谈远之音，有飘忽之神，有苍莽之致……"

田 圭

田圭，字信夫，湖北容美宣慰使田玄胞弟，田舜年叔祖，生活于明末。《田氏族谱》称："公沉重喜学，诗酒娱情，至老不倦。文铁庵（文安之）、黄中含、严平子（严守升）三先生皆尝为之叙其诗集。殁葬鹤峰城南里许八峰山下"。

生平事迹见（同治）《宜昌府志》卷十三；陈湘锋、赵平略评注《〈田氏一家言〉诗评注》；祝光强、向国平著《容美土司概观》；彭继宽、姚纪彭主编《土家族文学史》；彭勃等辑录、祝先注编著《历代土家族文人诗选》。

著有《田信夫诗集》，现仅存四十四首。《历代土家族文人诗选》收录其诗《治圃三首》、《和伯珩侄咏莳瓜》、《冬日熟睡掠闻索债使至疾起漫赋》、《送友人二首》、《澧阳口号三首》。《田氏一家言》录其竹枝词《澧阳口号》三首。《治圃》三首，其一云："东郊数亩即于陵，小隐家风淡似冰。博得朝飧十八种，不须箸下羡何曾。"其二云："从来葵藿与香秬，亦是儒家一饱需。尽道宣尼无不可，却将学圃小樊须。"其三云："解衣换得酒盈杯，携向花前剪韭回。如此风流良不俗，可愁篱外客频来。"

其侄孙田舜年编纂《田氏一家言》说田圭"喜宾客而耽文雅，诗酒娱情，至死不倦。盖其性平易嬉游，诗亦似之，唯取适兴，不甚矜琢也。今读残稿，深感其说甚是。"太史严首升、遗老黄中含、南明相国文安之均曾为《田信夫诗集》作序，严守升序曰："予思信夫之寂也，不啻山中海上；而其响应也，直与六朝、三唐诸各流竞爽。故其诗蕴藉风流，静深而有致。"又评曰："信夫先生为太初公介弟，温澹端悫。诗日益工，交日益广，远近傅会有如支川归壑、顷桥栖鸠"。田舜年的"小引"说："盖其性平易嬉游，诗亦似之，唯取适性，不甚矜琢也"。

纳 西 族

木 泰

木泰（1455—1502），原名阿习阿牙，字木安，号介圣。云南丽江土官，丽江知府长子。其在历代土司中首倡诗书，是一位承先启后的杰出人物。倡导学习汉文诗书，善于治理政务，因保卫边疆有功于明朝，屡次获得明孝宗朱佑樘（弘治）的特殊嘉奖。史籍中记木泰"教尚雅道，倡事诗书"。

生平事迹见和钟华、杨世光主编《纳西族文学史》；木光编著《木府风云录》；赵银棠编《纳西族诗选》；昙英杰、黄泽主编《中国各民族英杰》卷五。

（光绪）《丽江府志·艺文志》卷八收录其诗《两关使节》一首，诗云："郡治南山设两关，两关并扼两山间。霓旌风送难留阻，驿骑星驰易往还。凤诏每来红日近，鹤书不到白云闲。折梅寄赠皇华使，愿上封章慰百蛮。"

木 公

木公（1494—1553），字恕卿，号雪山，又号万松，明代丽江土知府，木泰孙，丽江土知府木定长子。《滇南诗略》谓"木公童牙不为儿戏，读书千百言，过目成诵"。（光绪）《丽江府志·人物志·文学》载："性嗜好学，于玉龙山南十里为园，枕藉经书，哦松咏月。与永昌张山、蒙化左黄山相唱和，尝以诗质于杨慎，慎录其诗有一百一十四首，名曰《雪山诗选》序而传之。"

生平事迹见陈荣昌辑《滇诗拾遗》卷六；赵联元辑《郦郡诗征》卷一；（清）陈宗海修，李星瑞纂（光绪）《丽江府志·人物志·文学》；袁文典、袁文揆辑《滇南诗略补遗》；和钟华、杨世光主编《纳西族文学史》；木光编著《木府风云录》；钱牧斋编《列朝诗集·木公传》；赵银棠编《纳西族诗选》等。

著有《隐园春兴》、《雪山庚子稿》、《万松吟卷》、《玉湖游录》。《隐园春兴》一卷，嘉靖元年三月完成，嘉靖六年刻本，收五言律诗一百首，有木公自序，以及张愈光序，集中《嘉靖恩赐"辑宁边境"四字》、《自述》、《问民》、《游谋统》、《秋行谋统》、《述怀》、《题雪山》等诗较为著名。《雪山庚子稿》一卷，作于嘉靖十九年，收各体诗二百零六首，大理李元阳、张愈光序。《万松吟卷》一卷，收诗一百一十三首，有木公自序及杨升庵序。《玉湖游录》不分卷，由李元阳批点，明嘉靖二十四年（1545）自刻本，一册，收诗七十首，首有贾文元《序》，次有张含《序》，末有木公自跋。《仙楼琼华》集诗九十八首，有杨升庵序。

（光绪）《丽江府志·艺文志》卷八收录五言诗《题雪山》、《述怀》、《讲村晚眺》、《建木氏勋祠记》、《嘉靖恩赐辑宁边境四字》五首。《新纂云南通志·艺文考》卷七十五录诗《雪山诗选》、《雪山始音》一首。《滇诗拾遗补》卷二录其诗《饮春会》、《春游即事》、《种柳》、《龙华四咏》（《松岭夏云》、《池桥夜月》、《花坞流水》、《经窗秀竹》）、《回蹬关》八首。《滇南文略》卷二十七录其文《建木氏动祠记》一篇。《郦郡诗征》卷一录其诗《和韦苏州寄全椒山中道士韵》、《冬日简答谭明府》、《春兴》、《游十九峰深处》、《依韵寄友人杨雨溪》、《五日过乾海地》、《宿醉舟亭》、《晓行白浪仓》、《独寝感怀》、《登望湖楼》、《邂痴堂题记张愈光》、《春园次张月邹韵》、《寄莫静天》、《步秋野》、《访徵君樊雪须留小饮洞》、《登迎仙楼》、《晓登雪楼》、《题樊隐林壁》、《访东坡小亭》、《栗鹤溪去任遣使送归久矣是日舟中偶得回书慰我记之》、《种柳》、《杜鹃词》、《江村晚眺》、《病起》、《绝句四首》、《南浦小景》、《绝句》、《华马国》、《奉次空侯十六韵》、《雪山》、《末秋雨霁晚眺西山》、《秋眠早起》、《望楼》、《秋晚眺中湖》、《题三松》、《湖上得垠溪兰茧箧叠韵以答》、《秋末泛晴》、《夏日留饮万松水亭》、《南湖晚眺》、《野望二首》、《无题》、《席间即事》、《惜花》、《醉题楼壁》、《冬日喜饮》、《病中寄板松山人》、《观采莲》、《醉和禺山便寄集韵》、《草亭释闷》、《友生务之同游双峰别业》五十四首。《滇文丛录》卷二十一录文《隐园春兴序》一篇。

《滇诗拾遗》卷六录诗《雪山》一首。

《题雪山》云："郡北无双岳，南滇第一峰。四时光皎洁，万古势巃嵷。绝顶星河转，危巅日月通。寒威千里望，玉立雪山崇。"

木 高

木高（1515—1568），字守贵，号端峰，又号九江主人。纳西名阿公阿目，木公长子。嘉靖三十三年（1554）袭丽江军民府知府职。（乾隆）《丽江府志略·人物略·乡贤》载："木高，袭土知府，父鳏居，高体志承欢，色养并至，笃疾割股以进，夷民为之感泣。明嘉靖三十年，直指上其事，刺建坊曰：'历传忠孝'，今尚存。"明代云南布政使司右参议冯时可撰《木氏六公传》载："君少以才智，为考所奇，年十八，能挽数钧弓，发无不中，考令往遏吐蕃，屡奏捷。君体貌魁奇，意气遒发，屡著武功，考雪山悉出所赐金牌带畀之曰'吾儿真韩白流也'，考病革，割股吁天；及承讳哀毁有加。居官饬戎旅，慎刑罚，治郡十六年，邑无吠庞，野有驯雉。性吟咏，与中溪李侍御善，侍御赠以诗二十篇，读之不寐，次韵为答，风格神采，骏骏骅骝前也，尝谓人曰：'读书最乐，为善最乐，此二乐吾不让人矣。'晚岁凿池泛舟，延云弄月，曲乐自娱，曰吾藏于酒以避世也。戊辰冬，疾卒于白沙正寝，年五十有四。君以屡著功绩，诏授三品文职，升亚中大夫，玉音褒嘉，有忠孝文武语。"

生平事迹见（明）冯时可撰《木氏六公传》；（清）管学宣修，万咸燕纂《丽江府志略·人物略·乡贤》（清乾隆八年刻本）；（清）陈宗海修，李星瑞纂《丽江府志·艺文志·孝友》（清光绪二十一年稿本）；和钟华、杨世光主编的《纳西族文学史》；赵银棠辑注《纳西族诗选》。

木高曾于嘉靖四十年在"长江第一湾"立一面石鼓，纪述军功。鼓正面刻其所撰文《大功大胜克捷记》及《醉太平》一诗。另有诗《题岩脚院》一首，题于丽江坝玉龙山脚下白沙岩壁上，其诗云："木氏渊源越汉来，先王百代祖为魁。金江不断流千古，玉岳尊崇接上台。官拜五朝扶圣主，世居三甸守规恢。扫苔梵墨分明见，七岁能文非等才。"

木 青

木青（1568—1597），字长生，号乔岳，又号松鹤。木公曾孙。《丽江府志略·人物略·文学》载："木青能诗善书，年二十九而殁。"

生平事迹见（清）陈荣昌辑《滇诗拾遗》卷六；（清）管学宣修、万咸燕纂《丽江府志略》卷二（清乾隆八年刻本）；周骏富辑《明代传记丛刊·学林类·列朝诗集小传·木青传》；和钟华、杨世光主编的《纳西族文学史》；赵银棠《纳西族诗选》。

著有《玉水清音》，由其子木增于江苏汲古阁刻印成书，现已失传。《丽郡诗征》卷一录其诗《移古草亭》、《夜作》、《泛玉湖》、《偶成》、《题竹》、《雪山》六首。（乾隆）《丽江府志·艺文志》卷八录其诗《移石草亭》一首，诗云："万松深窈处，独构此茅庐。剧地移新竹，通泉溜水漵。琴书常作侣，木石与为居。笑煞求名者，磻溪一老渔"。《滇诗拾遗》卷六录其诗《雪山》一首，诗云："边关一窦隔巉岏，固守提封去路难。玉垒千年存古雪，金沙万里走波澜。舆图难画天犹广，月令无凭夏亦寒。磅礴远呈精白意，忽从日下见长安。"

《明代传记丛刊·学林类·列朝诗集小传·木青传》载其："木青能诗善书。"明代云南布政使司右参议冯时可撰的《木氏六公传》评价其诗曰："游意述作，怡情声律，其所著撰，如飞仙跨鹤，渺不可即；又如胡马嘶群，悲振万里。其书法，秀骨森然，飘洒若仙。"（清）钱牧斋《列朝诗集》云："木青诗'轻云不障千秋雪，曲栏偏宜半亩荷'、'含烟翠筱和秋瘦，啄麦黄鸡佐酒肥'、'堤绿柳梢应有限，渚莲红褪岂无愁。'皆中土诗句也。"

木 增

木增（1587—1646），字长卿，又字益新，号华岳，又号生白。九岁丧父，十一岁袭父职，为云南丽江土司。（乾隆）《丽江府志略·人物略·乡贤》记载："木增阿得八世孙，万历间，袭丽江土知府……增又好读诗转，博极群籍，家有万卷楼，与杨慎、张含唱和甚多。"（光绪）《丽江府志·艺文志·文学》卷八载："增博极群书，著有《光碧楼云诗》，宝翠居山中逸趣等诗。"明代云南布政使司右参议冯时可撰《木氏六公传》载其："增生而秀异，琼林玉树，迥出风尘，世间浓艳华美一无所羡。九岁丧父，十一岁袭父职，即能通世务……诸蕃易其幼，数以入寇。君指挥调度，出人意表，师无不胜。"

生平事迹见陈荣昌辑《滇诗拾遗》卷六；（清）陈宗海修，李星瑞纂《丽江府志·艺文志·文学》卷八（清光绪二十一年稿本）；清管学宣修、万咸燕纂,清乾隆八年刻本《丽江府志略·人物略·乡贤》;《四库全书·子部·杂家类存目九》卷一三二;和钟华、杨世光主编的《纳西族文学史》;木光编著的《木府风云录》;赵银棠《纳西族诗选》等。

木增的作品流传后世的有一千多篇诗文,分别收在《云薖淡墨》、《空翠居集》、《啸月堂诗》、《山中逸趣》、《芝山云薖集》、《光碧楼诗钞》等六部集子中。著有《云薖淡墨》六卷,为读书札记,录有许多奇闻逸事,花鸟虫鱼小品,有徐霞客、章吉甫、傅宗龙、杨汝成、杨方盛、闪仲严等作序、跋或点评,(清)《四库全书·子部·杂家类存目九》(卷一三二)对此书有提要介绍,为浙江吴玉家藏本。《芝山云薖集》收诗、赋四百六十一首,董其昌、周延儒、傅宗龙、周邦纪参订并写序,共编为四卷。《山中逸趣》收诗二百四十八首,编为一卷,唐泰、章吉甫、梁之翰等序评。《啸月堂诗》收录五言、七言律诗,七言绝句等一百五十七首,梁之翰序。《空翠居集》周延儒、傅宗龙序。《光碧楼诗钞》张学懋、陈继儒序。另著有《隐居十记》,收入《郦郡文征》卷一中,此十记题为:《玉山洞记》、《芝园记》、《白云居记》、《万松深处记》、《江上渔舟记》、《相羊翠壑记》、《竹林径记》、《散发芝林记》、《一醉市廛记》、《南岩观瀑记》。

(民国)《新纂云南通志·艺文考二》收录其《山中逸趣集空翠居录》。(光绪)《丽江府志·艺文志》收录其诗《题伏乞》、《雪山赋》、《雪山新峰记》、《文笔凌云》、《玉湖秋兴》、《居艺山》(选二)、《观玉嵩书院锦边瑞莲》共八首。《滇诗拾遗》卷一录其诗《喜闻辽捷终养真等逆俘献阙庭》、《登文笔峰》、《对松》、《芝山居》、《赓祖雪翁隐园春兴韵》、《输饷喜感新命》、《立春》、《立夏》、《山居》、《石屋松声》、《检书》、《闻辽有警》、《草堂漫兴》、《山居六言》、《赤松坡》、《登长庚山》、《赓杨泠然督学游九鼎咏》、《登芝山赏菊》、《居芝山》、《吟仙》、《晓行岵冈小酌》、《水阁纳凉》二十二首。《滇文丛录》卷十五录其文《雪山赋》一篇。《滇诗拾遗》卷六录其诗《居芝山雪山赋》二首。《郦郡文征》卷一,收录其《寿星降于府治赋》、《瑞茎赋》(并序)、《雪岳赋》、《隐居十记》(《玉山洞记》、《止止园记》、《万松深处记》、《江上渔舟记》、《相羊翠壑记》、《散发茎林记》、《竹林径记》、《一醉市尘记》、《南岩观瀑记》、《风响集序》)十三篇。

蔡毅中评其诗曰:"古似陶沈,律如李杜,奇丽似商隐。"

彝 族

左 正

左正(约1485—1546),又名左祯,字元吉,又号三鹤。世袭蒙化(今巍山)府土知府。《滇南诗略》卷二载:左正,字龙图,能文翰工,诗书有魏晋风尚,好高洁。

生平事迹见蒋旭纂辑,陈金珏、张锦蕴校订(康熙)《蒙化府志·人物志·文行》卷五;(清)袁文典、袁文揆编《滇南诗略》卷二;云南省民族事务委员会编《云南民族文化大观丛书〈彝族文化大观〉》;张秀芬、王珏、李春龙等点校《新纂云南通志》(九);左玉堂主编、芮增瑞、郭思九、陶学良编著《彝族文学史》。

(康熙)《蒙化府志·艺文志》收录其诗《春日》、《对雨书怀》、《题法云庵》、《送李别驾归蜀》四首。(清)袁文典、袁文揆编《滇南诗略》卷二录其诗《题法云庵》、《春日》二首。其《题法云庵》诗云:"碧涧层阴落木风,夜扶朱杖上花宫。隔林一笛夕阳下,为客三年尘梦中。白鹤向人思起舞,元猿何事啸相从。岩花阶草无颜色,惟有青山与旧同。"《春日》诗云:"台榭高低春几枝,上林莺语正当时。江头幽草无收管,惟有青山作故知。"

(康熙)《蒙化府志·人物志·文行》卷五评其:"能文翰,工诗书,有魏晋风,好尚高洁,礼士崇文,与成都杨慎相友善,为左氏好文之始,强辞印信归流官掌,足见其人矣。"

左文臣

左文臣(1513—1555),字黄山,嘉靖间蒙化(巍山)人,系左氏土司,明王朝以来的七世孙,是左正的嫡长子。(康熙)《蒙化府志·人物志·文行》卷五载："左文臣，字黄山，性至孝，母木氏，不得于其父，早卒，每饮泣无怨言，善伺色笑以自韬晦。及嗣职，事父愈谨，承颜顺志，有老莱之风。喜晋书，善小楷，通音律，闲礼度，抚彝民不受货愧，民甚德之。随征元江，染瘴卒。"嘉靖三十四年八月，奉调征元江土酋作乱，不幸染上瘴气，病死于征途。左文臣能文善武，勤政廉洁，颇受当地各族人民爱戴。

生平事迹见（清）袁文典、袁文揆编《滇南诗略》卷五；云南省民族事务委员会编《云南民族文化大观丛书〈彝族文化大观〉》；张秀芬、王珏、李春龙等点校《新纂云南通志（九）》；张文勋主编《云南历代诗词选》；左玉堂主编、芮增瑞、郭思九、陶学良编著《彝族文学史》。

（康熙）《蒙化府志·艺文志》录其诗《山居》、《怀羽客》、《前题》三首。（清）袁文典、袁文揆编《滇南诗略》卷五录其诗《山居》、《怀羽客》、《元珠观即事》三首。《山居》诗云："懒人骨相不封侯，放我清溪饭白牛。尘海客来休击磬，松林月上或登楼。谁临清寂无双境，我占盲聋第一流。多谢天公宽纵后，从今随处是丹邱。"《怀羽客》诗云："松楼剩月余风处，野鹤翩翩别一天。破衲黄冠心自达，蒲团无梦日如年。"《元珠观即事》诗云："独寻玉女洗头处，为伴仙人采药归。几叠翠微深杳杳，一帘红紫乱霏霏。"

左文篆

左文篆，字光义，号肖鹤，左正之子，部授儒官。

生平事迹见蒋旭纂辑，陈金珏、张锦蕴校订（康熙）《蒙化府志·人物志》；（清）袁文典、袁文揆编《滇南诗略》卷五；云南省民族事务委员会编《云南民族文化大观丛书〈彝族文化大观〉》；左玉堂主编，芮增瑞、郭思九、陶学良编著《彝族文学史》（下册）。

（康熙）《蒙化府志·艺文志》选录《忆云林别墅》、《过盘江》、《思宸儿北上》、《晚归太极山房》、《龙泉馆紫薇盛开独坐忆杜皖山》、《送学博李子文台还平夷》、《小哨山溪见梅》、《九日儿孙供菊酒缘疾不饮》八首诗。（清）袁文典、袁文揆编《滇南诗略》卷五录其诗《过磐江》、《送学博李文台还平夷》、《九日儿孙供菊酒缘疾不饮》三首。《送学博李文台还平夷》诗云："世途渺渺足风波，何似林泉金卷荷。一曲秋风一行泪，万山红树白云多"。《九日儿孙供菊酒缘疾不饮》："浮沉身世任苍苍，月树风漪秋色凉。小院黄花无恙在,开尊日日是重阳"。

《蒙化府志·人物志·文行》卷五及(清)袁文典、袁文揆编《滇南诗略》卷五均评其曰:"工于诗翰,韵致清逸,不事铅华。"

高乃裕

高乃裕,号天储,别号梅溪。姚州土同知,被称为"博学工诗"之士,生卒年不详。(民国)《新纂云南通志》载:"高乃裕,廪生,博学,工骚咏,著有《焚馀集》四卷"。

生平事迹见霍士廉修,云龙纂(民国)《姚安县志》卷六十六;李力主编《彝族文学史》;左玉堂主编,芮增瑞、郭思九、陶学良编著《彝族文学史》(下册)。

著有《焚馀集》四卷,已散佚,《续云南通志》仅有存目,(民国)《姚安县志·学术志·文学》卷四十有著录。(民国)《姚安县志》收录其诗《途中便道经妙光寺小憩》、《游万松山》、《春日游慧龙庵》、《九日登栖露寺》、《烟萝山有雨》、《姚阳怀古》、《游栖霞寺》、《宿龙华寺》等八首。

《姚阳怀古》诗云:"群山四面拥孤城,风雨从来节候更。金秀山前蜀相垒,蜻蛉江畔楚人营。三春花逐牛羊牧,五夜歌台虎豹鸣。眺望不堪伤往事,苍烟野水自纵横。"《烟萝山有雨》诗云:"萝峰高处任登趋,一半晴光入有无。渺渺村烟迷雉堞,苍苍云树失归乌。岩前滴沥敲冰玉,天外苍茫列画图。坐久顿忘山色暝,漫寻腊屐限模糊。"

高守藩

高守藩,字向英,号玉岑,高乃裕子。三岁而孤,母木氏夫人代理府事。

生平事迹见左玉堂主编,芮增瑞、郭思九、陶学良编著《彝族文学史》(下册)。

著有《龙溪小窗集》,惜未见传世。

高 耀

高耀,字海容,一字青岳,又字芝山,明末姚安土同知,高乃裕孙。明亡后剃发为僧,更名悟祯。(民国)《姚安县志·人物志·乡贤》卷二十七载：“高耀，字青岳，世为姚安土府同知，……永历播缅，耀率夫人木氏从之至腾越，亲属子弟以世职之故追留之，义不为官，以印绶及子裔映付亲属。还，入大觉寺从无住禅师为僧。后归姚，开建云华山终焉。”

生平事迹见霍士廉修（民国）《姚安县志·人物志·乡贤》卷二十七；李力《彝族文学史》；左玉堂主编，芮增瑞、郭思九、陶学良编著《彝族文学史》（下册）。

今存其《高氏续修家谱序》一篇，序中云：“谱者，亲亲也；亲亲，仁也；孝弟为仁本，礼乐修而天地泰，昭穆明而世系远。”他提倡仁义礼乐的道德。

禄　洪

禄洪，字霄宾，明末人，生卒年不详。为滇中世袭土官，家住宁州甸尾（今华宁县城）。从小受到父亲禄厚（号竹居公）的精心教育。禄氏家族，世代为宁州土司，藏书丰富，且广交官场人士，竹居"以好客闻天下"，喜吟诗章，附近学子纷纷到其幕府从学，竹居悉心教诲。禄洪自幼酷爱诗文、喜绘画。

生平事迹见李力主编《彝族文学史》；左玉堂主编，芮增瑞、郭思九、陶学良编著《彝族文学史》。

禄洪有诗集《北征集》，共收录诗、赋、文五十八篇。李力主编《彝族文学史》收录其诗《游云门洞》、《塞上中秋》、《冬日塞上》、《过平夷战场》、《人卫》、《春日北征途次有怀》等诗。《春日北征途次有怀》诗云：“千山迷故国，万里赴都城。夜夜闻鸡声，朝朝祭马行。鸟啼思乡动，花拂剑光生。一洗腥膻净，齐歌奏凯声。”《过平夷战场》诗云：“落落重过独惨然，生民几度苦呼天。国殇无限刀头血，染作春山红杜鹃。”

白　族

杨士云

杨士云（1477—1554），字从龙，号弘山，别号九龙真逸，大理喜洲人。弘治辛酉科解元，正德丁丑科进士，选翰林庶吉士。后任给事中，查盘湖广、贵州粮积，便道省亲。恰逢其父亡故，遂养母不出。嘉靖丁酉，举遗逸，强起，补给事中，称病不出，辞提学、司业、尚宝卿等职，归家著述，近二十年脚不入城，终年七十八岁。

生平事迹见（清）陈荣昌辑《滇诗拾遗》卷六；《滇文丛录》作者小传卷上；（康熙）《大理府志·人物·乡贤》；彭书麟、于乃昌、冯育柱主编《中国少数民族文艺理论集成》；陈书龙主编《中国古代少数民族诗词曲评注》；（民国）《新纂云南通志·忠节传三》卷二百。

著有《弘山诗文集》、《郡大记》、《黑水集证》、《皇极经世》、《律吕解》、《咏史诗》等。《弘山先生文集》十二卷，《序目》一卷，明万历刻，存一卷，卷十一一册，云南省图书馆藏。

《杨弘山先生存稿》十二卷，民国元年（1912）刻本，云南省图书馆藏。

《杨弘山先生存稿》十二卷，全五册，民国元年刻本重印，诗稿十卷，文稿二卷，云南省图书馆藏。今《丛书集成续编》存有《杨弘山先生存稿》十二卷。曾与同邑学者李元阳共修《大理府志》。《大理府志·艺文》卷二九录其诗《议开金沙江书》、《苍洱图说》、《范滂缆图跋》、《题毛风韶重观沧海卷》、《叹弘寺》五首。《大理县志稿·艺文部》收录其诗《古乐府诗三首》、《宿荡山咸通寺次韵》、《和仰齐赵州道望点苍山韵》、《石马泉》、《荡山寺》、《苍洱图说》、《山川辨》、《新建会议堂记》、《太和县学尊纪阁记》、《南郭兴造记》、《宁边茂绩诗序》、《送邦伯刘公入觐序》、

《复建北关门记》等。《滇文丛录》卷一录其文《山川辨》一篇；《滇文丛录》卷六十二录其文《进士杨公行状》一篇。卷七十八录其文《复建北关门记》、《忠诚祠记》、《大姚县建儒学记》、《外馆驿记》四篇。（清）陈荣昌辑《滇诗拾遗》卷六录其诗《崇圣寺》、《雨后望西山有作》二首，《崇圣寺》诗云："岑楼无碍依虚空，槛外平铺十九峰。霸业三分非汉鼎，佛都千载有唐钟，林端细雨浮山黛，天际微风变水容。冠盖于今尽能赋，杨雄偏得号词宗。"《雨后望西山有作》诗云："霁景初开爽气生，临风独立点峥嵘。芙蓉出水天边秀，翠黛修眉云外横。积暑流尘浑不动，夕阳飞鹭更分明。何当跨得先人鹤，飞上峰头看八瀛。"

（康熙）《大理府志·人物·乡贤》卷十九载："……士官馈以黄金求其文麾不受……所著皇极天文地理、经史诸集，又明于风角每中夜必起仰观或谓或喜不以语人。"

何思明

何思明，字志远，大理洱源人。嘉靖癸卯（1543年）举人。任营山、重庆教职，仪陇知县，乌蒙通判等职。何思明少孤家贫，然力学。致仕归乡后，家徒壁立，仍好学不止。

其生平事迹于张建雄、周锦国选注《历代白族作家丛书（综合卷）》；寸丽香编著《白族人物简志》；祝注先主编《中国少数民族诗歌史》；张文勋主编《白族文学史》；杨明主编《白族著名历史人物及其哲学思想》；大理白族自治州地方志编纂委员会编纂《大理白族自治州志》卷九；洱源县志编纂委员会编纂《洱源县志》中有载。

《滇诗拾遗补》卷二录其诗《壬戌秋与惺斋归田泛宁湖》、《湖中闵劳》二首。

赵必登

赵必登，字善贻，赵炳龙之曾祖父，曾为土千户赵国祺幕僚、治兵事永历帝。永历后，隐居剑川向湖村，不入城市。教子耕读，不令求仕进，年九十余卒。从孙赵炳龙表其墓曰："隐君子"。

其生平事迹于《新纂云南通志》卷二百三十八《隐逸传》；罗江文选注《历代白族作家丛书（赵炳龙卷）》中有载。

《郦郡诗征》卷七录其诗《和人咏漂母墓》、《园居即事》、《哭明瞻弟》三首。

何邦渐

何邦渐，字文槐，一字北渠，浪穹人，何思明子。万历间（1573年以后）由选贡历官知州，以贤能著称。其诗体现了"循良"、"爱民"思想，风格沉郁苍凉。

其生平事迹于大理白族自治州地方志编纂委员会编纂《大理白族自治州志》卷九；张建雄、周锦国选注《历代白族作家丛书（综合卷）》；祝注先主编《中国少数民族诗歌史》；张文勋主编《白族文学史》中有载。

著有《初知稿》、《增订百咏梅诗》，《初知稿》六卷，何鸣凤、何翔凤校刻本，一册，卷四、五、六系传钞本，云南省图书馆藏。《增订百咏梅诗》不分卷，明末何鸣凤、何翔凤校刻本，一册，云南省图书馆藏。《百咏梅诗》，一卷，钞本，云南省图书馆藏。《滇南诗略》卷八录其诗《鹭见行》、《中都观星台》、《登太和山》、《吊杨升庵先生》四首，卷十二录其诗《建芙蓉庵》、《留别芙蓉》二首。《滇诗拾遗补》卷三录其诗《登九气台真武阁》、《游标楞寺》两首。《滇南文略》卷九录其文《法象论》一篇。

何鸣凤

何鸣凤，字巢阿，浪穹人，何邦渐侄。万历乙卯（1591年）乡试第二，官六安州知州。

其生平事迹于张建雄、周锦国选注《历代白族作家丛书（综合卷）》；杨明主编《白族著名历史人物及其哲学思想》；大理白族自治州地方志编纂委员会编纂《大理白族自治州志》卷九；洱源县志编纂委员会编纂《洱源县志》；寸丽香编著《白族人物简志》；孙秋克著《明代云南文学研究》中有载。

著有《半留亭稿》、《嵩嶷集》，已散佚。《滇南诗略》卷九录其诗《泰山绝顶》、《登钓台拜严先生祠》、《早度白帝城》、《桃源洞》、《宿辰阳驿》、《雁字》、《落凤坡》、《马到驿过萧何追韩信处》、《赠陈眉公先生》、《出巫峡》、《止云》十一首。《滇诗拾遗补》卷三录其诗《泛宁漫步杨升庵先生韵》、《登标山一鑑亭》、《观海珠》三首。

赵完璧

赵完璧，字和初，赵炳龙之父，增生。专心治学，能文有节，素有令名。

其生平事迹于（康熙）《剑川州志》卷十四《贤良》；（民国）《新纂云南通志》卷二百六《名贤传四》；罗江文选注《历代白族作家丛书（赵炳龙卷）》中有载。

《郦郡诗征》卷七录其诗《昆明春游杂咏》三首。

何星文

何星文，何蔚文兄，明末浪穹县贡生。明亡，与何蔚文隐居宁湖。

其生平事迹于寸丽香编著《白族人物简志》；张文勋主编《白族文学史》；杨明主编《白族著名历史人物及其哲学思想》；大理白族自治州地方志编纂委员会编纂《大理白族自治州志》卷九中有载。

《滇诗拾遗补》卷三录其诗《茈湖唱和》、《宿松隐庵二首》三首。

赵炳龙

赵炳龙，字文成，一字云升，号揪园老人，云南鹤庆军民府剑川州（今剑川县）人。明崇祯六年（1633年）举人，曾在广东肇庆府（今高要县）任南明永历帝的吏部主事、户部员外郎，后因大西军内部分裂，回乡隐居，平西王吴三桂反清时，去剑川石宝山不出。生平工诗文，注重务实，诗词多寓居国身世之感。

其生平事迹于（康熙）《剑川州志》卷十四"贤良"；（康熙）《剑川州志·人物传》；张秀芬、王珏、李春龙等点校（民国）《新纂云南通志》；大理白族自治州地方志编纂委员会编纂《大理白族自治州志》卷九；杨明主编《白族著名历史人物及其哲学思想》；罗江文选注《历代白族作家丛书（赵炳龙卷）》；寸丽香编著《白族人物简志》；黄泽主编《中国各民族英杰》卷四；张文勋主编《云南历代诗词选》中有载。

著有《居易轩诗文钞》八卷、《宝岩居词》，已散佚。据赵联元《居易轩遗稿·跋》，《居易轩集》原有诗四卷，古今体六百余首；文四卷，共百余篇。原本为赵炳龙手编，藏向湖村故宅，赵联元又抄副本藏城中，咸丰、同治年间，剑川闹兵灾，混乱中原本毁于火，副本亦失去。赵联元后回忆出诗二十余首、文二篇，又从《滇南诗略》、县志以及戚友传抄的诗文中追录到诗二十余首、文四篇，合编为《居易轩遗稿》，清光绪十一年蔡元燮在《遗稿》后序中说："独惜乎其寥寥也，盖蚀于兵灾者久矣。"赵藩《仿元遗山论诗绝句论滇诗六十首》云："苦从煨烬搜遗佚，一卷珍藏抵万金。"《居易轩遗稿》钞本、光绪十四年长沙刻本及《云南丛书》本藏于云南省图书馆，台湾新文丰出版公司《丛书集成续编》也录有其影印本。（民国）《新纂云南通志》卷七十八《艺文考八》、《滇人著述之书八》记载赵炳龙撰"《宝岩居词》……是书未刻。"《滇南诗略》卷十录其诗《满贤林》一首。《滇诗拾遗》录其诗《有檠五章题壁》、《永忧六章述怀》、《惜菊五章责守馆者不闭牧也》、《黄鹄六章安寓也》、《采菊二章寄高澹生》、《广烹鱼四章》、《去故都三章》、《无同心三章》、《杂彼青山四章失群也》、《离忧六章闵遇也》、《石兰三章念澹生也》、《招鹤辞》、《出塞曲》、《从军行》、《关山月》、《关山笛》、《塞上鸟》、《捣衣曲》、《长城路》、《妾薄命》、《大堤隔》、《四仙女》、《吴宫恨》、《醉歌六首》、《月下忆别高澹生》、《黄冈何公阕中》、《忆昔篇寄段存蓼先生》、《容膝篇》、《云树辞寄怀同社诸子》、《滇水行寄澹生义陵》、《小楼》、《来客》、《村南晚眺》、《登邑城南楼》、《秋郊》、《杨潏甫述小说杜生哭项王祠事感赋一诗示之》、《遣兴次友人见赠韵》、《题云林松石图》、《春日游班山感通寺》、《痛哭》、《送春》、《对菊》四十七首。《郦郡诗征》卷七录其诗《有檠五章题壁》、《永忧六章述怀》、《惜菊五章责守馆者不闭牧也》、《今夕五章思古也》、《黄鹄六章安寓也》、《采菊二章寄高澹生》、《广烹鱼四章》、《广巷伯九章》、《去故都三章》、《无同心三章》、《杂彼青山四章失群也》、《离忧六章闵遇也》、《石兰三章念澹生也》、《纪梦》、《招鹤辞》、《明河怨》、《长干曲》、《出塞曲》、《从军行》、《关山月》、《关山笛》、《塞上鸟》、《捣衣曲》、《长城路》、《妾薄命》、《思君恩》、《大堤隔》、《四仙女》、《吴宫恨》、《醉歌六首》、《月下忆别高澹生》、《提学黄冈何公阕中》、《忆昔篇寄段存蓼先生》、《容膝篇》、《云树辞寄怀同社诸子》、《滇水行寄澹生义陵》、《小楼》、《来客》、《村南晚眺》、《登邑城南楼》、《满贤林》、《秋郊》、《杨潏甫述小说杜生哭项王祠事感赋一诗示之》、《遣兴次友人见赠韵》、《题云林松石图》、《春日游班山感通寺》、《古意》、《偶成》、《痛哭》、《送春》、《对菊》、《德峰寺五律》、《赠杨伯起医士》《居易轩上有小楼区而为三中曰礼佛右为望野左为读书偶以诗纪之》、《楸园绝句六首》、《杂足山题壁》六十一首。《郦郡文征》卷五录其文《喻马》、《喻游》、《观綦记》、《太常寺卿云南提学何蘧庵先生传》、《寄周麓山服方药书》、《与及门殷梦臣书》、《高澹生诗钞序》七篇。《滇词丛录》卷上录其词《虞美人·丙申秋雨夜怀旧》、《玉连环·戊戌雪夜次韵》、《传言玉女·腊梅充钱闻少韵》、《清平乐·秋意》、《如梦令·离思》、《秋波媚·春暮》、《南乡子·雨窗》、《思帝乡·秋闺》、《望江南·秋夜》、《满江红·庚子立秋前三日》、《点绛唇·秋夜》、《醉春风·辛丑送春感作》、《浣溪沙·壬寅春尽感作》十三首。

何素珩

何素珩，字尚白，号茈碧渔家，大理浪穹（今洱源）人，何蔚文侄。明末布衣。何素珩自幼有较好的文化氛围，读书自娱，无意进取。爱宁湖之胜，于江干沙洲构小屋居之；往来乘一小舟，以琴樽自随，出入烟波中，其高致不减其父。

其生平事迹于寸丽香编著《白族人物简志》；张文勋主编《白族文学史》；大理白族自治州地方志编纂委员会编纂《大理白族自治州志》卷九中有载。

《滇诗拾遗补》卷三录其诗《茈湖秋泛》一首。

何蔚文

何蔚文，字稚玄（一作稚元），号浪仙，何鸣凤五子。自幼好学，志欲有为，中永历（南明王朝）丁酉科（1657年）举人。与兄星文隐居宁湖，间为诗、词、书、画以发泄其幽思怨愤之情。又与汪蛟（辰初）、许鸿（子羽）、普荷（担当）、陈佐才（翼叔）等诗简往来唱和，年七十三岁卒。他的诗各体兼备，才情恣肆，多爽朗隽永，或沉郁顿挫。

其生平事迹于张建雄、周锦国选注《历代白族作家丛书（综合卷）》；祝注先主编《中国少数民族诗歌史》；张文勋主编《白族文学史》；大理白族自治州地方志编纂委员会编纂《大理白族自治州志》卷九中有载。

著有《浪楂集》二卷，钞本，一册，云南省图书馆藏。《滇南诗略》卷十录其诗《青溪小姑行》、《长星》、《荣华乐》、《戒养》、《送邑侯罗欠一迁常德》、《读韩集有感》、《索杜锦里画竹》、《浪槎篇苔担当》、《乞画潇湘》、《谢担当画》、《何文叔赠小印镌弹剑花前醉楚骚作歌寄谢》、《许子羽为我评丛诗稿久不报促之》、《老将行》、《担当过访赋赠》、《偶尔》、《白燕》、《绝粮》、《过某道人随过僧舍》、《大理》、《辛亥初度》、《点苍山》、《闺情》、《送何文叔之昆明入幕》、《蹴鞠》、《风筝》、《秋千》、《为余簪髻因以二绝柬之》、《采莲曲》、《昆明竹枝词》三十五首。

赵尔秀

赵尔秀,赵炳龙之孙女,剑川人。亦工诗词,是明代唯一的白族女词人。

其生平事迹于罗江文选注《历代白族作家丛书(赵炳龙卷)》;寸丽香编著《白族人物简志》;张文勋主编《白族文学史》中有载。

《滇词丛录》卷下收其词《潇湘神·即景》、《点绛唇》两首。

苗　族

吴因周

吴因周，明景泰元年（1450）贡生，乾州溪头（今吉首市吉首乡溪头村）人。

生平事迹见蒋琦溥纂修（光绪）《乾州厅志》；湖南少数民族古籍办公室编《苗族历代诗选》。

《苗族历代诗选》存其诗《过南京姬家巷怀古》一首，诗云："姬巷节坊掩夕晖，高宗去后恨无依。江山水土犹然在，社庙城池是又非。新抚蛤儿和我熟，旧家燕子傍谁飞？而今别去金陵路，化作杜鹃啼血归。"

吴　鹤

吴鹤，明代泸溪人，后迁居上涝（今湖南省吉首市吉首乡上涝村）。从王阳明学，终身未仕，以执教苗民子弟为乐。

生平事迹见李如瑶纂修（雍正）《泸溪县志》；杨松兆、孙毓秀纂修（同治）《泸溪县志》；湖南少数民族古籍办公室编《苗族历代诗选》。

《苗族历代诗选》录其诗《游江南访家庙》，诗云："寻尽江南路，迟迟杨柳依。只缘家庙访，惹得世人讥。阅谱心如射，扬鞭骑欲飞。几番姬巷过，四顾节坊微。禾黍疑相是，蓬蒿记又非。金陵无所有，惟载玉梅归。"

满朝荐

满朝荐（1561—1629），字震东、震寰，号汝扬。明代湖广辰州府麻阳县人。十岁入塾，二十四岁中举人，四十三岁明万历三十二年（1604）甲辰进士，授陕西西安府咸宁知县，天启初，升南京刑部郎中，官太仆少卿。仕宦生涯浮沉不定，屡遭贬谪，但其为政清廉，爱民如子，政绩卓著，颇有嘉誉。他在担任咸宁令时，敢于与以梁永为首的税监钦使作斗争，以"强项"、"健令"著称，赢得秦中百姓广泛赞誉。及其逮系之时，士民万人空巷，"攀辕卧辙，垂涕几百里外"（周传诵《去思碑》），"中外论救，自大学士朱赓以下百十疏"（《明史·满朝荐传》）。隆熹时，魏忠贤与客氏勾结，把揽朝政，陷害忠良。满朝荐不畏强暴，秉公持正，上呈《颠倒本》，抨击时政，揭露朝弊，所谓"撄锋而蹈虎尾，折槛以披龙鳞"，表现出了诗人心系天下、视死如归的大无畏精神。

生平事迹见（明）宋濂《明史·满朝荐传》；吴波、曾绍皇、谭善祥著《满朝荐遗稿笺注》；张克忠《满朝荐年谱》（《怀化学报》1988年第4期）。

著有诗文、奏章两百余篇，惜多散佚，未结集传世。吴波、曾绍皇、谭善祥著《满朝荐遗稿笺注》对其诗文有系统论述（岳麓书社2009年版），全书共分四部分，第一部分为满朝荐诗歌，共收满朝荐一生各个不同阶段诗歌八十余首；第二部分为满朝荐文，共收录各体文章十六篇，其中时文三篇、赋三篇、序（叙）四篇、疏一篇、奏本二篇、碑文一篇、记二篇；第三部分为"满朝荐年谱"，在辑录乡邦文献、文集以及史料中有关满朝荐生平事迹材料的基础上，以时间为线索，编订了满朝荐事迹系年；第四部分为附录，收录与满朝荐相关的传记、诗文等资料二十余篇（则）。今存满氏族人捐献《满朝荐诗文集》，藏于麻阳县档案馆。《满朝荐文稿》一卷，二册，收入《明太仆青中正卿汝杨翁履历实录》、诗集《拆槅歌》（诗二十七首）、《冬岭秀孤松序》及万历四十一年（1613）八月初八日向皇帝上奏的奏折《赞讦谟疏》等数十篇习作。今藏湖南省麻阳苗族自治县档案馆。部分遗作已收入谭善祥著《怪臣满朝荐》一书（贵州民族出版社1993年版）。

诗人在离咸宁县时作诗一首《念四出城父老攀辕》，诗云："三辅郎官初出城，桁杨非辱亦非荣。君威凛烈身奚爱，国蠹驱除世已清。泪眼千群渭欲赤，青天万口岳为倾。塞翁得失何须记，留与春秋作话评。"万历三十五年（1607）七月，满朝荐含冤入狱，在狱中，他先后作《椒山赋》、《流水赋》、《来鹤赋》、《镇抚司拷》、《狱中即事》、《预让桥》、《折槅歌》、《八正歌》、《自嘲自解长歌》、《灵龟赋》等诗。

参考文献

[1]（明）潘之恒撰：《亘史钞》，齐鲁书社1997年版。

[2]（清）张廷玉纂：《明史》，中华书局1974年版。
[3]（清）钱谦益撰：《列朝诗集小传》，上海古籍出版社2008年版。
[4]（清）顾嗣立、席世臣编：《元诗选》，中华书局1987年版。
[5]（清）穆彰阿等纂：（嘉庆）《重修一统志》，商务印书馆1934年版。
[6]（清）朱彝尊选编：《明诗综》，中华书局2007年版。
[7]（清）汪森撰，莫乃群点校：《粤西文载》，广西人民出版社1990年版。
[8]（清）李景峰、陈鸿寿修：（光绪）《溧阳县志》，光绪二年活字本。
[9]（清）聂光銮纂：（同治）《宜昌府志》，同治四年刻本。
[10]（清）冉崇文编，张秉堃修：（同治）《增修酉阳直隶州总志》，同治三年刻本。
[11]（清）刘毓珂纂修：（光绪）《永昌府志》，光绪十一年刻本。
[12]（清）陈燕、韩宝琛纂修：（光绪）《沾益州志》，光绪十一年刻本。
[13]（清）周尚质纂修：（乾隆）《曹州府志》，清乾隆二十一年刻本。
[14]（清）蒋旭纂修：（康熙）《蒙化府志》第六卷，清康熙三十七年刻本。
[15]（清）蒋旭纂辑，陈金珏校订：（光绪）《蒙化府志》，清光绪七年刻本。
[16]霍士廉修，云龙纂：（民国）《姚安县志》第六十六卷，民国三十七年铅印本。
[17]（清）陈宗海修，李星瑞纂：（光绪）《丽江府志》第八卷，首一卷附录一卷，清光绪二十一年稿本。
[18]（清）管学宣修，万咸燕纂：（乾隆）《丽江府志略》第二卷，清乾隆八年刻本。
[19]（清）聂光銮纂修：（同治）《宜昌府志》，清同治四年刻本。
[20]（清）谢启昆修：（乾隆）《广西通志》，清刻本。
[21]（清）张鹏展纂：《峤西诗钞》第二十卷，民国钞本，广西桂林图书馆藏。
[22]（清）梁章钜撰：《三管英灵集》第五十七卷，桂林省城十字大街汤日新堂刻本，广西桂林图书馆藏。
[23]（清）袁文典、袁文揆辑：《明滇南诗略》，丛书集成本。
[24]（清）袁文揆辑：《国朝滇南诗略》，丛书集成本。
[25]（清）吴裕仁纂修：（嘉庆）《惠安县志》，江苏古籍出版社2000年版。
[26]（清）陈田撰：《明诗纪事》，上海古籍出版社1993年版。
[27]（清）李应泰纂修：（光绪）《宣城县志》，清光绪十四年木活字本。
[28]高士英纂修：（宣统）《濮州志》，清宣统元年刻本。
[29]（清）樊庶修：《临高县志》，清钞本。
[30]柯劭忞著：《新元史》，中国书店1988年版。
[31]陈垣著：《元西域人华化考》，上海古籍出版社2000年版。
[32]世纶、余思诏纂修：（民国）《武缘县志》，民国间钞本。

[33] 吴建伟著:《回回旧事类记》,宁夏人民出版社 2002 年版。
[34] 笞振益著:《湖北回族古籍资料辑要》,宁夏人民出版社 2007 年版。
[35] 李国祥等编:《明实录类纂》人物传记卷,武汉出版社 1990 年版。
[36] 吴建伟、张进海编:《回族典藏全书总目提要》,宁夏人民出版社 2010 年版。
[37] 白寿彝著:《中国回回民族史》,中华书局 1988 年版。
[38] 吴文治主编:《明诗话全编》,凤凰出版社 1997 年版。
[39] 张迎胜、丁生俊主编:《回族古代文学史》,宁夏人民出版社 1988 年版。
[40] 李灵年、杨忠主编:《清人别集总目》,安徽教育出版社 2000 年版。
[41] 杨镰著:《元西域诗人群体研究》,新疆人民出版社 1998 年版。
[42] 朱昌平、吴建伟著;《中国回族文学史》,宁夏人民出版社 2012 年版。
[43] 周绍祖主编:《西域文化名人志》,新疆人民出版社 2006 年版。
[44] 海正忠主编:《古今回族名人》,宁夏人民出版社 2008 年版。
[45] 丁生俊主编:《丁鹤年诗辑注》,天津古籍出版社 1987 年版。
[46] 马建钊、张菽晖编:《中国南方回族古籍资料选编补遗》,民族出版社 2006 年版。
[47] 谢伯阳编:《全明散曲》,齐鲁书社 1994 年版。
[48] 王毓铨主编:《中国通史》,人民出版社 1999 年版。
[49] 高文德编:《中国民族史人物辞典》,中国社会科学出版社 1990 年版。
[50] 吴肃民、莫福山编:《中国少数民族文学古籍举要》,天津古籍出版社 1990 年版。
[51] 彭书麟、于乃昌编:《中国少数民族文艺理论集成》,北京大学出版社 2005 年版。
[52] 买买提·祖农、王弋丁:《中国历代少数民族文论选》,新疆人民出版社 1987 年版。
[53] 胡文楷著:《历代妇女著作考》,商务印书馆 1957 年版。
[54] 刘景毛点校:《新纂云南通志》,云南人民出版社 2007 年版。
[55] 张文勋主编:《云南历代诗词选》,云南人民出版社 2002 年版。
[56] 杜贵晨主编:《明诗选》,人民出版社 2009 年版。
[57] 黄泽主编:《中国各民族英杰》,陕西人民出版社 1999 年版。
[58] 白寿彝编:《回族人物志》,宁夏人民出版社 2000 年版。
[59] 荣苏赫、赵永铣:《蒙古族文学史》,内蒙古人民出版社 2000 年版。
[60] 云峰:《蒙汉文学关系史》,新疆人民出版社 1997 年版。
[61] 赵相璧:《历代蒙古族著作家述略》,内蒙古人民出版社 1990 年版。
[62] 吴力选注:《明诗》,贵州人民出版社 2000 年版。
[63] 白·特木尔巴根:《古代蒙古作家汉文创作考》,内蒙古教育出版社 2002

年版。

[64] 李克和：《历代名诗一万首》（宋元明清），岳麓书社1996年版。

[65] 薄音胡、王雄辑校：《明代蒙古汉籍史料汇编》，内蒙古大学出版社2006年版。

[66] 查洪德编：《中州文献总录》，中州古籍出版社2002年版。

[67] 《中原文化大典》编纂委员会编：《中原文化大典》，中州古籍出版社2008年版。

[68] 马学良、梁庭望等编：《中国少数民族文学史》，中央民族大学出版社2001年版。

[69] 黄惠贤：《二十五史人名大辞典》，中州古籍出版社2001年版。

[70] 钟赓起：《甘州府志校注》，甘肃文化出版社2008年版。

[71] 罗康泰：《甘肃人物辞典》，甘肃民族出版社2006年版。

[72] 刘毓庆、贾培俊著：《历代诗经著述考（明代）》，中华书局2008年版。

[73] 郑州大学中文系资料室编：《元明清中州艺文简目》，郑州大学中文系资料室1984年版。

[74] 黄绍清编：《壮族文学古籍举要》，云南民族出版社1990年版。

[75] 祝光强、向国平著：《容美土司概观》，湖北人民出版社2006年版。

[76] 谢华辑撰：《湘西土司辑略》，中华书局1959年版。

[77] 彭英明主编：《土家族文化通志新编》，民族出版社2001年版。

[78] 欧阳若修，周作秋、黄绍清等主编：《壮族文学史》，广西人民出版社1986年版。

[79] 王德明：《广西古代诗词史》，广西师范大学出版社2009年版。

[80] 绥阳支谱续修委员会编：《冉氏族谱·绥阳支谱》，2010年。

[81] 潘其旭、覃乃昌等主编：《壮族百科辞典》，广西人民出版社1993年版。

[82] 刘介编：《广西僮族文人文学史概要》，广西人民出版社1959年版。

[83] 曾庆全选注：《历代壮族文人诗选》，广西人民出版社1985年版。

[84] 祝注先主编：《中国少数民族诗歌史》，中央民族大学出版社1994年版。

[85] 刘德仁等编：《中国少数民族名人辞典》，四川辞书出版社1989年版。

[86] 梁乙真主编：《清代妇女文学史》，中华书局1927年版。

[87] 钟家佐编：《八桂四百的诗词选》，广西师范大学出版社2008年版。

[88] 陈泽泓主编：《广东历史名人传略》，广东人民出版社1998年版。

[89] 甘伟珊、周文涛：《寓桂历史人物》，广西师范大学出版社2009年版。

[90] 陈书龙主编：《中国古代少数民族诗词曲评注》，武汉出版社1989年版。

[91] 罗世敏、谢寿球著：《神奇大明山》，广西人民出版社2006年版。

[92] 左玉堂主编，芮增瑞、陶学良编著：《彝族文学史》，云南民族出版社2006

年版。

[93] 南宁市政协文史学习委员会编：《南宁八名》，广西人民出版社 2004 年版。

[94] 郭卿友：《中国历代少数民族英才传》，甘肃人民出版社 2000 年版。

[95] 黄德俊：《桂西文史录》第一卷，广西人民出版社 1995 年版。

[96] 和钟华、杨世光：《纳西族文学史》，四川人民出版社 1992 年版。

[97] 铁木尔·达瓦买提：《中国少数民族文化大辞典》，民族出版社 2008 年版。

[98] 何宝民：《中国诗词曲赋辞典》，大象出版社 1995 年版。

[99] 莫文军：《广西少数民族人物志》，广西人民出版社 1998 年版。

[100] 谢启晃：《中国少数民族历史人物志》，民族出版社 1983 年版。

[101] 郎樱、扎拉嘎：《中国各民族文学关系研究》，贵州人民出版社 2005 年版。

[102] 张文勋：《云南历代诗词选》，云南人民出版社 2002 年版。

[103] 曹庆印编：《壮族哲学思想史》，广西民族出版社 1996 年版。

[104] 彭英明：《土家族文化通志新编》，民族出版社 2001 年版。

[105] 钟文典主编：《广西通史》，广西人民出版社 1999 年版。

[106] 彭继宽、姚纪彭：《土家族文学史》，湖南文艺出版社 1989 年版。

[107] 李陶等选编：《中国少数民族古代近代文学作品选》，民族出版社 2005 年版。

[108] 韦玖灵：《儒学南传与壮族思想发展》，香港新闻出版社 2003 年版。

[109] 梁庭望、农学冠主编：《壮族文学概要》，广西民族出版社 1991 年版。

[110] 韦湘秋主编：《广西百代诗踪》，广西人民出版社 1995 年版。

[111] 甘伟珊、周文涛主编：《桂籍历史人物》，广西师范大学出版社 2009 年版。

[112] 赵银棠辑注：《纳西族诗选》，云南民族出版社 1985 年版。

[113] 莫乃群编：《广西历史人物传》，广西地方史志研究组编印，1983 年。

[114] 姚顺安编：《广西民族大全》，广西人民出版社 1991 年版。

[115] 沿河土家族自治区政协编：《诗吟乌江·历代乌江诗词选》，中国文史出版社 2008 年版。

[116] 彭勃等辑录，祝先注注：《历代土家族文人诗选》，岳麓书社 1991 年版。

[117] 贵州旅游事业局编：《贵阳旅游诗联选》，贵州民族出版社 2008 年版。

[118] 赵以仁等编：《贵州历代诗选》，贵州人民出版社 1988 年版。

[119] 木光：《木府风云录》，云南民族出版社 2006 年版。

[120] 杨运鹏：《马之骏和他的妙远堂集》，《回族研究》2000 年第 4 期。

[121] 导夫：《丁鹤年诗集主要版本叙录》，《宁夏大学学报》（人文社会科学版）2002 年第 3 期。

元明人物索引

元　代

蒙古族
（50人）

乃马真皇后　5	按摊不花　16	僧家奴(讷)　26	阿盖　34
忽必烈　5	孛罗　16	笃列图　27	达溥化　36
达实帖木儿　6	塔不鯛　18	凝香儿　28	朵只　38
不花帖木儿　7	爕理溥化　18	朵儿直班　29	达鲁花赤　38
弥里呆带　7	阿荣　19	也先忽都　30	夏拜不花　39
伯颜　7	密兰沙　20	妥欢帖睦儿　30	埜喇　39
元裕宗真金　9	阿鲁威　20	聂镛　31	奚漠伯颜　40
郝天挺　9	同同　22	达不花　32	和礼普化　40
勖实带　12	察罕帖木儿　22	帖木儿　33	老撒　40
月鲁　13	囊加歹　22	巴匝拉瓦尔密　33	靼鞑哑　41
八礼台　13	图帖睦尔　23	爱猷识理达腊　33	伯颜帖木儿　41
燕不花　14	月鲁不花　24	伯颜九成　34	杨景贤　41
童童　14	察伋　25		

色目人
（71人）

廉希宪　48	马九皋　54	鲁山　63	拜住　68
察罕　49	鲁明善　56	丁文苑(哈八石)　63	回回　69
高克恭　51	廉惇　57	张翔　64	薛彻干　69
不忽木　51	赡思　58	辛文房　65	三宝柱　70
赵世延　52	马祖常　59	贯云石　65	玉元鼎　71
聂古柏　53	琐非复初　62	阿里木八剌　68	边鲁　71

偰玉立 72	泰不华 82	偰逊 96	吴惟善 103
偰哲笃 73	萨都剌 84	沐仲易 97	流兼善 104
嶔嶔 74	凯烈(克烈)拔实 88	大都间 97	丁野夫 104
鲁至道 75	别里沙 88	兰楚芳 97	马时宪 105
纳璘不花 76	观音奴 89	月忽难 98	仉机沙 105
金哈剌 76	拜铁穆尔 89	孟昉 98	掌机沙 106
哲里野台 77	察罕不花 90	五十四 99	康里百花 106
雅琥 78	廼贤 90	伯颜不花的斤 100	买闾 107
赛景初 79	答禄与权 93	吉雅谟丁 100	大食惟寅 108
道童 79	斡玉伦徒 94	伯颜 101	甘立 108
余阙 80	脱脱木儿 94	王翰 102	完泽 110
买住 81	昂吉 95	爱理沙 103	

契丹与女真
（30人）

移剌霖 112	奥敦周卿 118	孛术鲁翀 123	蒲察善长 127
耶律夫人 112	夹谷之奇 119	述律杰 124	兀颜思忠 127
耶律楚材 112	张孔孙 120	石抹宜孙 125	完颜东皋 128
石君宝 114	耶律希亮 120	刘庭信 125	兀颜思敬 129
李庭 115	耶律希逸 121	石抹允 126	乌古孙良桢 129
耶律铸 116	李直夫 121	蒲察景道 126	赤盏希曾 130
耶律季天 118	石抹思成 122	纥石烈希元 126	温迪罕氏 130
石抹咸得不 118	徒单公履 122		

明　代
回　族
（27人）

丁鹤年 137	锁懋坚 144	孙继鲁 148	马湘兰 157
虎伯恭 140	丁仪 144	马自强 149	冯从吾 158
沐昂 140	金大车 145	海瑞 151	詹沂 159
韩雍 142	金大舆 146	马继龙 152	闪继迪 161
马文升 143	马从谦 148	李贽 153	丁启浚 162

| 丁启汴 162 | 马之骏 163 | 闪仲俨 164 | 闪仲侗 165 |
| 丁启溥 162 | 詹应鹏 164 | 张忻 165 | |

蒙古族
（7人）

| 李贤 166 | 鲁鉴 167 | 苏濂 170 | 苏潢 172 |
| 哈铭 167 | 苏祐 168 | 苏澹 171 | |

壮　族
（13人）

韦昭 173	岑方 175	张烜 177	岑绍勋 179
方矩 173	李璧 175	李文凤 178	梁大烈 180
王桐乡 173	黄佐 176	邓矿 179	石梦麟 180
韦广 174			

土家族
（10人）

冉天章 181	冉元 182	田宗文 184	冉天育 185
冉舜臣 181	冉御龙 183	田玄 184	田圭 186
冉仪 182	田九龄 183		

纳西族
（5人）

| 木泰 187 | 木高 189 | 木青 189 | 木增 190 |
| 木公 187 | | | |

彝　族
（7人）

| 左正 192 | 左文篆 193 | 高守藩 194 | 禄洪 195 |
| 左文臣 192 | 高乃裕 194 | 高耀 194 | |

白　族
(11人)

杨士云 196	何邦渐 198	赵炳龙 199	何素珩 201
何思明 197	何鸣凤 198	何星文 199	赵尔秀 202
赵必登 197	赵完璧 199	何蔚文 201	

苗　族
(3人)

吴因周 203	满朝荐 203
吴鹤 203	